COLLECTION FOLIO

Pierre Moustiers

Un aristocrate à la lanterne

Gallimard

Pierre Moustiers, né dans le Var en 1924, a publié de nombreux romans, notamment *La paroi* (Gallimard, 1969, Grand Prix du roman de l'Académie française), *L'hiver d'un gentilhomme* (Gallimard, 1971, prix des Maisons de la Presse) et *Un crime de notre temps* (Le Seuil, 1976, prix des Libraires).

Il a obtenu en 1986 le prix Jean Giono, décerné en Italie, pour l'ensemble de son œuvre.

La plupart de ses romans ont été adaptés par lui à la télévision.

Je suis l'homme le plus décrié de France. Il est temps de m'expliquer, de dénoncer les calomnies qui m'accablent, les malentendus dont je suis l'objet, et de porter témoignage sur une époque insensée qui précipite les événements et leurs acteurs dans une fournaise de contradictions. Cependant je n'ai pas l'intention de me justifier, encore moins d'écrire mes Mémoires pour tromper la solitude et l'inaction dans l'ombre d'une prison où l'on me dérange et m'espionne à toute heure du jour. L'idée de raconter ma vie sans la maquiller, de brosser un portrait véridique de ma personne et de mes actions m'assomme comme la répétition d'un récit connu. Je ne suis pas tenté non plus d'enjoliver ma propre histoire, de l'étendre et de l'ennoblir sous forme de roman, et j'ajoute que ce projet étranger à ma compétence m'inspire quelque mépris. Ce qui me surprend, c'est la facilité avec laquelle je trouve mes mots, peut-être parce que je n'y vois pas grand-chose dans mon cachot et que la table exiguë sur laquelle j'écris n'est pas stable. Pressée par l'inconfort, ma plume court sans attendre une poussée et les expressions viennent toutes seules. On dirait qu'entre les lignes mon esprit se clarifie, au lieu de s'embrumer comme dans un éclat de voix. J'ai toujours abhorré les discours. Sommé par la nécessité de prendre la parole aux Jacobins ou à l'Assemblée, je lisais en tremblant le texte que Laclos m'avait calligraphié et quand, par malédiction, il me fallait improviser, je bégayais lamentablement, prêt à m'évanouir. En revanche, il m'arrivait de briller dans un salon, à condition de ne lâcher par intermittence que des phrases courtes, et ce laconisme caustique pourrait expliquer mon besoin d'écrire aujourd'hui. Non, ce n'est pas la vraie raison. Ce matin, j'ai été réveillé par un gardien nommé Gaillard qui chantait à tue-tête le *Ça ira* avec l'accent de Marseille et, pour la première fois, j'ai prêté l'oreille aux paroles qui me faisaient sourire naguère : « Les aristocrates à la lanterne ! » Depuis quatre ans j'avais pris l'habitude de considérer les « aristocrates » comme des adversaires puisqu'on désignait sous ce nom les « royalistes absolus » qui siégeaient à la droite de l'Assemblée. Quand j'apprenais que l'un d'eux venait d'être massacré par la foule de manière ignoble, je réprimais bien vite une grimace pour me faire une raison, estimant que ces horreurs inévitables participaient du torrent qui balayait le monde ancien. Mais, ce matin, en écoutant chanter le citoyen Gaillard, je me suis souvenu du marquis d'Aulan, le plus aimable des hommes, qu'on avait promené tout nu dans les rues d'Avignon, avant de le pendre au réverbère comme une canaille [1] *. Cette fois, je n'ai pas réprimé une grimace mais un frisson qui a labouré mon dos. La pensée de la mort m'a tourmenté mais celle de l'obscurité m'a travaillé davantage. Et maintenant, j'écris pour éclairer ma lanterne.

* Les notes sont rejetées en fin de volume, p. 239.

Avec Beaujolais je partage une chambre comparable à une cellule de moine, assez claire, ma foi. Quatre barreaux de fer rouillé défendent la fenêtre qui donne sur une cour d'avoines folles, assombrie par une muraille. En se dressant sur la pointe des pieds on aperçoit la mer dans un créneau, à moins que ce ne soit une verrière qui brille ou une plaque de métal frappée par le soleil. Je reconnais avoir triché, hier, en évoquant la solitude et l'ombre imaginaires de mon « cachot », mais il est facile de dire la vérité sans cesser de mentir car personne ne peut lire sur notre visage, et puis Beaujolais m'avait quitté pour se rendre chez le commandant du fort et répondre à un interrogatoire. Il dort en ce moment et sa respiration imperceptible dont je connais le rythme par cœur me tient compagnie. Attendri par ses paupières aux longs cils, j'oublie toujours qu'il a treize ans déjà et que son insouciance héroïque n'est plus celle d'un enfant. A sa place, emprisonné sans jugement et sans motif, un autre se révolterait, maudirait le sort ou fondrait en larmes, mais lui, rit de son infortune et n'a de considération que pour la mienne. Quand je m'inquiète de sa santé, de l'ennui mortel ou de la douleur qu'il pourrait éprouver, il me répond d'un trait : « Grâce à Dieu, mon père, je me porte bien puisque j'ai le privilège d'être près de vous », et si je veux en savoir davantage, sonder ses découragements intimes ou ses angoisses cachées, il secoue la tête d'un air enjoué, affirmant qu'il n'a besoin de rien, qu'une promenade de dix minutes par jour sur la terrasse du fort l'enchante et lui suffit, car, ajoute-t-il avec esprit : « C'est un plaisir irrésistible d'être accompagné par des soldats aussi niais mais il ne faut pas, non plus, en abuser. »

Je m'étonne qu'il n'ait pas manifesté la moindre

curiosité, hier, en me voyant écrire si longuement et d'une manière si appliquée. Serait-il aussi crédule que nos geôliers et persuadé que j'adresse à ma chère Agnès d'interminables épîtres ? Je le connais trop bien élevé pour poser des questions à brûle-pourpoint, mais sa discrétion me surprend tout de même. A-t-il seulement remarqué, hier soir, que je retirais les feuillets de ma chemise pour les cacher dans le tiroir à double fond de la table ? C'est une aubaine que Gamache ait réussi à faire venir de la ville ce meuble truqué sans éveiller la méfiance de nos gardiens, mais la malice de ce garçon est d'une exemplaire modestie alors que sa candeur aux bonnes joues désarmerait tous les officiers de police de la terre. Montpensier a bien de la chance d'avoir un serviteur tel que lui. Quand j'ai quitté la prison de l'Abbaye Saint-Germain [2], on ne m'a pas permis d'emmener un seul de mes gens et j'ai dû faire le voyage de Paris à Marseille sans aide ni assistance, assujetti à toutes sortes de contraintes, entre ma sœur Louise-Bathilde qui se lamentait à me rompre la tête et mon cousin, le prince de Conti, dont les jérémiades épuisaient les gendarmes de l'escorte.

Montpensier occupe une chambre minuscule, séparée de la nôtre par la salle des gardes et le logement des officiers. Elle ne mesure que dix pieds carrés et le lit tient sensiblement la moitié de la place, mais mon fils la juge digne d'un palais, en comparaison du cul-de-basse-fosse où les administrateurs de Marseille l'ont laissé croupir douze jours dans les souterrains de la maison commune. Il est moins insouciant que Beaujolais mais plus déterminé et plus actif, enragé de lecture, d'écriture et de dessin, quand il ne joue pas à la boule avec son frère sur la terrasse durant les dix minutes de plein air qu'on veut bien nous accorder.

D'ordinaire, à cette heure, on lui permet de venir nous rejoindre, précédé de Gamache qui nous apporte le déjeuner. Le temps me dure en son absence. Il sait d'un coup d'œil prévenir mes souhaits, interpréter mes gestes, lire dans ma pensée la moins définie. Sa précoce maturité me donne un sentiment de quiétude et d'équilibre. A dix-sept ans, il est mille fois plus avisé, plus résolu que moi et ses exhortations, ses larmes indignées me réconfortent quand, sans porter le moindre jugement sur la faiblesse et l'incohérence de ma conduite, il dénonce l'iniquité de la République à mon endroit. Chartres, l'aîné, qui a suivi Dumouriez à l'étranger sans trop se soucier des conséquences fatales que son départ attirait sur ma tête, ne se prive pas de me juger. Quand votre enfant vous juge, c'est qu'il se détache pour faire cavalier seul et se donner bonne conscience, mais il y a longtemps que Chartres n'est plus un enfant et que l'ambition lui tient lieu de monture. A ce trait, je ne lui ressemble pas. Mes rapports avec l'ambition sont d'un amant velléitaire qui se contente de simulacres et de trophées.

Naguère, l'empire de l'opinion sur mes actes, les soucis virtuels du pouvoir et l'obligation de tenir mon rang m'avaient quelque peu distrait de mon attention paternelle, sans me délier pour autant de l'intérêt que je vouais à ma descendance par sentiment plus que par considération héréditaire. Sollicité, séduit, harcelé de toutes parts, je m'éparpillais loin de mes enfants mais n'en perdais jamais la mémoire. Seulement j'ignorais l'émotion et la satisfaction profonde d'exister dans le cœur de mes fils cadets. Il m'a fallu connaître la prison pour découvrir ce trésor.

Quelle absurdité de me faire venir à Marseille et d'emprisonner deux innocents par la même occasion sans compter ma sœur et mon cousin Conti, innocents d'une autre manière! Déchirée par les rivalités, affolée par les clameurs des forcenés, la Convention ne connaît d'autre morale que la surenchère. Autant chercher la logique dans une loterie.

Heureux d'être réunis et serrés autour de la petite table, nous déjeunions [3] tous les trois de bon appétit quand la clé tourna dans la serrure et la porte s'ouvrit avec élan devant une grappe de visiteurs que notre chambre pouvait à peine contenir : trois administrateurs en uniforme, l'officier de service et deux gardes nationaux dont les fusils touchaient le plafond. Le plus petit des administrateurs, un rouquin au visage taché de son, se planta devant moi, les pieds joints, et me dit qu'il venait de recevoir un ordre dont l'exécution ne souffrait aucun retard : les membres de la famille Bourbon n'auraient plus dorénavant la liberté de communiquer ensemble; en conséquence, l'aîné des deux fils devait se retirer dans sa chambre immédiatement et s'abstenir désormais de venir dans la mienne; on permettait au plus jeune de demeurer avec son père mais on lui défendait d'aller dans la chambre de son frère. Cette déclaration brutale dessécha ma langue. Après avoir toussé pour éclaircir ma voix, je demandai au rouquin de quelle autorité émanait cet ordre barbare qui nous privait de la seule consolation qu'on nous eût laissée : « Je crois, répondit-il en redressant la taille, le menton appuyé sur sa cravate, que c'est en vertu d'un décret de la Convention; mais je vous le répète, il faut s'y conformer à l'instant! » et, se tournant vers Montpensier, il ajouta sur un ton sévère : « Allons, citoyen, obéissez à la loi! » Mon fils, qui jusqu'à ce jour avait su garder son calme en dépit des avanies subies, perdit toute retenue : « Loi de tyran! s'écria-t-il. Il serait moins cruel de nous guillotiner sur-le-champ plutôt que de nous faire ainsi mourir à petit feu! » Son indignation me toucha mais son vocabulaire me parut compromettant. Il n'est pas recommandé de parler de guillotine à des patriotes qui en sont férus. Avec fermeté je lui conseillai de retrouver son aplomb et de se soumettre, toute discussion s'avérant inutile, puis, d'une voix douce, l'assurai que mon chagrin était égal au sien. Encadré par les gardes nationaux, il s'en alla, les yeux baignés de larmes, après avoir étreint sans dire un mot ma main et celle de son frère. Les administrateurs et l'officier de service emboîtèrent le pas. La porte se referma et je réprimai un frisson de colère en écoutant la clé jouer dans la serrure. Dents serrées, j'allai m'asseoir sur le lit où Beaujolais me rejoignit, respectueux de mon silence mais soucieux de manifester une présence attentive à ma déconvenue. La coloration de ses pommettes et l'éclat de son regard me donnèrent à penser qu'il était moins affligé que prévu et j'en conclus que tout en regrettant le départ d'un frère qu'il adorait il n'était pas mécontent de se retrouver seul avec son père. Cette constatation m'attendrit car, n'en déplaise aux sermonnaires comme Mme de Genlis ou Jean-Jacques Rousseau, je demeure persuadé qu'il n'y a pas d'amour véritable sans instinct de propriété. Au bout de deux ou trois minutes interminables, Beaujolais se résolut à rompre le silence : « Il ne faut pas vous décourager, papa. Montpensier nous reviendra. – Certainement! » répondis-je sans conviction. Je me levai et regagnai la table avec l'intention d'écrire à Agnès, mais la plume s'échappa de mes doigts et je restai figé, les yeux mi-clos, les mains abandonnées sur le papier.

En fin de matinée Gamache nous apporta le dîner

sous la surveillance de l'officier de service. Je remarquai qu'on avait mis une sentinelle dans le couloir et m'étonnai de constater que la porte restait grande ouverte quand Montpensier entra brusquement, accompagné de deux gardes nationaux qui se retirèrent aussitôt. Ma surprise fut si vive et ma joie si forte que mes mains se mirent à trembler. Montpensier se jeta dans mes bras avant de presser Beaujolais sur sa poitrine. Gamache riait, le feu aux joues, alors que l'officier baissait les yeux, d'autant plus gêné par nos effusions, me sembla-t-il, qu'elles lui faisaient plaisir. Sans hésiter ni réfléchir, je le remerciai de son humanité. Il me répondit modestement qu'il n'y était pour rien et que l'ordre venait de plus haut : « Désormais, précisa-t-il, le citoyen Antoine Égalité est autorisé à prendre ses repas avec vous, à condition de le faire devant témoins. Aussi, je ne dois pas vous quitter. » Attablé entre mes deux fils, je lui proposai de boire à notre santé et lui tendis un verre de ce vin de Provence trop fruité à mon goût, mais il secoua la tête en me remerciant : « Au moins, dis-je, vous pourriez vous asseoir ! » Il secoua la tête à nouveau, esquissant un sourire dont la discrète ironie me ravit, tandis que Beaujolais me faisait observer d'un œil facétieux que tous les sièges étaient occupés. Réchauffé jusqu'au fond du cœur par le vin fruité et par le regard affectueux de mes enfants qui mordaient dans le pain à belles dents, je me dis que la Révolution avait du bon, qu'elle serait sauvée par des patriotes de qualité comme cet officier et que nous serions nous-mêmes sauvés. Je me reprochai d'avoir pensé le contraire dix minutes avant, estimant dans mon désarroi passager que la Révolution détraquée par des marionnettes et dévoyée par des enragés vouait la Nation à sa perte. L'ayant encouragée jadis et servie naguère, je ne pouvais renoncer à ses principes. Je me jurai sur-le-champ de bannir tout pessimisme de mon esprit et me tournant vers notre officier voulus à tout prix engager la conversation avec lui, mais il s'y refusa affirmant avec courtoisie qu'il n'en avait pas le droit : « C'est fort dommage, dis-je, nous ne savons même pas votre nom. » Il haussa les épaules et répondit du bout des lèvres : « Rougier! » puis comme Montpensier faisait durer le repas en grignotant une pomme, il ajouta, élevant à peine la voix : « Il est temps! » Montpensier poussa un soupir, se leva de bonne grâce, nous donna rendez-vous au souper et sortit, talonné par le citoyen Rougier.

Je m'interroge à présent sur cette mesure de clémence et me demande comment nos geôliers ont pu changer si rapidement d'avis. Il n'est pas habituel que des administrateurs de province se hasardent à corriger les décrets de la Convention. On conçoit mal qu'ils aient cédé à la pitié, attendris par le spectacle banal de notre chagrin. A moins que l'indignation débridée de Montpensier ne les ait impressionnés. En leur tenant tête avec hardiesse, en utilisant leur vocabulaire excessif, notamment ce mot de « tyran » qu'ils affectionnent, en se montrant aussi farouche qu'eux, aussi violent que leurs maîtres spirituels, mon fils de dix-sept ans les a peut-être séduits, alors que ma sagesse de quadragénaire les laissait probablement indifférents. Le monde d'aujourd'hui s'éloigne du nôtre à la vitesse d'une toupie. Toute modération paraît suspecte et l'on se moque éperdument de la raison quand on ne se fâche pas tout rouge devant l'ironie. Montpensier m'aura sans doute donné une leçon. Peut-être n'ai-je rien compris à la Révolution qui est jeune d'esprit, généreuse à sa manière, ennemie des précautions et des compromis, mais cruelle aussi, acharnée à tuer des innocents et des chefs-d'œuvre comme une enfant malade qui décapite ses poupées.

J'ai reçu une lettre d'Agnès qui est décidément la moins compliquée, la moins apprêtée, la plus sincère des femmes. Au lieu d'aligner sur la feuille des idées subtiles, elle dit qu'elle m'aime, qu'elle pense à moi et je ne me lasse pas de relire cette prose de bouquetière. Inaccessible aux sous-entendus, elle se moque des plaisanteries maniérées comme des ragots à double sens, et tous nos roués qui se piquent de bel esprit la jugent sotte. Il y a huit ou neuf ans, à l'époque où je ne la connaissais pas encore, Lauzun[4] me disait : « Si vous saviez comme elle est bête et comme cela est commode ! On peut parler devant elle de choses fort importantes en toute sûreté. » Lauzun raisonnait de travers. Se montrer commode à autrui n'est pas à la portée de n'importe qui. Les lourdauds et les perruches en sont incapables. Quant aux « choses importantes » chères à Lauzun, notamment nos intrigues contre la Cour et nos projets politiques, Agnès préférait ne pas s'en mêler, se contentant d'approuver d'un sourire ou du regard les propos tenus dont elle n'écoutait que le son, sachant que les hommes ont horreur de la contradiction et qu'il est difficile de passer un moment agréable en leur compagnie quand on n'est pas de leur avis.

Je l'ai connue en Angleterre où elle m'avait suivi sans m'accompagner, ayant arrangé ce voyage pour me rencontrer. Elle venait d'avoir vingt ans et sa jeunesse me donnait faim. On a prétendu qu'elle avait attendu la mort de mon père pour faire ma conquête et celle de mes nouveaux titres : chef de la Maison d'Orléans et premier Prince du Sang. Ces calculs de basse-cour sont aux antipodes de sa nature. Indifférente à ce que je représente, Agnès ne s'est jamais intéressée qu'à ma personne. Comme la situation d'une femme qui trompe son mari est infiniment plus confortable que celle d'une demoiselle qui a des amants, elle s'empressa d'épouser le fils unique du comte de Buffon, cavalier émérite et distrait que cette vipère de Rivarol nommait : « le plus pauvre chapitre de l'Histoire Naturelle de son père ». Elle quitta le domicile conjugal pour habiter rue Bleue une petite maison dont la modestie m'enchantait, tandis que son mari, au courant de rien, remplissait en province ses devoirs de colonel dans le régiment que je lui avais donné pour me débarrasser de lui. Mais voilà qu'un beau matin, en quête de sa femme, il la surprend dans son nouveau logis. Il est reçu par des valets réticents et par une épouse embarrassée dont le bégaiement et l'irritation éveillent ses soupçons. A la première question qu'il pose, elle lui ferme la porte au nez. Ne sachant à quel saint se vouer, il va trouver son père au jardin du Roi, mais l'illustre naturaliste connaît mieux les grands reptiles que le cœur humain et ne lui donne que des conseils évasifs. Dans l'état de fièvre et d'incertitude où il se débat, la meilleure solution lui paraît de retourner d'où il vient. Il se précipite dans la première pièce vide, ouvre une porte en coup de vent et tombe sur moi dont le costume ne lui laisse aucune illusion. Je lui souris d'un air niais. Il me salue et se retire à reculons. Jusque-là, sa conduite est celle d'un nigaud, mais la suite plaide en sa faveur. J'apprends bientôt qu'il renonce à son régiment « pour ne rien devoir à celui qui le couvre d'infamie » et qu'il restitue la dot de sa femme sans exiger la moindre réparation. N'en déplaise à Rivarol, le « chapitre d'Histoire Naturelle » a de la tenue, sinon de l'allure.

J'avoue à ma honte qu'au début de notre liaison, influencé par le jugement de Lauzun et respectueux de l'opinion de notre milieu, je trouvais « commode » la prétendue sottise d'Agnès et m'en félicitais, mais ce cynisme manquait de consistance, épris comme je l'étais de ses rares qualités. Ce qui me touchait profondément, c'était la simplicité de son amour et la générosité inépuisable de son attachement, mais gagné par cette timidité imbécile ou fatuité qui nous fait mépriser le sentiment, j'appelais bêtise une absence de coquetterie dont j'étais amoureux. Certes, Agnès n'a jamais eu l'intelligence d'une Mme de Genlis mais je sais aujourd'hui que la tendresse et la bonté lui donnent les atouts d'une perspicacité dont la pédante Félicité ne pourra jamais se prévaloir.

Sa lettre, hélas, n'a fait mon bonheur que pour me tourmenter avec cruauté, car je suis hanté par ses cheveux dorés, son nez coquin, son corps potelé. Je n'aime que les blondes, les vraies, dont la chair semble éclairée par le poil, et mes yeux se ferment sur des images qui brûlent la peau. Je meurs de désir et de soif. Il n'y a pas une seule robe dans ce fort de malédiction, excepté ma sœur enfermée à l'étage inférieur, mais Louise-Bathilde a le caractère et l'apparence d'un vieillard bilieux. Je l'ai croisée deux fois dans l'escalier depuis mon arrivée ici et ne souhaite pas la rencontrer davantage. C'est la plus insupportable des créatures et M. Valmont de Bomare qui s'intéresse aux bizarreries de la nature l'étudierait à plaisir. Il faut reconnaître qu'elle n'a pas eu beaucoup de chance avec les hommes. Son mariage débuta par une scène cocasse dont je fus le témoin en compagnie de Louis XV et de Marie Leczinska. Dès que le duc de Bourbon, âgé de quatorze ans, eut emprunté la ruelle droite du lit pour s'allonger à côté d'elle et qu'on eut tiré les rideaux selon le rite, on s'empressa de le faire sortir de là, attendu qu'il était trop jeune pour passer la nuit avec sa femme, et comme il protestait, les joues en feu, on l'envoya coucher dans sa chambre sous bonne escorte tandis qu'on enfermait ma sœur infortunée au couvent de Panthemont avec pour chaperon la marquise de Barbentane qui avait la réputation sinistre d'un modèle de vertu. Mais la nuit suivante, le petit duc escalada le mur du couvent à l'aide d'une échelle, enleva sa duchesse et termina avec brio l'œuvre interrompue. Envoûtée par cette précocité de génie, amoureuse à en perdre la tête, Louise-Bathilde se révéla bientôt d'une jalousie féroce, maladie qui l'enlaidit, la dessécha et l'éloigna définitivement d'un mari intéressé désormais par toutes les femmes qui ne ressemblaient pas à la sienne.

Les commissaires Laugier, Cailleux et Naigeon chargés d'assurer notre transfert de Paris à Marseille ont fait preuve à son égard d'une angélique patience. A Nogent-sur-Vernisson, elle refusa de partir, prête, selon ses dires et ses cris, à se faire tuer sur place pour résister à l'oppression. D'une voix mesurée, le citoyen Laugier tenta de la raisonner, mais elle éclata en sanglots et se recroquevilla, les mains sur les genoux. Il fallut la porter dans la berline, la faire asseoir sur la banquette comme une petite fille tandis qu'elle poussait des gémissements aigus dont la conclusion, à l'entrée de Cosne, fut une extinction de voix. Soulagés par cette infirmité providentielle, nous reprenions déjà nos esprits quand mon cousin Conti profita de l'accalmie pour nous accabler de ses jérémiades. Il se lamentait de ne pas avoir de domestiques, ne prenait son parti de rien, répétait indéfiniment qu'un homme de son âge ne pouvait endurer de telles épreuves et demandait trois fois par jour aux commissaires la permission d'appeler un notaire pour faire lever les scellés apposés à son domicile de Paris. Il souhaitait que l'on perquisitionnât chez lui, que l'on examinât ses papiers afin d'établir clairement qu'il n'avait jamais entretenu de relations avec les ennemis de la République. Les commissaires qui avaient reçu l'ordre de ne laisser communiquer les prisonniers avec personne l'écoutaient sans répondre en hochant la tête et, privé d'audience, le malheureux se rabattait sur moi, estimant que j'avais de la chance d'être en bonne santé et me priant d'intervenir pour cette histoire de scellés dont je me moquais éperdument. A Roanne il s'enrhuma pour tomber malade à Vienne où, faute de chevaux, il nous fallut prendre le bateau pour descendre le Rhône. Les soubresauts de notre embarcation secouée par un vent contraire lui arrachèrent de longs soupirs entrecoupés d'éternuements incoercibles, tandis que Louise-Bathilde aphone attirait notre attention en levant les bras au ciel, mais à Orgon où une centaine de furieux voulaient à tout prix nous massacrer et prenaient l'auberge d'assaut en hurlant : « Tous les Bourbons à la guillotine! » ils réussirent l'un et l'autre à se faire oublier, tremblants et tassés au fond de la cuisine et prêts à entrer dans la cheminée, alors que les commissaires apeurés répétaient pour se donner du courage : « Ne craignez rien! Nous sommes là pour vous protéger. » Quand, deux jours plus tard, notre voiture escortée par vingt gendarmes s'arrêta devant la colline Notre-Dame-de-la-Garde, ma sœur apprenant qu'elle devait monter à pied jusqu'au sommet retrouva toutes les sonorités lancinantes de sa voix et jura en pleurant qu'elle ne gravirait jamais « cette montagne ». Comme elle refusait d'entendre raison et menaçait, les jambes molles, de se laisser tomber par terre, on dut, pour gagner du temps, quérir une chaise à porteur à l'intérieur de laquelle elle n'en continua pas moins à gémir, mettant la tête à la portière pour se plaindre des cahots et rabâcher que c'était un crime, une ignominie d'aventurer une femme respectable au milieu des rochers sur un sentier destiné aux brigands. A l'arrivée dans le fort, constatant que rien n'était prêt pour nous accueillir et qu'hormis de sordides grabats nos chambres étaient nues, elle se remit à pleurer, les mains jointes, affirmant qu'il était monstrueux de traiter ainsi des personnes dévouées depuis quatre ans à la Révolution. Montpensier qui est au courant de tout m'apprend qu'elle se résigne à présent, aussi invraisemblable que la nouvelle puisse paraître. Il prétend qu'elle passe ses journées à genoux, acceptant « son calvaire » comme une épreuve voulue et dépêchée par Dieu. Ce stoïcisme dévot n'atteint pas mon cousin Conti qui se montre toujours le moins accommodant des prisonniers. Il assomme nos gardiens de récriminations quand son costume d'un autre âge ne provoque pas leur fou rire. A l'entendre, sa chambre est envahie par une fumée qui l'aveugle et dont l'ardeur étouffante l'oblige à s'habiller sur le balcon. Avant-hier, il a demandé à se réfugier dans l'un des corps de garde où il a commis l'imprudence de se présenter en robe de chambre de damas cramoisi, la tête couverte de papillotes et surmontée d'un chapeau à trois cornes horizontales. Cet incident burlesque, répandu comme une fable d'une cloison à l'autre et dans tous les étages, a diverti la population du fort Notre-Dame sauf moi : en se rendant ridicule, mon cousin jette le discrédit sur ma Maison et donne des armes à ceux qui nous méprisent. Je ne peux m'empêcher de le comparer à son père, aussi différent de lui que l'aigle l'est de la poule. Mon oncle Louis-François de Bourbon était le plus fier, le plus brillant, le plus audacieux des Princes du Sang. Il les réunissait pour leur prêcher la résistance à la Cour, chaque fois qu'il convenait de porter secours aux parlements qui tentaient d'opposer une barrière au despotisme ministériel ou lorsqu'il s'agissait de repousser les empiétements de l'étiquette royale sur nos prérogatives : « Allons, messieurs, disait-il, il n'y a pas à tergiverser. Si nous fléchissons, nous serons traités comme des valets. Il faut faire sentir à la Cour que nous sommes princes et pairs du royaume. Résister à l'autorité arbitraire s'impose et notre devoir est de donner l'exemple. » J'avais vingt-deux ans et je l'admirais. Aucun homme n'a exercé sur ma destinée une influence aussi déterminante. Ai-je eu tort de l'écouter ? Est-ce ma faute si les événements ont rapidement dénaturé la voie qu'il m'avait tracée ? De toute manière, il est trop tard et je ne regrette rien.

Grisé par le vent frais qui venait de la mer et frôlant les murs crénelés, Beaujolais arpentait d'un pas accéléré le périmètre de la terrasse. Au centre, les deux gardes nationaux responsables de nos mouvements tournaient lentement sur eux-mêmes pour le surveiller. Le plus petit, monté sur des jambes torses, avait un visage de Maure éclairé par une courte balafre à la joue, tandis que l'autre au cou tendineux ressemblait à un paysan de Villers-Cotterêts. Accoudé à un créneau, je regardais le soleil décliner, ému par le ciel enflammé qui pénétrait dans l'eau et par les îles roses dont la plus proche était couronnée d'un château fort. J'aurais voulu connaître le nom de cette bastille et m'approchai du balafré pour le lui demander, mais il me répondit sur un ton rogue que je n'avais pas l'autorisation de poser des questions, et comme sa discourtoisie me sidérait, le paysan de Villers-Cotterêts, pris de scrupules, baissa la tête et grommela : « C'est le château d'If. Tout le monde sait ça [5] ! » Dépité mais soucieux de paraître indifférent, je retournai sans mot dire à mon créneau, troublé par la proximité inaccessible de l'eau et tourmenté par une furieuse envie de partir. Aux entreprises terriennes j'ai toujours préféré l'aventure en mer qui s'accorde à ma nature et me donne un sentiment de liberté. Cette vocation inquiéta naguère mon cousin, le comte d'Artois, désireux de réserver la charge de grand amiral à son fils, et contraria la Cour qui ne pouvait se résoudre à me voir jouer un rôle actif. Quand je partis rejoindre à Saint-Malo l'armée qui préparait une descente en Angleterre, Marie-Antoinette m'écrivit, sur ordre du Roi, de « revenir paisiblement » à Paris. Aujourd'hui encore, l'idée de ne pas embarquer sur ces bâtiments superbes qui n'attendaient qu'un signe du comte d'Orvilliers pour mettre à la voile, m'irrite et me navre. Si un jour, la Royauté revient au pouvoir sous le régime libéral que je souhaite, il faudra veiller à ce que les Princes du Sang ne soient pas condamnés comme par le passé à l'impuissance politique et à l'oisiveté. Cette solution néfaste pour la Nation ne peut jouer que de mauvais tours à la monarchie.

Mais avant-hier, penché au-dessus de mon créneau, je ne songeais à rien de précis quand un rire s'échappa derrière moi : Beaujolais adressait des grimaces et des gestes à son frère sans se préoccuper de nos gardiens que cet innocent manège impatientait, et, soudain, le balafré se dirigea vers lui au pas de charge, puis, arrivé à sa hauteur, obliqua subitement vers moi : « Puisque c'est comme ça, dit-il en me fusillant du regard, vous allez regagner vos chambres immédiatement ! Je vous apprendrai à respecter la loi. »

Depuis, je n'ai revu Montpensier que ce matin, au déjeuner où notre surveillance fut assurée par trois soldats au lieu d'un : « Quel honneur ! a chuchoté Beaujolais, on finira par nous donner un bataillon. » Hier, a midi, comme je m'étonnais de ne pas voir mon cadet, l'officier de garde me répondit qu'il s'agissait d'une sanction prise par l'administration et que dorénavant, afin d'éviter tout incident, nous nous promènerions à tour de rôle; mais, en fin de journée, on nous apprit que la sanction était levée et que nous aurions à nouveau la possibilité de nous retrouver tous les trois sur la terrasse à condition de n'échanger entre nous ni paroles, ni gestes. Ces mesures stupides mettent notre patience à rude épreuve. Cependant, je ne pense pas que les administrateurs du fort qui sont des personnages austères nous humilient ou nous tracassent à plaisir. Je crois tout simplement qu'ils cherchent à occuper leur temps et qu'ils se donnent de l'importance pour distraire leur inquiétude qui ne cesse d'augmenter. Sans doute appréhendent-ils quelque décret de la Convention qui compliquera leur tâche et empoisonnera notre vie. En attendant, profitons des rares libertés qu'on nous laisse. On est tout de même plus heureux ici qu'à l'Abbaye Saint-Germain.

Je garde un souvenir glacé de ma première nuit de prisonnier et des heures maléfiques qui l'ont précédée au cœur de Paris détraqué. Il y a quatre semaines de cela. Je dînais au Palais-Royal avec mon ami Monville quand Merlin de Douai, le visage défait, m'annonça que la Convention venait de décréter l'arrestation de tous les Bourbons. Merlin est un sage, un expert, mon conseil judiciaire depuis quinze ans. Sur les bancs de la Montagne, je m'arrange toujours pour m'asseoir à ses côtés. A la différence des braillards et des forcenés qui peuplent l'Assemblée, il réfléchit avant de prendre la parole et pèse ses mots. D'emblée, je compris que la décision de la Convention serait irrévocable et demandai pour le principe : « Tous les Bourbons sans exception ? » Il me découragea du regard avec cet air de notaire affectueux qu'il adopte dans les grandes occasions : « Oui. Sans exception. A cause de ton fils. Il n'aurait pas dû suivre Dumouriez. L'émigration de ta fille n'a rien arrangé non plus. » Sans illusion je lui proposai de lutter, de tenter quelque chose, une ultime démarche auprès de Danton par exemple, ou de Marat. Il hocha la tête : « A présent, tout le monde a peur. Tout le monde est contre toi. Ce n'est pas la première fois que Marat retourne sa carmagnole. Quant à Danton, il a trop d'ennemis pour prendre ta défense. Robespierre a juré sa perte. » Il me serra la main noblement, pressé de me quitter pour ne pas être compromis. Je me retrouvai seul avec Monville qui donnait l'impression de n'avoir rien entendu. Penché sur une sole cuite à point dont il venait de trier les arêtes avec minutie, il se préoccupait soigneusement de l'assaisonner avec un jus de citron. Monville est un ami de longue date, un « vieux complice » comme disent nos libertines. Nous partageons les mêmes goûts, les mêmes plaisirs, le même langage cynique qui nous délasse de la politique et de ses vertus. Mais en l'occurrence son affectation d'indifférence ou d'impassibilité me parut déplacée et je laissai éclater ma rancœur : « C'est inimaginable, insensé! Après tout ce que j'ai fait pour la Révolution, toutes les preuves de patriotisme que j'ai données, le dévouement aveugle dont j'ai témoigné, les sacrifices illimités que j'ai consentis, me frapper d'un tel décret! Quelle ingratitude! Quelle horreur! » Monville me considéra avec froideur : « C'est épouvantable, Monseigneur, mais que voulez-vous? Ils ont obtenu de Votre Altesse tout ce qu'on pouvait espérer. Elle ne peut plus leur servir à grand-chose. Alors, ils font de Votre Altesse ce que je fais de ce citron dont tout le jus est exprimé. » Il se leva de table avec vigueur et jeta les deux moitiés de citron dans la cheminée, puis ajouta avec douceur sans me quitter du regard : « Ne laissez pas refroidir votre sole, Monseigneur. Il convient de la manger bien chaude. » Je me courbai sur mon assiette, les larmes aux yeux, puis remerciai Monville d'un sourire. Il y avait longtemps que personne ne m'avait appelé Votre Altesse ou Monseigneur et d'entendre à nouveau ces titres dont j'ai ricané parfois pour me mettre au goût du jour, j'éprouvai une émotion salutaire et redressai la taille.

C'est dix minutes plus tard que je reçus la visite d'un officier de paix et d'un inspecteur de police accompagnés d'une escouade de gendarmes. L'inspecteur me présenta un réquisitoire signé du citoyen Pache, maire de Paris, aux termes duquel je devais me rendre sur-le-champ à l'Hôtel de Ville. En arrivant là-bas, je protestai avec énergie, rappelant les services que j'avais rendus à la République et demandant à être exclu du décret, mais les représentants de la municipalité se déclarèrent incompétents sur le principe et me renvoyèrent à l'Assemblée. Mon entrée à la Convention déchaîna une tempête où ma voix fut rapidement étouffée. J'avais pourtant de bons arguments : ma qualité de député qui mettait ma personne à l'abri d'une mesure de police, mon nom « Philippe Égalité » dont la roture m'écartait de la famille incriminée, et ma correspondance attestant que j'ignorais les projets répréhensibles de mon fils. Mais le bruit était tel, l'animosité si forte et les visages si haineux que je n'avais plus envie de parler, étranger à ces hommes défigurés par la passion qui me vouaient aux gémonies, engagés dans une lutte sans merci dont je n'étais que le prétexte. Ainsi Marat qui hurlait à ma mort accusait de complicité les députés de la Gironde qui répliquaient en dénonçant Danton comme mon allié. En moins d'une heure mon sort fut réglé et les gendarmes vinrent me chercher pour me conduire à l'Abbaye. Sur le Pont-Neuf un attroupement autour d'une charrette de farine arrêta notre voiture et je baissai la tête à l'écart de la portière pour ne pas être reconnu. Rue Dauphine, un nuage noir creva au-dessus des toits, inondant le pavé, et je n'oublierai jamais cette fille qui releva sa jupe pour ne pas être éclaboussée, découvrant un mollet rose dont la vue me serra le cœur à la pensée qu'aucune femme ne pourrait me rejoindre la nuit. En longeant la barrière des Sergents, au débouché de la rue de Buci, la voiture bouscula un chien qui nous suivit en aboyant jusqu'à la place du Petit-Marché au fond de laquelle j'aperçus la prison au toit pointu, flanquée de quatre tourelles du Moyen Age. Après avoir passé le guichet, les gendarmes me firent monter un escalier étroit et sale qui aboutissait à la loge du concierge. Celui-ci me demanda si je voulais souper. Je lui répondis qu'il était trop tôt et que, de toute manière, je n'avais pas faim. Il me pria de le suivre et nous traversâmes un réfectoire transformé en dortoir où s'entassaient des malheureux sur des paillasses éventrées. Le concierge me dit qu'il s'agissait d'aristocrates traîtres à la patrie et de prêtres insermentés : « J'espère, ajouta-t-il sans acrimonie, qu'on ne va pas attendre un mois pour leur couper le cou. Il faut faire de la place. » Sur le moment, j'approuvai, habitué comme je l'étais à entendre dans mon entourage des réflexions de ce genre que personne ne discutait ; mais une seconde plus tard, les mots écoutés sans conscience se chargèrent de sens et je réprimai un frisson, incapable au demeurant de m'apitoyer sur ces condamnés dont ma fierté héréditaire ne pouvait imaginer de partager le sort. Au bout d'un long corridor et d'un escalier très court, on me fit entrer dans un cabinet minuscule occupé par un lit de camp sur lequel Beaujolais se trouvait assis. Au moment où je l'embrassai, on nous enferma et j'écoutai pour la première fois ce bruit de serrure comparable à celui d'un pistolet que l'on arme avant de tuer. C'était un dimanche. Le 7 avril.

Le lendemain, me promenant dans la galerie qui donnait sur la cour intérieure, j'eus la surprise de rencontrer Laclos qui me salua froidement et trouva un prétexte pour ne pas engager la conversation. Ce procédé me convint car nous avions déjà trop de malentendus en commun, sans compter nos échecs et griefs réciproques. J'appris en fin de journée que la Convention avait décidé de me transférer à Marseille ainsi que tous les Bourbons, à l'exception de Marie Adélaïde, ma femme, qui, en raison de son état de santé, était autorisée à demeurer chez son père au château de Bizy. Le 9 avril, au matin, quatre mandataires de mes créanciers obtinrent du concierge la permission de me voir. Le plus âgé qui s'exprimait avec la componction d'un évêque déclara que ma prochaine translation à Marseille me mettait hors d'état de procéder aux ventes prévues et que je devais leur donner une procuration à cette fin. Je me doutais confusément qu'une telle formalité achèverait de me ruiner, mais par lassitude, mépris de mon avenir et de moi-même, j'y consentis et signai sans le lire le papier tout préparé. Dans l'après-midi, au cours de la promenade, je fus abordé par un vieux gentilhomme qui, sous des vêtements crasseux et déchirés, avait encore fière allure. Oubliant de se présenter, il m'adressa la parole sans préambule, un doigt tendu vers l'herbe grise de la cour intérieure : « C'est là, voyez-vous, qu'on a massacré des centaines de prisonniers en septembre dernier. Leurs corps empilés formaient une sorte de colline et la terre écœurée vomissait leur sang. Vous ne me croyez pas ? » et, comme je serrai les dents, exaspéré par ces outrances verbales qui me rappelaient les propos réactionnaires de Mme de Chatellux et des amis de Marie Adélaïde, il reprit avec toute la fermeté de sa voix cassée : « Il ne faut pas refuser la vérité, Monseigneur. Sinon, notre courage devant la mort n'a aucun sens. »

C'est une fièvre irritante pour l'esprit de ne rien voir et de ne rien apprendre quand on entend, comme ce matin à l'aube, un grand remue-ménage dans le fort, un roulement de bottes et de fers, un branle-bas de combat comparable à celui du « Saint-Esprit » de la soute au tillac. Beaujolais, mal réveillé, assis sur le lit, se frottait les yeux, lèvres disjointes, et répétait : « Qu'est-ce que c'est ? » J'ai fini par lui dire à l'aveuglette qu'il n'y avait pas lieu de s'inquiéter et que nous serions déjà avertis si l'affaire nous concernait. Un quart d'heure plus tard, alors que le calme était revenu, Gamache, accompagné de Montpensier, nous apporta le déjeuner sous la surveillance de Rougier à qui je demandai ce qui s'était passé. Il me répondit sans hésitation – et je compris à ce trait qu'il avait l'autorisation de nous informer – que les municipaux en grand cortège étaient venus chercher la citoyenne Bourbon et le citoyen Conti pour les conduire au tribunal de la ville où ils devaient être interrogés. Il ajouta que demain, ce serait mon tour et celui de Beaujolais, après-demain, celui de Montpensier. Cette nouvelle nous coupa la parole et l'appétit. Montpensier laissa tomber son couteau à terre et Gamache en le ramassant heurta la table d'un coup de tête, mais personne ne rit : « J'espère, dis-je pour détendre l'atmosphère, que le tribunal est fort éloigné de notre prison. Cela nous donnera l'occasion de dégourdir nos jambes. » Après le repas, Beaujolais profita de l'absence de son frère et de notre isolement pour me faire part de son anxiété : « Ces juges-là sont retors. Ils vont me tendre des pièges. Déjà, à la mairie de Paris, ils avaient multiplié les embûches et tenté l'impossible pour me faire dire des sottises susceptibles de vous perdre. J'avais bien résisté, grâce à Dieu, mais aurais-je, demain, la même présence d'esprit ? On ne sait jamais ce qu'ils peuvent inventer pour travestir nos propos. J'ai grand-peur de vous nuire, mon père, et s'il m'arrivait pareille infortune, je mourrais de honte. » Son désarroi pétri de nobles scrupules m'émut d'autant plus que je le savais optimiste de nature et peu tourmenté. Je le réconfortai du mieux que je pus, l'assurai de ma confiance et lui conseillai de répondre de manière évasive aux questions pernicieuses des magistrats : « Tu n'es plus un enfant, mais ils ne s'en doutent pas. Ta jeunesse et ton air candide te permettent de feindre l'ignorance. Il faut jouer cet atout. » Il rougit sous l'éloge et d'une voix mal assurée me demanda si je le considérais vraiment comme un homme : « Dorénavant, oui ! » répondis-je avec fermeté, tandis qu'il souriait, le visage tendu, fier jusqu'aux larmes. Je regrette à présent de m'être contenté de cet échange. J'aurais dû insister davantage, lui donner de franches directives, lui dicter par exemple des réponses précises au cas où on l'interrogerait à propos de Chartres, mais j'éprouvais une sorte de lassitude insouciante, persuadé que tout se passerait bien et trop nonchalant pour imaginer le contraire. Depuis mon arrestation, je n'ai plus tout à fait les mêmes goûts ni les mêmes idées. La prison m'apporte des qualités étrangères à mon passé, tandis qu'une partie de ma personne se détache de l'autre et c'est par habitude seulement, par routine que je m'intéresse encore à l'avenir. Je ne suis plus déchiré entre deux partis, tiraillé entre deux influences, entre deux conseillers, entre deux intrigues politiques, entre deux discours ou deux actes que je réprouve. Privé de liberté, je peux me laisser vivre et jouir d'une quiétude que je n'ai pas connue depuis quatre ans. Et puis il y a cet engagement d'écrire que j'ai pris sans le vouloir et qui change tout. En jetant sur le papier mes réflexions de prisonnier, j'analyse le passé et me moque inconsidérément de mon destin. Mme de Genlis qui me tient pour un béotien sous prétexte que je n'ai pas lu dix ouvrages sérieux dans ma vie serait la première étonnée. Il est vrai que je n'aime guère les livres, encore moins les littérateurs sentencieux, philosophes de salon, qui alignent dans la conversation des phrases de calligraphe. En leur présence, il m'est arrivé de jalouser leur science et de regretter ma paresse. Je me promettais d'étudier en cachette une grave question et de vider sur leurs têtes toute une provision de connaissances, mais j'étais trop indolent pour mettre ce projet à exécution. Ils m'impatientent avec leurs certitudes et cette manie qu'ils ont d'affirmer leurs doutes sur le ton de la découverte. Enfin, quand il leur prend la fantaisie de lire leur prose à haute voix, cette musique qui leur procure un plaisir immédiat m'impose sommeil à l'heure où je n'ai aucune envie de dormir.

En fin de matinée, la troupe a ramené au fort ma sœur et mon cousin. Je l'ai appris au dîner par Montpensier qui a réussi, je ne sais comment, à les rencontrer. Il a remarqué que sa tante paraissait très gaie, alors que le prince était d'une humeur plus détestable encore qu'à l'ordinaire. Cette observation concernant Louise-Bathilde a piqué ma curiosité. J'ai voulu en savoir davantage : « Gaie, mais comment ? Aurait-elle perdu la tête ? – Non pas ! répliqua Montpensier, sa gaieté ressemblait à un défi, mais... » et comme je le priai sans ménagement de terminer sa phrase : « Mais ce n'était pas une attitude de l'esprit, a-t-il précisé en cherchant ses mots, elle ne bravait personne et regardait les soldats en souriant comme de vieux serviteurs. Et puis, vous allez vous moquer de moi, mon père, mais j'ai trouvé qu'elle avait rajeuni. » Je n'avais aucune envie de me moquer de lui et, soucieux de distraire le plaisir que me causaient ses propos, je me suis contenté de répondre sur un ton narquois : « En vérité, ta tante n'appartient pas à l'espèce commune. »

Louise-Bathilde, qui a toujours d'excellentes formules sous la langue ou sous la plume, reconnaissait naguère qu'elle « logeait en elle deux sœurs jumelles », l'une souriante et claire, l'autre acariâtre et sombre. La première appartient à mes souvenirs les plus doux. Son enjouement irrésistible rehaussait ses traits menus, enchantait son regard brun, son nez de petite fille et son corps animé de grâces trépidantes. Elle riait, badinait avec esprit, chantait juste, jouait de la harpe, dansait, récitait des vers et faisait tourner les têtes en tenant la sienne bien droite. Je n'oublierai jamais nos soirées d'hiver, en compagnie de son amie, la vicomtesse de Laval. Dans la grande cheminée de Villers-Cotterêts, le feu pétillait moins que ses yeux et que ses reparties inattendues. Nous nous sentions si proches tous les deux, unis par la même fantaisie, la même tendresse, les mêmes émotions de famille. Gourmande comme mon père, ardente comme notre mère, friande d'imprévus et de divertissements comme moi, elle avait sur nous l'avantage d'une franchise spontanée dont la transparence et la simplicité nous désarmaient. Mais à la moindre contrariété, sous l'aiguillon de la jalousie notamment, la sœur jumelle des mauvais jours chassait l'autre. Sous les sourcils froncés les pupilles dévoraient les prunelles, le teint s'échauffait, bourgeonnait et la conversation de la petite fée tournait à l'aigre alors qu'une agitation sèche ridiculisait son corps. En réalité, ma sœur, amoureuse d'un mari qui regardait ailleurs, a souffert toute sa vie de cette hérétique maladie. Au lieu d'entendre raison et de mettre les infidélités de l'époux sur le compte des usages et de la mode, elle les épia comme un chasseur, les dénombra comme un huissier de justice, les dénonça comme une furie, assommant le coupable de réquisitoires qui débutaient dans l'alcôve pour s'achever en public. Incapable d'endurer l'indifférence du jeune prince, elle provoqua délibérément son aversion, exigeant avec éclat le renvoi d'une dame d'honneur qui avait répondu à son caprice, et n'hésitant devant aucun scandale à la Cour pour répandre sa propre rage. Par désœuvrement et par dépit, elle s'éprit du chevalier de Roquefeuil, son cadet de sept ans, mais ce bonheur artificiel fut de courte durée. Promu lieutenant de vaisseau pour sa belle conduite au combat de la *Surveillante,* Alexandre de Roquefeuil se noya dans le port de Dunkerque en regagnant sa corvette. On comprend aujourd'hui qu'après ces échecs, Louise-Bathilde trouve refuge et compensation dans la religion, ce qui ne saurait en aucune manière justifier mes sarcasmes, ni la sévérité avec laquelle j'étudie sa faiblesse. Au cours de notre voyage de Paris à Marseille, au lieu de la consoler, de l'apaiser, de tenter de la comprendre ou de la raisonner, je n'ai cessé de la tenir moralement à l'écart, partagé entre la compassion, le dédain et l'ennui. Au fond, je ne lui pardonne pas d'avoir vieilli. Son visage fané me rappelle mon âge auquel ma mémoire de quadragénaire ne s'habitue pas car j'ai fréquemment le sentiment de m'être marié la veille et d'avoir toujours vingt-deux ans. Sans mentir, en ce temps-là, j'étais beau, le teint vermeil, la bouche avide, le corps élancé et d'une vigueur, d'une souplesse à rendre jaloux un cerf. J'ai conscience d'avoir multiplié les erreurs dans ma vie et d'avoir gâché beaucoup de choses, mais j'ai bien profité de ma jeunesse. En selle de l'aube au crépuscule à la courre d'un dix-cors, il m'arrivait après avoir servi la bête et bien soupé, de contenter ma jeune femme pour découcher bientôt sous un faux prétexte et finir la nuit chez des libertins en partie de filles. Hélas, aujourd'hui, mes traits sont bouffis, ma taille ventrue, mes jambes lourdes, mon front déshonoré par la couperose et la pustule. J'ai tout essayé pour effacer ces maudits boutons : la saignée, le petit lait de tamarin, la pommade de Saturne et l'eau de frai de grenouille. Un médecin anglais, élève de Guillaume Buchan, m'a interdit le café et m'a recommandé de mouiller le vin, mais là, j'ai refusé. Plutôt mourir de soif. Après tout, si mon visage s'abîme, c'est à l'image de la Révolution et cette disgrâce symbolique prouve que nous ne sommes faits ni l'un, ni l'autre pour vieillir.

Hier soir, Montpensier m'a fait remarquer gentiment que je me trompais de jour et de mois en évoquant les événements récents : « Vous devriez noter les dates sur un carnet, papa, sinon vous finirez par perdre la notion du temps. » Il a raison. Comme disait je ne sais quel pédagogue à Mme de Genlis qui buvait ses paroles : « Les dates sont les jalons de la mémoire et l'hygiène de l'esprit. » Nous sommes le 9 mai. Mercredi 9 mai 1793. je suis arrivé au fort Notre-Dame-de-la-Garde lundi 23 avril à quatre heures du matin [6]. C'est mon seizième jour de prison, le vingtième en comptant l'Abbaye Saint-Germain. J'écris depuis le mercredi 25 avril. Ce jour-là, je me suis illusionné sur mes intentions en prenant l'engagement de ne pas plaider ma cause. En fait, on n'écrit jamais que pour se justifier et prétendre le contraire correspond à une autre forme de justification. Cette vérité donne un sens à l'infime liberté dont je dispose, et la pensée que mes enfants, Montpensier d'abord, pourraient lire ces lignes jette un trait de lumière sur mon destin incohérent.

Il était six heures, avant-hier, au petit jour, quand les administrateurs, les municipaux et la troupe sont venus nous chercher, Beaujolais et moi, pour nous conduire au tribunal, mais vingt minutes plus tard, nous n'avions pas encore quitté le fort. Une discussion animée opposait ces messieurs en salle des gardes – sur une question de préséance, m'a-t-il semblé –, tandis que nous attendions debout dans le long corridor de sortie, serrés par trente gardes nationaux plantés sur deux rangs comme des échalas. Enfin, le cortège s'est ébranlé, municipaux en tête. Je me trouvais à la gauche de l'administrateur rouquin dont j'ignorais toujours le nom. Il évitait de me regarder en mesurant ses pas. Des flocons de nuage flottaient dans le ciel jaune au-dessus de la mer immobile et je respirais avec délice l'air humide qui sentait le coquillage. Le plaisir de marcher, de fouler la terre et non plus le sol de briques imprimait à mes genoux un tremblement, à ma nuque un vertige. Taillé dans le roc à flanc de colline, le chemin recouvert d'argile sèche donnait l'impression de conduire à un puits et les soldats attentifs à ne pas glisser sur la pente marquaient la cadence à coups de talons et soulevaient une poussière que le soleil levant colorait en rouge. Au détour d'un rocher, une chouette en chandelle sur un oratoire s'est envolée et j'ai relevé la tête pour suivre ses ailes de coton au-dessus du cortège : « Vous regardez le ciel ? » m'a demandé l'administrateur rouquin sur un ton aimable qui ne lui était pas habituel. Je m'attendais si peu à ce qu'il m'adressât la parole que ma réponse immédiate : « Non, je regardais la chouette ! » n'est pas venue. Il a profité de ma surprise pour ajouter : « Ces petits nuages annoncent la pluie. » J'ai remarqué qu'il n'avait pas l'accent du Midi et j'ai failli le lui dire mais c'est une autre phrase que j'ai prononcée : « Moi, je n'entends rien à ce climat. – Moi, non plus. Je suis breton », a-t-il répliqué comme pour répondre à ma question implicite. Nous sommes arrivés sur un promontoire planté de genêts en fleur et la vue plongeante m'a permis de découvrir en entier le port de Marseille qui m'a paru magnifique avec ses murailles roses dont les tours se reflétaient dans l'eau. Au bas de la colline nous avons franchi les remparts gardés à leur ouverture par quatre sentinelles, et l'administrateur m'a appris que c'était la porte Saint-Victor. En revanche, il ne m'a pas dit un mot de l'église monumentale [7] et des bâtiments conventuels que nous avons laissés à notre droite pour nous engager dans une longue rue bordée d'industries et tout de suite j'ai envié les ouvriers qui travaillaient à l'air libre, excité par le bruit des maillets, le grincement des poulies, troublé par l'odeur fraîche de la sciure et par celle du goudron que maniaient les calfats. Cette fois, l'administrateur a bien voulu me renseigner : « Nous sommes dans la rue Sainte, citoyen ! » Je lui ai demandé s'il était catholique et il s'est récrié : « Grand Dieu, non ! » pour ajouter quatre pas plus loin avec un demi-sourire : « Ce ne sont pas des choses à dire. » Notre cortège a traversé une esplanade de terre battue devant des charpentiers de marine qui équarrissaient des troncs de sapin et qui se sont arrêtés de cogner pour nous saluer du regard, puis nous avons longé les quais et, sur notre passage, des pêcheurs se sont dressés dans leurs barques amarrées, faisant ainsi danser la coque. Un autre, agenouillé sur les dalles, a laissé tomber le filet qu'il remaillait et s'est levé en criant : « Mort aux aristocrates ! Mort aux tyrans ! » mais il n'avait pas l'air méchant et ses compagnons ont répété pour la forme : « Mort aux tyrans ! » sans esquisser le moindre geste de menace. Nous avons emprunté une rue de noble apparence où les orfèvres tenaient boutique de chaque côté, puis une autre habitée par des fabricants de caisses [8], pour déboucher finalement sur une place occupée par un monastère flanqué d'une église qui datait de l'empereur Charlemagne pour le moins : « Le tribunal ! » a murmuré l'administrateur [9]. Nous sommes entrés dans l'église sur le fronton de laquelle on pouvait lire la devise républicaine : « Liberté, Égalité, Fraternité. » L'intérieur ressemblait au club des Jacobins de la rue Saint-Honoré. Sur les murs grisâtres, des taches claires marquaient l'emplacement des images saintes que la Révolution avait détruites et dans les chapelles latérales des tentures tricolores recouvraient les statues décapitées. Les juges assis gravement autour d'une table ovale étaient habillés de noir et coiffés d'un chapeau à la Henri IV orné de plumes de corbeau. Je me tenais debout devant eux, à six pas environ, derrière la clôture du chœur qui faisait office de barre, encadré par deux gardes nationaux, tout comme Beaujolais qui se trouvait dans la même position et sur la même ligne. C'est lui qu'on a interrogé le premier. Il s'est tiré d'affaire à merveille, éludant toute question délicate sur un ton d'innocence et de naïveté dont la sincérité désarmait l'accusateur public. Ainsi, quant à la requête de celui-ci, le président lui a demandé ce qu'il pensait de la trahison du général Égalité, ci-devant duc de Chartres, il a répondu : « Je suis trop jeune encore pour juger mon frère. C'est à vous de le faire, citoyens, et je vous en saurai gré. » J'aurais voulu l'encourager du regard mais les gardes qui se trouvaient entre nous faisaient écran et je n'étais pas assez sot pour ébaucher un mouvement de tête susceptible d'indisposer nos juges. Sur un regard appuyé de l'accusateur public, le président a remercié Beaujolais et s'est tourné vers moi. Il me serait fastidieux de revenir en détail sur cet interrogatoire, véritable dialogue de sourds, dont l'essentiel a porté sur mes relations avec Chartres. Attablé sur des convictions dictées d'avance, le tribunal ne voulait pas comprendre. J'ai eu beau répéter dix fois que mon fils aîné ne m'avait tenu au courant de rien, que j'ignorais tout de ses rapports avec Dumouriez et des « projets liberticides » de ce traître, et que depuis le jugement de Louis Capet nous n'étions plus d'accord sur le bien-fondé de la Révolution, les juges ont considéré ces affirmations comme dénuées de sens. Auparavant, le président m'avait entrepris sur mon voyage en Angleterre et sur l'émigration de ma fille, après avoir voulu connaître mon opinion sur les États Généraux de 1789, sur la République une et indivisible et sur les motifs qui pouvaient expliquer la réputation douteuse dont j'étais l'objet. A ce dernier trait j'ai répondu avec hauteur : « Douteuse auprès des royalistes absolus, citoyen président. J'ose espérer que les patriotes ne partagent pas leur sentiment. »

J'oubliais une autre question : « Avez-vous agi d'après vous-même ou d'après un conseil particulier ? » J'ai répliqué sans hésitation : « D'après moi-même ! » fermement décidé à garder le silence sur les influences que j'avais subies, à commencer par celle de Laclos dont l'évocation tortueuse aurait compliqué les choses. La vérité est toujours plus nuancée, plus embrouillée que le mensonge. Aussi convient-il de l'éviter devant des magistrats épris de simplicité ; et ce n'est pas un paradoxe d'affirmer en l'occurrence que mentir aide la justice.

Hier soir, Montpensier nous a commenté son interrogatoire avec fougue : « Ces messieurs m'ont accusé de toutes sortes de machinations et de forfaits qui ne tenaient pas debout. Je crois leur avoir cloué le bec. » J'enviais sa jeunesse et sa confiance. En parlant il fermait les poings sur la table, de chaque côté de l'assiette, comme pour défier les juges de l'univers, et la saine coloration de son visage faisait plaisir à voir. Moi, je suis las de la politique et de ses tribunaux. Je vais écrire à Agnès que tout s'est bien passé et que j'ai bon espoir de la revoir bientôt, ce qui me paraît fort improbable mais le dire fait du bien.

C'était l'heure de la promenade et nous venions, mes deux fils et moi, de quitter nos chambres quand dans le couloir qui mène à la terrasse une détonation fit trembler les murs. Au même instant, quatre portes s'ouvrirent avec fracas et des officiers se mirent à hurler : « A la garde ! A la garde ! On vient d'assassiner un administrateur! » L'un d'eux qui courait comme un fou s'arrêta devant nous pour crier : « Les prisonniers dans leurs chambres, immédiatement! » Les deux soldats chargés de surveiller notre promenade pointèrent leur fusil sur nos poitrines et nous repoussèrent jusqu'à nos cellules en répétant d'une voix rauque à chaque pas : « Reculez! Vite, reculez! » Révolté par ces procédés de charretier, je regardai fixement la porte qui venait de se refermer sur un bruit de serrure agressif, tandis que Beaujolais, immobile au milieu de la pièce, baissait la tête d'un air honteux : « Papa, vous croyez qu'on va nous faire du mal ? » demanda-t-il sur un ton hésitant. Ses lèvres tremblaient un peu et cette constatation me serra le cœur car depuis notre arrestation il ne m'avait jamais donné l'impression d'avoir peur : « Non! répondis-je avec aplomb, tu n'as rien à craindre. Cette affaire ne nous concerne pas. » Il me parut soulagé et je le réconfortai d'un sourire mais j'étais loin d'être rassuré. Je me disais que cet assassinat ne pouvait demeurer impuni, que la Révolution avait besoin de coupables et que les Jacobins de Marseille profiteraient de l'occasion pour incriminer la famille Bourbon. Les accusations les plus folles trouvaient audience auprès des patriotes. Il était permis d'affirmer sans preuves que ma présence dans le fort avait encouragé le meurtre. Bref, je m'attendais au pire, mais soucieux de ne pas inquiéter Beaujolais qui m'observait à la dérobée, je fredonnai : *Il pleut bergère* en pianotant sur la table. Cette chanson douceâtre me rappelait par dérision son auteur, Fabre, le plus méchant des conventionnels, et j'arrivais au dernier couplet lorsque la porte s'ouvrit. Rougier entra dans la chambre, accompagné du garde balafré qui, une semaine plus tôt, nous avait témoigné tant de malveillance : « Nous sommes venus vous chercher pour reprendre la promenade », dit Rougier sur un ton sérieux. Trop surpris pour me réjouir, j'échangeai avec mon fils un coup d'œil incompréhensif : « Alors, décide-toi, citoyen ! » dit le balafré en désignant la porte béante. Je fis signe à Beaujolais d'obéir et suivis Rougier dans le couloir alors que le balafré fermait la marche. Sur la terrasse je m'approchai de Rougier et lui demandai si l'on avait découvert l'assassin. Il me répondit sèchement que l'administrateur « s'était assassiné lui-même » d'un coup de pistolet. Cette nouvelle me laissa sans voix. J'étais dévoré de curiosité mais incapable d'émettre un son et m'apprêtais à faire demi-tour quand une question involontaire s'échappa de mes lèvres : « S'agit-il de l'administrateur aux cheveux roux ? – Qui te l'a dit ? répliqua-t-il, le visage défait. – Mais personne... personne ! répondis-je, mal à l'aise et me sentant rougir. – C'était le meilleur reprit-il d'une voix rude, le meilleur ! » Il serra les mâchoires d'un air farouche et je m'éloignai, respectueux de sa douleur.

Il me serait difficile à présent de penser à autre chose. En l'occurrence, l'assassinat m'impressionne moins que le suicide car celui-ci provoque des réflexions sur soi-même. Cet homme a préféré se tuer que mourir de peur. Un bon patriote se méfie de tout, s'inquiète à longueur de journée, ne se rassure jamais. De nos jours, l'insouciance apparaît en société comme un phénomène inconcevable, une maladie de l'âme et des sens. Chaque fois qu'il m'est arrivé de rire ou de plaisanter dans une assemblée, au terme de discours interminables que j'avais écoutés poliment mais dont l'emphase avait épuisé ma patience, j'ai senti peser sur moi un regard hostile, un silence de réprobation unanime et j'ai frissonné sous ma chemise dont le col trempé de sueur devenait froid comme une lame.

Je devrais raconter tout cela à Agnès. Elle trouve que « je ne lui dis pas grand-chose » dans mes lettres : « Je suis fâchée, Philippe. Vous ne parlez que de moi. » Elle suppose que je l'aime moins car au lieu de lui confier mes soucis intimes ou mes préoccupations abstraites, je me contente d'exprimer des sentiments qui la flattent. Elle aimerait me voir aligner sur le papier des idées générales et des réflexions dignes de mon état : « Il est vrai que je suis sotte puisque tout le monde le dit mais vous m'aviez accoutumée à ne pas me considérer comme telle. » Quelle erreur de sa part ! C'est parce que je l'estime chaque jour davantage que je vais dans mes lettres à l'essentiel : le désir éperdu qu'elle m'inspire et ma tendresse infinie. En comparaison, les idées sont ternes, infidèles comme les assignats qui se déprécient d'une heure à l'autre. Et puis, cela fait trois semaines que j'écris et je n'ai aucune envie de répéter dans une lettre ce que j'ai mis dans ces feuillets. Sinon, j'aurais l'impression de correspondre avec Mme de Genlis, le mentor de ma famille. Née pour enseigner son prochain et pour l'influencer, Félicité, mon aînée de quinze mois, ne cessa d'endoctriner mes enfants en gouvernant mon caractère indécis et l'esprit faible de ma femme. J'avais vingt et un ans lorsque je l'ai rencontrée, alors qu'elle venait d'accoucher. A son chevet j'accompagnais mon père dont la prévenance excessive à son égard m'étonna. Je le regardai s'agiter autour du lit, les yeux doux, le ventre frétillant, les joues gonflées de sang bleuâtre. Il lui parla d'une voix suave, lui tapota les mains, joua les grands-papas et cette comédie que n'aurait pas appréciée Mme de Montesson, son élue, finit par m'émouvoir. La jeune alitée que j'avais mal observée retint mon attention. Je la trouvai jolie, soudain, avec ses prunelles noisette et son nez retroussé aux ailes délicates. Deux remarques espiègles qu'elle fit sur un ton dont la spontanéité faisait oublier l'étude achevèrent de me plaire. Ensuite, je cessai pratiquement de la voir, bien que j'entendisse fréquemment parler d'elle et de ses talents. Elle chantait à ravir, disait-on, dansait avec grâce, jouait tour à tour du clavecin, de la harpe, de la guitare, de la musette, du tympanon, de la vielle et témoignait dans la conversation d'une érudition étourdissante, ce qui apparemment me laissait froid. Quatre années plus tard, sur une intrigue de Mme de Montesson qui voulait épouser mon père et cherchait à obtenir mon accord par séductions et truchements, elle entra au Palais-Royal en qualité de dame d'honneur pour accompagner ma femme, tandis que le comte de Genlis [10], son mari, était nommé capitaine des gardes à mon service. Aussitôt, elle changea de conduite, renonça à divertir son entourage comme à se distraire et, prise d'une fureur encyclopédique dévora les bibliothèques, barbouilla des rames de papier, étudia les minéraux, collectionna les coquillages, apprit l'anglais, l'italien, la chimie, l'horlogerie, la géographie et le jardinage. Dans quel but ? Un seul : éblouir la duchesse dont l'instruction avait été négligée au couvent. Sous prétexte de lui donner des leçons d'orthographe, de mythologie et d'histoire grecque, elle étalait avec une feinte pudeur ses connaissances éclectiques en laissant deviner ses talents, et Marie Adélaïde, subjuguée, s'abandonna comme une fillette à ce docteur en jupon qui ne tarda pas à me séduire. Mais oui. Les beaux esprits m'intimident et m'exaspèrent à la fois. Félicité m'irrita d'abord par l'ascendant qu'elle prenait sur ma femme et par l'écrasante supériorité qu'elle avait sur moi. Ce sentiment que je dissimulai sous une désinvolture caustique finit par m'embarrasser au point que j'en perdis le sommeil. Je ne trouvai pour m'en défaire que de répondre à ses avances ou plus exactement de les prévenir. Au premier regard trouble je m'enflammai. Un sourire acheva le ravage. En coulisse on ricana : « Le voilà amoureux de l'intelligence. On aura tout vu. » Les fripons ne croyaient pas si bien dire. C'était la première fois que j'aimais d'admiration, envahi par une vanité d'écolier qui me donnait l'illusion d'être savant et plus averti de l'univers, au demeurant satisfait d'être entièrement dominé par cette créature infatigable qui corrigeait mes lettres, m'apprenait le dessin, orientait mes goûts et s'occupait de mes moindres pensées jusque dans la volupté. Cette sujétion avait un charme singulier. Quand Félicité m'appelait son enfant et me parlait d'Aristote, j'écoutais sa voix musicale, ému par sa gorge pointue, par ses petites mains que je promenais sur mon corps et par ses narines pincées d'où s'échappait un souffle tiède. Mais il m'apparut bientôt que ses émois péchaient par artifice, que ses sentiments manquaient de profondeur et que ses idées nées de ses lectures ne partaient jamais de ses réflexions. Alors, sa pédanterie m'impatienta, m'inspira des désirs brutaux qui n'étaient dictés que par le souci d'étouffer son caquet, d'abattre sa suffisance et de la réduire à la condition horizontale d'une fille. Ces réactions barbares réveillaient ses sens, mais sensible au plaisir, elle s'en détachait très vite pour l'étudier, reprise par ses engouements de tête. Dotée de tous les avantages qui permettent à une femme d'entreprendre et de parfaire la conquête d'un homme, elle ne savait pas le retenir et n'y tenait pas non plus. Quand je m'épris de Mme de Cambis, elle ne manifesta aucun dépit et fit l'éloge de sa rivale. Soucieuse avant tout de préserver l'intérêt que je lui portais, elle sut à force d'attentions discrètes conserver mon estime et mon affection tandis que l'amitié prenait entre nous la place de l'amour sans amertume ni arrière-pensée : « C'est préférable ainsi, Philippe, disait-elle avec malice, nous avons les mains libres autant que l'esprit. » Lorsque, dix ans plus tard, au mépris des usages et de l'opinion, je la nommai gouverneur de mes fils, elle s'acquitta de cette tâche avec un zèle inventif qui donnait à l'éducation le sérieux d'un culte et la perfection d'un art illimité. Cette ferveur n'allait pas sans coquetterie : ainsi quand elle célébrait les vertus des Gracques, les emportements de Brutus, le sacrifice d'Armodius et d'Aristogiton, elle regardait Louis-Philippe dans les yeux tout en consultant par intermittence le miroir mural pour étudier le profil du bel adolescent, le reflet de sa propre image et remettre allègrement sa chevelure en ordre avec trois doigts de la main gauche.

Conscient de ses qualités, je n'ai jamais cessé de subir son influence, mais à quoi bon le nier, je ne suis pas mécontent d'en être éloigné. Sa personne intrigante est liée au souvenir de Laclos qu'elle détestait et dont je ne souhaite plus entendre parler. J'ai appris qu'elle s'était réfugiée en Suisse avec ma fille Adèle. Maintenant, voilà qu'elle a peur de la Révolution dont elle a toujours adoré les principes et vénéré l'éthique. Mais à l'abri des montagnes et du danger, elle retrouvera ses chères idées. Qu'importent la prison des autres, la guillotine et les réalités convulsives de ce monde ! L'essentiel pour elle est de remuer des pensées et d'enseigner la république grecque aux innocents en s'accompagnant de la harpe.

Je suis seul. On m'a séparé de mes enfants et chaque minute me désespère. Le battement inlassable de la mer élève de pierre en pierre la température de l'air dont la moiteur m'écœure. La nuit, allongé les yeux ouverts sur mon lit de poussière, j'ai la sensation d'avaler de la suie. En comparaison de cette geôle infecte la chambre du fort Notre-Dame-de-la-Garde me paraît un nid douillet et mon cœur se serre en souvenir de nos repas servis par Gamache qui me laissent une impression de bien-être. Sans doute nos geôliers ont-ils estimé que cette intimité ne pouvait durer, que les prisonniers n'avaient pas le droit de sourire et que leurs regards d'intelligence offensaient la République. Lorsqu'ils sont venus me chercher mercredi, au milieu de la nuit, j'ai compris qu'une page était tournée et que les choses se gâtaient de manière définitive. Quand je pense qu'ils ont déplacé un corps d'armée aux flambeaux, plus de mille soldats pour me faire conduite sur un trajet de deux heures, je me dis que l'apparat de l'Ancien Régime n'a pas fini de les corrompre. Quelle mascarade et quel honneur ! Ils finiront par m'apprendre ce que j'ai oublié : qu'un Prince du Sang demeure un personnage important, un citoyen au-dessus des autres, et je pourrais leur reprocher en ricanant d'être moins démocrates que moi. Beaujolais voulait m'accompagner à tout prix. Il supplia ces hommes de carton de ne pas nous séparer, máis ils refusèrent en s'écartant de lui : « Enfin, pourquoi ? s'écria-t-il d'une voix qui s'étranglait dans l'aigu. – Oui, pourquoi ? repris-je, y a-t-il nécessité d'arracher un enfant à son père ? Aucun motif ne saurait justifier pareille inhumanité. – Ce sont les ordres. Inutile de discuter! répondit le chef des municipaux, ceint d'une écharpe tricolore, obéissez, sinon... » Je le défiai du regard : « Sinon, quoi ? – Sinon, nous serions à même de vous faire entendre raison », répliqua-t-il en mettant la main à son pistolet de ceinture. Je détournai la tête en haussant les épaules et ouvris les bras à Beaujolais qui écrasa contre ma joue mal rasée la sienne mouillée de larmes. Les sentinelles le repoussèrent dans la chambre et fermèrent la porte avec une rapidité inouïe comme s'ils avaient peur de lui ou peut-être parce qu'ils avaient honte. Sur un geste de l'officier commandant, les lieutenants aboyèrent des ordres repris par les sergents et le lourd bataillon quitta le fort, empruntant le chemin que je connaissais, dont la pente me parut plus raide encore et plus accidentée que lors de mon premier trajet, sans doute à cause des torches qui jetaient sur les rochers des reflets déformants. La troupe labourait le sol sur quatre colonnes et je me trouvais au centre, encadré par deux colosses armés dont les coudes touchaient mes épaules, précédé par les panaches de la délégation municipale et talonné par les administrateurs dont les épées mal portées cliquetaient à la moindre secousse. De temps à autre, un cri parti de la ville ou du port montait jusqu'à nous, suivi par des appels de voix ou des sifflements humains qui se rapprochaient. Dans les rangs, personne n'échangeait une parole comme si le bruit de la terre foulée étouffait toute pensée dans la poussière et condamnait le cœur à suivre obstinément le rythme des pas. Au bas de la colline et de l'autre côté des remparts, un groupe de badauds silencieux nous attendait, mais bientôt les curieux sortis de la nuit arrivèrent de toutes parts et dans la rue Sainte l'agitation devint fébrile. Les fenêtres s'ouvraient, claquaient et les gens descendaient en courant, s'alignaient le long des murs où leurs ombres dansaient au passage des torches. Sur les quais une sourde rumeur nous accueillit et de la foule massée devant les baraques jaillit le cri d'un furieux : « A mort! », aussitôt repris par trente poitrines et suivi du *Ça ira* entonné sans ordre par des centaines de braillards. Les insultes, les chants de guerre et de mort qui m'étaient destinés nous accompagnèrent sur une route empierrée jusqu'au sommet d'une butte dominée par une église ancienne dont le clocher octogonal ressemblait à une tour de guet [11]. Le bataillon longea le parvis et s'arrêta à l'entrée d'une demi-lune au moment où la herse se levait. Le gros de la troupe dont la mission était terminée se partagea en deux colonnes devant la porte pour laisser entrer le prisonnier et ses responsables sous la protection de vingt soldats d'élite. Ainsi réduit, le cortège traversa la demi-lune, franchit le pont-levis qui enjambait un fossé large de deux toises et passa sous un porche monumental dont les emblèmes royaux n'avaient pas encore été détruits. Je me tournai vers un des officiers qui me serrait de près et lui demandai où nous étions : « Au fort Saint-Jean, citoyen! » me répondit-il [12]. Une longue voûte sombre nous amena au pied d'une tour carrée qui s'avançait dans la mer et dont les créneaux se profilaient sur la lune au milieu du ciel. Pressé par l'officier, je m'engageai dans un escalier en colimaçon étroit et puant et m'arrêtai au deuxième étage derrière les soldats qui ouvraient deux énormes portes à verrous, ceinturées de barres de fer. L'officier ne me laissa pas le temps de me retourner et me poussa à l'intérieur comme dans un four. Il me fut difficile sur le moment de reconnaître les lieux. La lampe à huile qu'on m'avait laissée, crasseuse à souhait, n'éclairait guère qu'à deux pas. En la dressant au-dessus de ma tête je touchai le plafond voûté, puis je fis le tour de la pièce à tâtons et constatai qu'il n'y avait pas d'ouverture à l'exception d'un soupirail placé trop haut pour me permettre de respirer l'air frais. Une odeur d'urine et de moisissure se dégageait des murs gras et m'écœurait au point de me donner la sensation d'étouffer. Le front ruisselant de sueur, je m'allongeai sur la paillasse qui me servait de lit et m'endormis aussitôt, assommé par le chagrin. Je me réveillai à l'aube, tremblant de fièvre et de colère sous ma chemise humide, et c'est alors que je mesurai l'étendue de ma détresse et l'abomination de ma prison. Une lumière grise coulait du soupirail minuscule obstrué par une grille et par trois rangs de barreaux. Il me fallait monter sur la chaise pour arriver à sa hauteur, profiter d'un peu d'air salubre et apercevoir la mer comme un point bleu. Une sorte de charbon visqueux recouvrait les briques de la voûte et les murs où l'on trouvait encore des anneaux scellés et des dessins à la craie représentant des cœurs ou des potences. La chaise et la paillasse étaient les seuls meubles dont je disposais. Il n'y avait pas un verre dans la pièce, pas une cruche d'eau, alors que je mourais de soif. J'étais très inquiet à cause de la table que j'avais laissée au fort Notre-Dame. Je craignais que l'on découvrît les feuillets manuscrits cachés dans le double fond. J'attendis impatiemment que l'on m'apportât le déjeuner pour demander aux sentinelles une entrevue urgente avec le commandant du fort Saint-Jean. Celui-ci ne vint qu'à midi, accompagné de deux administrateurs et de quatre gardes nationaux. Je lui dis ce que je pensais de mon cachot, de son inconfort et de ses émanations délétères, affirmant que les députés de Paris, mes confrères, ne pardonneraient pas aux Marseillais de m'avoir infligé pareil traitement : « Citoyen Égalité, me répliqua-t-il avec hauteur, j'exécute les ordres. Ce sont les députés de Paris qui me les ont donnés. Maintenant, si tu as des objections ou des réclamations précises à formuler, nous t'écoutons. » Je lui parlai d'abord de la table qui était restée au fort Notre-Dame et dont j'avais besoin. Il me promit de la faire venir dans la soirée. J'exprimai ensuite le souhait d'être transféré dans un logement plus clair et mieux aéré. Il me répondit qu'il n'y avait pas d'autre chambre disponible mais que si j'en manifestais le désir, on remplacerait les portes à verrous par des grilles; je pourrais ainsi bénéficier de la lumière et de l'air venu de l'escalier sous le regard d'une sentinelle qui se tiendrait en permanence derrière les barreaux : « A vous de choisir! » conclut-il. J'optai pour les grilles, ajoutant qu'il valait mieux être surveillé comme un criminel que mourir étouffé. Cette dernière réflexion lui arracha un sourire : « Nous sommes bien d'accord, citoyen. Le nécessaire sera fait demain. »

C'est la troisième journée que j'endure dans ce terrier de putois et le nécessaire n'a pas été fait. En revanche j'ai retrouvé ma table à double fond et son dépôt secret. C'est sur elle que j'écris depuis ce matin. La lumière du soupirail se noie dans le brouillard de la pièce et n'arrive pas jusqu'à moi, mais la pénombre excite ma plume au lieu de la retenir et les lettres courent sur le papier. Je ne comprends rien à cette rage d'écrire, à ce besoin de rapporter des détails que je connais, des mésaventures que j'ai vécues. On dirait que je me venge de quelque chose ou de quelqu'un. Pourtant je n'éprouve aucun ressentiment particulier. Les gens qui m'ont blessé sont si nombreux que je n'en distingue aucun. Autant s'attaquer à un nuage. Je n'en veux pas davantage à ces amis acharnés, Ducrest, Laclos, Sillery, qui m'ont abreuvé de conseils et m'ont fait jouer un rôle contraire à ma nature. Ils ne sont responsables ni de ma crédulité, ni de ma vanité passive. Si je suis misérable aujourd'hui, abandonné dans un trou comme un rat malade, à qui la faute ? J'aimerais le savoir et c'est un peu ce que je demande à la solitude qui me tue.

Dressée derrière les grilles qui remplacent depuis hier la porte à verrous, la sentinelle m'observe d'un œil terne. C'est un garçon de vingt ans au visage tanné, les oreilles et le front dévorés par des cheveux de laine. Tout à l'heure, je l'ai vu retenir un soupir et serrer les mâchoires d'un air dépité. On lui aura parlé de moi comme d'un dangereux tyran et mon allure inoffensive le déçoit, je présume. Parfois, son visage de bois se trouble un peu. Ses lèvres jeunes s'entrouvrent, puis se referment avec impatience. Il aimerait rompre le silence mais s'en défend, aussi raide que les barreaux dont son uniforme effleure la rouille. Les officiers de garde et les administrateurs du fort sont moins discrets. Ce matin, ils ont défilé dans l'escalier en compagnie de leur femme et de leurs enfants qui me regardaient comme un singe d'Afrique dans sa cage. A trois reprises ils m'ont demandé si je me portais bien. D'abord, j'ai fait celui qui n'avait pas entendu, puis j'ai répondu sur un ton désinvolte : « Le mieux du monde, citoyens! » et leur chef m'a conseillé en ricanant « de ne pas faire le matamore ». Alors, je leur ai tourné le dos pour me réfugier au fond du cachot, face au mur, le cœur soulevé d'un indicible dégoût. Peu m'importe ce que je vais devenir. Je voudrais seulement comprendre le temps vécu. J'étais l'homme le plus admiré, le plus riche de France. Je me revois à douze ans, coiffé et chaussé de moire piquée de diamants. Les cheveux noués par une rosette de ruban blanc, je m'apprête à recevoir le supplément des cérémonies du baptême. Mon épée d'argent plus longue que ma jambe me donne à chaque pas la fierté d'être prince. Je la remets au comte de Pons ainsi que mon chapeau et m'agenouille sur le carreau devant l'autel entre Louis XV, mon parrain, et Marie Leczinska, ma marraine. Dix ans plus tard, agenouillé à la même place, je me marie avec Marie Adélaïde de Penthièvre, et le grand aumônier de France, M. de la Roche-Aymon, nous donne sa bénédiction. Je suis vêtu d'étoffe d'or avec un habit à manteau doublé de soie cerise. Ma femme porte une somptueuse robe d'argent mat où court un réseau qui brille comme du mercure. Bientôt, les trois cents miroirs de la galerie des Glaces vont nous regarder passer sous les feux de deux mille chandelles et sous la conduite majestueuse du Roi couvert de pierreries. Maintenant, je ne suis qu'un objet de mépris. A quoi pourrais-je ressembler dans ma cage avec mes yeux creux, mes vêtements crasseux qui s'effilochent et ma barbe de quatre jours? Comment imaginer tant de misère après tant de faste? Mais ce n'est pas l'opulence que je regrette, encore moins les honneurs. La possession de l'argent m'indiffère et sa dépense que j'ai pratiquée sans mesure ne m'a jamais grisé. Quand j'ai vu fondre ma fortune, il y a deux ans, j'ai dû, sur les conseils empressés de mes amis, entreprendre des calculs et des opérations bancaires qui empoisonnaient ma vie. Alors, j'éprouve aujourd'hui une certaine quiétude à me savoir ruiné. Peu me chaut d'être pauvre si l'on me rend la liberté d'aller où bon me semble, de retrouver mes enfants, d'aimer Agnès, d'être à nouveau cajolé par elle. L'apparat de la vieille monarchie ne m'inspire qu'une nostalgie de principe. Au temps de ma magnificence déjà, je le jugeais pesant, et, plus tard, sous l'influence autoritaire des flatteurs, lorsqu'il me fallut donner l'exemple et choisir une conduite politique, j'ai regretté de ne pas être un citoyen obscur. A présent, ce n'est pas le mépris des gens qui me navre, mais leurs regards de haine. Après la liberté – je l'avoue sans intention de jouer les tribuns –, c'est leur amitié qui me manque le plus, la gentillesse du peuple qui sur mon passage criait naguère de tout son cœur : « Vive d'Orléans ! » Quand au Palais-Royal, les acclamations de la foule montaient vers ma fenêtre, j'étais heureux. Mes joues et mes lèvres se gonflaient de sang comme à l'approche d'une bouche désirée. Je murmurais : « Merci ! Merci ! » et la vanité n'avait pas accès dans ma gratitude, ni dans l'émotion qui écourtait mon souffle. Tout le monde a cru, Mirabeau le premier, que je cédais au vertige de la popularité pour devenir le mannequin de la plèbe. Les apparences sont trompeuses. Ce n'étaient pas les hommages sonores de la foule qui me tournaient la tête, mais son affection. Pourtant, je ne me fais aucune illusion. Je sais bien que ces mêmes citoyens seraient capables aujourd'hui de m'insulter et de crier : « A mort ! » mais je demeure persuadé qu'à cette époque une confiance mutuelle nous unissait, une sorte d'échange fraternel, peut-être parce que je n'étais pas un homme du passé et que la simplicité des nouvelles mœurs me touchait davantage que la tradition. Peut-être à cause de mes origines. On a toujours répété dans ma famille que j'étais l'enfant de l'amour plutôt que de la raison. Jusqu'à ma naissance, mon père et ma mère avaient scandalisé leur entourage par leurs effusions. Incapables de se quitter une demi-heure, ils donnaient aux yeux du monde le spectacle d'une tendresse immodérée et d'un appétit de caresses insatiable, trouvant ainsi le moyen, selon l'expression de la duchesse de Tollard, « de rendre le mariage indécent ». C'était ma mère, paraît-il, qui manquait le plus de retenue, mais ses admirateurs s'accordaient à reconnaître que son mépris des bonnes manières avait du charme et qu'elle seule pouvait commettre tant de grâce dans les fautes de maintien, soit qu'elle portât négligemment le buste en avant, soit qu'elle se promenât à demi nue. Mon père, faible et timide comme tous les ventrus, la dévorait des yeux et perdait en sa présence la mesure des sens. Aussi m'est-il arrivé de penser que j'étais le fruit de ces amours sans étiquette et cette opinion expliquerait peut-être ma sympathie fraternelle à l'égard du peuple, sans renier pour autant ma qualité de prince.

Mon gardien aux cheveux de laine vient de tousser. Chaque fois que je le regarde, il détourne légèrement la tête pour me décourager d'engager la conversation. Il ne sera relevé qu'à la tombée de la nuit et le temps lui semble long. Peut-être ira-t-il en ville rejoindre une fille. Je l'envie. J'envie tous ceux qui ont le droit de changer de place, de marcher dans une rue, d'aller de l'avant, n'importe où, à travers les prés ou la rocaille. Quand je songe à ces discussions stériles, à ces propos spécieux que j'ai tenus ou écoutés en compagnie de Mme de Genlis qui nous citait les auteurs grecs, je me dis que les idées pures sont dérisoires et que seule, la privation physique d'un bien nous apprend à le définir. A ces philosophes de boudoir qui d'un air docte ou sceptique s'interrogent sur la liberté, je répondrai vertement : « Ne cherchez pas davantage! C'est le contraire de la prison. » On ne saurait imaginer pire cruauté que d'être enfermé, condamné à cette paralysie forcée. J'ai toujours préféré les mouvements du corps à ceux de l'esprit. Est-il au monde une sincérité comparable au plaisir de se mouvoir, un langage aussi clair que les caresses? Je me rappelle ces randonnées à pied dans la forêt de Villers-Cotterêts, animé comme je l'étais d'une sourde fureur à l'égard de Louis XVI qui m'avait exilé, et sensible au bien-être progressif de la marche sur un tapis de feuilles mortes. Et comment oublier la chasse, l'odeur poivrée de mon cheval, le vent d'hiver qui râpait mon visage fouetté par les branches? Comment ne pas trembler au souvenir de ce double roulement de tambour : celui du cœur dans ma poitrine et celui des sabots sur la terre gelée? J'aimais la bête sauvage, acharnée à me fuir, qui m'entraînait dans les fourrés d'épines et me faisait courir mille dangers, et quand au crépuscule je la tuais de face avec dignité, la fatigue enfin pouvait m'envahir et m'étreindre comme une maîtresse attendue depuis l'aube. Et quel bonheur ensuite de s'approcher du feu, de se laisser tomber sur un fauteuil entre deux chiens et d'entendre mes jambes craquer quand un valet retirait mes bottes!

Hélas, on dirait que le passé ne s'avive et ne s'éclaire que pour assombrir mon état. Je ne peux plus supporter cet infâme cachot, ces grilles, cette sentinelle de bois, et la révolte que j'étouffe sous une sagesse molle pourrait me porter aux pires extrémités. C'est au nom de la liberté que j'ai choisi la Révolution. Est-ce au nom de la liberté que la Révolution m'a jeté en prison ? Je me souviens d'un précepte de Rousseau que Mme de Genlis adulait : « Quiconque refusera d'obéir à la volonté générale y sera contraint par tout le corps social : ce qui signifie qu'on le forcera à être libre. » Une jolie phrase pour un salon mais qui détonne étrangement dans une prison. Est-ce pour m'enseigner la liberté que la Révolution m'en prive ? Est-ce pour m'y contraindre qu'elle me rend si malheureux ?

Je n'ai pas dormi de la nuit. Les idées se pressaient en désordre dans mon esprit, incapables de trouver la sortie comme les spectateurs dans un théâtre en feu. Malade d'impatience, j'ai attendu les premières lueurs de l'aube pour me lever et me jeter devant cette table. Je n'ai rien de particulier à dire, mais écrire me paraît le seul moyen d'éviter la folie. Cela fait sept jours et sept nuits que je suis ici, du mercredi 22 mai au jeudi 30, sept jours et sept nuits de lèpre. Avant, je ne savais rien de la solitude. J'ignorais cet enfer où l'on regrette chaque bouffée d'air, chaque battement de cœur, où l'on est trop misérable et trop las pour souhaiter mourir. Hier soir, je n'ai pas touché au quart de mon repas et, ce matin, je n'ai pas déjeuné. Mon estomac se serre à la vue des aliments tandis qu'un flot de salive inonde ma langue et décompose le vin. Le soldat qui est venu reprendre la casserole m'a demandé pourquoi je n'avais rien mangé. J'ai répondu machinalement : « Parce que je m'ennuie. » Il a marmonné : « Ah, bon ! » sur le ton d'un paysan à qui l'on parle turc. En sortant, il a cherché le regard de la sentinelle pour lui adresser une moue qui signifiait : « Il perd la tête, le prisonnier ! » J'ai de la chance, ce matin : c'est le garçon aux cheveux de laine qui me surveille. Il m'intéresse car il n'a pas l'air heureux et son silence irritant m'intrigue, alors que les autres se croient obligés de m'adresser la parole et me désolent par la nullité de leurs propos. Souvent, je suis tenté de l'appeler, de le mettre dans l'embarras, de lui demander par exemple s'il est satisfait de rester planté derrière la grille à longueur de journée, mais une certaine curiosité m'en empêche : je préfère attendre qu'il se décide tout seul à parler. Parfois, j'ai envie de l'inquiéter en montant sur la chaise pour faire semblant de limer les barreaux du soupirail, ou bien je rêve de simuler un malaise, de tomber inanimé sur le lit après avoir poussé un cri, mais bien entendu, je ne fais rien de tout cela. Il serait capable d'ameuter la garde et ces imbéciles se croiraient autorisés à fouiller la pièce, au risque de découvrir mes écrits dans leur cachette. En attendant, c'est la seule compagnie dont je dispose : une sentinelle en bois. Tout à l'heure, j'évoquais la lèpre en raison de la solitude qui nous désarme et nous mutile. Les alibis et les mensonges dont je me suis fait une carapace en vingt ans tombent d'écaille en écaille et me laissent nu. Je n'ai plus la possibilité ni le goût de tricher, de me leurrer sur moi-même avec la complicité d'autrui. Sans réputation j'ai du mal à me reconnaître et ne retrouve plus mes réactions habituelles. Naguère, oublieux de ma faiblesse, je méprisais celle des autres, celle de Louis XVI notamment et celle de ma femme, et voilà que l'indulgence désorganise mes répugnances et mes engouements. Timide au point de rougir et de bégayer en public, j'admirais les beaux parleurs, les ambitieux, les intrigants, et maintenant ces gens-là m'indiffèrent car leur souvenir ne m'apporte rien que je ne sache déjà. Dans leur sillage, j'ai appris que le sentiment gratuit n'existait pas et qu'on ne mettait sa caricature en avant que pour abuser les foules, les innocents ou les poètes; mais le cynisme, aujourd'hui, ne saurait me rattacher à la vie. Au tréfonds de mon désespoir, je crois encore à la tendresse et c'est une des raisons qui me font regretter ma conduite envers Marie Adélaïde. Elle avait quinze ans quand je l'ai épousée, et sa candeur, son teint laiteux, son regard de nonnette admirative excitèrent ma convoitise, mais, faute d'expérience ou de coquetterie, elle ne sut jamais entretenir mes premiers appétits. De sept ans son aîné et doté d'une science amoureuse folâtre, je ne songeais qu'à m'ébattre comme un poulain de trente mois, rêvant secrètement d'être tenu en laisse, mais elle manquait totalement d'autorité, trop fragile pour m'imposer son caprice ou pour tenir tête au mien, toujours prête à pleurer sans malice. Dans le monde à facettes où je vivais, sa grâce composée essentiellement de modestie ne retenait que l'attention de son père, le duc de Penthièvre, aussi timide qu'elle, et finalement, sa présence passait inaperçue. Or, j'étais sensible à l'opinion, dévoué à tout ce qui brille, moins attentif à ma propre renommée qu'attiré par celle des autres, et le peu d'éclat que ma jeune épouse projetait dans les salons m'éloignait d'elle à travers le désintérêt de la société. Mais aujourd'hui, la solitude me rapproche de sa personne effacée. Je me souviens avec compassion de son sourire tremblant et de sa voix fluette quand je n'étais pas d'accord avec elle. J'ai eu tort de juger son avis insignifiant dans le conflit qui l'opposait à Mme de Genlis. Effrayée par les excès de la Révolution et soumise à l'influence de Mme de Chatellux, elle accusait Félicité de donner à nos enfants une éducation républicaine. Ce grief sans nuance n'était pas dénué de fondement : à seize ans, Louis-Philippe criait : « Vive la Nation ! » traitait le cordon bleu [13] de « bandoulière aristocratique » et se vantait d'être « Jacobin jusqu'au bout des ongles »; trois manifestes de nature à choquer l'arrière-petite-fille de Louis XIV, et c'était précisément mon souhait, irrité comme je l'étais par son entourage qui condamnait ouvertement mes penchants démocratiques, et soucieux d'écarter de ma maison Mme de Chatellux dont les préjugés moyenâgeux m'exaspéraient. Toutefois je connaissais suffisamment le caractère sentimental de ma femme pour n'attacher qu'une importance relative à son désaccord politique. En fait, elle ne supportait pas l'ascendant exercé par Mme de Genlis sur nos enfants et reprochait à sa rivale de chercher davantage à dominer leur âme qu'à élever leur esprit. Je reconnais aujourd'hui que Félicité se faisait une gloire de pénétrer leurs consciences et de gouverner leurs sentiments sous prétexte d'enrichir leurs pensées. Ils ne juraient que par elle et cette dévotion, notamment chez Louis-Philippe et Adèle, ressemblait à un envoûtement, ce qui me laisse supposer qu'elle ne leur enseignait la liberté que pour se l'approprier et ne leur donnait des « leçons de choses » que pour faire des expériences sur leurs esprits considérés comme les choses de sa leçon : « Je vous assure, Philippe, qu'elle s'évertue à les séparer de moi », répétait Marie Adélaïde. J'étais en Angleterre lorsqu'elle apprit que nos trois garçons avaient revêtu l'uniforme de la Garde Nationale et prêté le serment patriotique. Elle m'écrivit sur-le-champ qu'elle désirait se charger de leur éducation à la place de Mme de Genlis. Cette lettre me fâcha et je la jetai au feu. De retour à Paris, je dus subir un nouvel assaut et répliquai sèchement : « Mme de Genlis fait mon bonheur. Je ne changerai rien à l'ordre établi. » Quand, six mois plus tard, mon fils aîné, poussé par Félicité, résolut avec mon accord d'entrer au club des Jacobins, Marie Adélaïde s'emporta au point de m'écrire qu'on ne jetait pas un adolescent dans une société de cette espèce et qu'une telle inconséquence passerait pour insensée auprès des honnêtes gens. Je lui répondis que notre aîné avait besoin d'apprendre à parler en public et que le club des Jacobins me paraissait convenir à ce but. Elle accepta momentanément sa défaite, mais lorsque Louis-Philippe, admis au club et soucieux de ne manquer aucune séance, décida, sur les conseils de Mme de Genlis, d'espacer ses visites filiales, elle attaqua Félicité de front et la mit en demeure de démissionner. Je tentai de la raisonner et de réconcilier les deux ennemies, mais, aveugle à mon dépit, elle s'entêta et les discussions orageuses qui suivirent n'aboutirent qu'à des sanglots. A titre de représailles, j'obtins le départ de Mme de Chatellux et cette démarche consomma notre rupture. Marie Adélaïde quitta subitement le Palais-Royal et se retira chez son père, à la ville d'Eu. Une semaine plus tard, elle exigea de ma part une réparation officielle et chargea de la commission ma belle-sœur Marie-Thérèse, princesse de Lamballe. Je n'aurais jamais dû écrire ce nom lié à des horreurs dont je ne veux plus entendre parler. La lettre de Marie-Thérèse se terminait par ces mots : « Adieu, mon frère, je souhaite que vous puissiez être heureux après avoir fait le malheur de toute votre famille. » Serais-je son frère dans le malheur ? Seigneur, si je ne crains pas la mort, pourquoi ai-je si peur ?

Si l'on m'avait dit, hier, que je pouvais rire encore et me réjouir d'être en vie, j'aurais écouté cette bonne parole comme un conte de Swift. Et pourtant je viens de rire à pleine gorge, j'ai retrouvé l'insouciance de ma jeunesse et cet optimisme irréfléchi qui faisait ma force. Beaujolais est ici. Je ne suis plus seul. A mes côtés, quelqu'un d'autre existe et ranime l'air que je respire : un enfant que je protège et qui me défend contre moi-même. Il n'a pas besoin de parler, ni de tousser pour affirmer sa présence : elle est en moi. Montpensier loge à l'étage inférieur mais je n'ai pas le droit de le voir pour l'instant. Tout s'est passé si vite que j'évite de fermer les yeux, sinon je pourrai douter du changement et m'imaginer que le cauchemar de la solitude va reprendre. Il était sept heures et l'ombre déjà noyait la pièce. Je pestais contre le gardien qui avait oublié d'allumer ma lampe en desservant le souper et j'allais me plaindre à la sentinelle quand la forteresse a résonné comme un chaudron sous des ordres militaires et des pas cadencés. Je me suis précipité vers la grille car il m'a semblé reconnaître la voix de Montpensier montant l'escalier. Mon cœur a battu la chamade et j'ai crié son nom, les doigts crispés sur les barreaux, mais c'est le garçon aux cheveux de laine qui est arrivé au pas de course. Il venait relever son collègue qui l'a appelé Pierrot et lui a demandé ce que signifiait ce branlebas. Je n'ai pas entendu la réponse de Pierrot car deux administrateurs en tenue d'apparat ont fait irruption, talonnés par dix gardes nationaux qui se sont écrasés contre ma cage. Je ne sais pas comment la grille s'est ouverte, ni comment je me suis trouvé en face de Beaujolais si petit, si frêle au milieu de ces gaillards. Je sais seulement que je l'ai serré très fort sur ma poitrine et que nous avons pleuré tous les deux. Les administrateurs se sont retirés ainsi que les gardes après avoir allumé notre lampe à huile, et la grille s'est refermée. C'était la première fois que le cliquetis de la clé dans la serrure me faisait plaisir, impatient comme je l'étais d'être seul avec mon fils et de profiter sans témoins de nos retrouvailles, d'autant que Pierrot, de l'autre côté des barreaux, se montrait compréhensif et nous tournait généreusement le dos. Épuisé par ces émotions, je suis allé m'asseoir sur le lit où Beaujolais m'a rejoint. Nous avions tant de choses à nous dire que les mots paralysaient notre langue et que nos regards n'osaient pas se rencontrer, mais Beaujolais a poussé un soupir et j'ai rompu le silence : « Alors, Léo, raconte-moi ! » Je n'ai jamais réussi à l'appeler par son prénom : Léodgard. Quant au diminutif « Léo », je ne me souviens pas de l'avoir utilisé plus de trois fois depuis sa naissance, mais je crois que cette familiarité lui a plu car il a murmuré : « Papa ! » avant de se lancer dans un récit volubile. Ainsi j'ai appris qu'après mon départ, on avait permis à Montpensier de demeurer avec lui et partager notre chambre au fort Notre-Dame, mais huit jours plus tard, un bataillon de cinq cents hommes était venu les chercher pour les transférer au fort Saint-Jean en même temps que la duchesse de Bourbon et que le prince de Conti. Ici, Beaujolais n'a pu s'empêcher de rire : « Si vous aviez vu le prince... il faisait la moue pour marquer bien haut son mépris, mais sa perruque mal ajustée glissait sous le tricorne et les cheveux se mêlaient aux sourcils. – Et ta tante ? ai-je demandé, gagné par son hilarité. – Elle souriait, mon père, et joignait les mains en récitant des prières. – Mais comment a-t-elle supporté un si long trajet avec ses pieds sensibles ? – Je ne sais pas. On ne m'a pas permis de marcher à ses côtés. J'étais encadré par deux municipaux qui me tenaient les bras et ne voulaient pas me lâcher. Il faisait très chaud et nous étions arrêtés à chaque tournant par des gens qui s'avançaient sur la route pour nous insulter. En arrivant sur le pont-levis, j'ai remarqué qu'elle boitait mais elle souriait encore. » Un tel stoïcisme chez Louise-Bathilde ne m'étonnait qu'à demi. Je savais qu'elle était capable à tous moments de changer d'attitude et qu'il suffisait de porter un jugement sur elle pour que sa conduite aussitôt le démentît. J'ai demandé à Beaujolais si elle était correctement logée. Il m'a répondu que sa chambre située sous la voûte d'entrée à côté de celle de mon oncle lui avait paru fort agréable, toutes proportions gardées. Il s'était réjoui en pensant bénéficier de la même faveur mais ce n'était pas l'intention des administrateurs : « Ils nous ont donc fait traverser la cour, face à la mer, jusqu'à la tour carrée. La colonne s'est arrêtée au milieu de l'escalier qui puait. Les hommes de tête ont crié : “ C'est en bas qu'il faut mettre l'aîné ! ” mais les autres qui fermaient la marche ont répliqué : “ Non ! C'est en haut, avec le père ! ” Alors, les premiers ont vociféré : “ Vous êtes fous ! C'est le petit qu'on met avec le père ! L'aîné reste en bas ! ” Montpensier tiraillé entre deux camps s'est fâché et leur a fait remarquer avec autorité que si ce jeu ridicule continuait tout le monde finirait par mourir étouffé. Heureusement, nos goujats se sont mis d'accord. Ils m'ont fait monter jusqu'ici tandis que Montpensier redescendait dix marches. Je n'ai pas vu son cachot mais je suppose qu'il doit être aussi affreux que le nôtre. » Cette comparaison sinistre l'a fait rire, puis changeant d'expression, il a repris d'une voix plus grave : « Pour moi, l'essentiel est de vous avoir retrouvé. »

Pour moi aussi. Je suis heureux comme un convalescent après une grave maladie. La solitude aurait détruit ma cervelle, emporté ma vie. J'avais quatre ans de moins que Beaujolais lorsque mon père fit venir de Genève Théodore Tronchin pour tenter sur ma personne l'inoculation de la petite vérole. De ma guérison je garde un souvenir dont la fraîcheur et la nouveauté me sidèrent : je suis couché dans un grand lit à baldaquin, la tête enfoncée dans un énorme oreiller garni de dentelle et brodé au point de Beauvais. Autour de moi tout le monde se congratule et Tronchin, héros de la fête, sourit d'un air modeste en bombant le torse. Mon père est fier de lui autant que de lui-même, et ses joues marbrées de rouge luisent comme de petits ballons. Il s'adresse à ma mère, à mes tantes, à mes cousines et répète sur le ton d'un général qui vient de mettre une armée en déroute : « Je vous l'avais bien dit. C'est le premier savant d'Europe. Un génie! » Le comte de Pons, mon gouverneur, qui jauge un homme à ses quartiers de noblesse, lui rappelle que l'illustre médecin est apparenté à lord Bolingbroke et à Jean de Witt, mais mon père le sait : « Parbleu! » s'écrie-t-il en frappant dans ses mains. Tous ces gens virevoltent, jabotent dans la chambre et ne prêtent aucune attention à moi, oubliant que leur belle expérience aurait pu me tuer. La vie renaît dans ma chair et j'éprouve un bien-être infini, les yeux mi-clos, à l'écoute des robes de soie qui frôlent mon lit.

Beaujolais dort en ce moment. Hier soir, je l'ai trouvé bien pâle et bien maigre au milieu de ces gardes au teint de brique. S'il tombe malade, qu'allons-nous devenir? Mais j'aurais grand tort de m'inquiéter. Il jouit d'une bonne santé; sa gaieté le prouve autant que sa maigreur imputable à la croissance ou que sa pâleur préférable à un excès de couleurs. Mme de Genlis qui n'a jamais négligé l'éducation physique de ses disciples l'a certainement aguerri mais il est vrai que ces exercices ont surtout profité à Louis-Philippe et à Montpensier. Elle les faisait courir, sauter, grimper aux arbres, jouer aux barres avec tous les valets de la maison, quand elle ne les obligeait pas à monter et descendre un escalier, le dos chargé d'une hotte emplie de poids de fer. Ainsi, Louis-Philippe, un jour, avait réussi à porter trois cents livres et j'avais apprécié cet exploit de bateleur, excité comme si la Pécaudière, ma jument favorite, avait coiffé ses concurrents sur le poteau. Quand je pense que Beaujolais ne dispose aujourd'hui pour s'ébattre que de dix pieds carrés, qu'il n'a personne pour l'instruire et pour le servir après avoir grandi dans des châteaux dont la visite demandait une matinée et dont la liste des domestiques suffisait à remplir un registre, je me dis que l'existence est bizarre et que cet enfant a bien du mérite d'endurer les caprices de la fortune avec le sourire. A son âge, j'avais à mon service cinq valets de chambre et cinq valets de pied, un garçon d'appartement, un suisse, un frotteur et deux blanchisseuses, sans compter le gouverneur, le sous-gouverneur, le précepteur, le secrétaire des commandements : M. Fontaine, le lecteur : M. de Carmontelle, et le trésorier : M. Montheau. Le comte de Pons responsable de mon éducation se souciait moins d'enrichir mon esprit que de m'enseigner les convenances. A force de méthode, ce gentilhomme féru d'étiquette et de tradition m'a donné simultanément le goût et l'irrespect des bonnes manières, si bien que la vulgarité m'a toujours choqué sans cesser d'intimider ma volonté, ni d'exercer sur mon esprit une curiosité perverse, et c'est un peu ce qui m'a séduit dans le mouvement révolutionnaire à ses débuts : le désordre, l'imprévu, le plaisir de déranger la société comme on décoiffe une dame. Incapable de demeurer longtemps à la même place, de me fixer sur une étude ou sur une idée, je tenais la nouveauté pour un idéal et le changement pour une vertu; j'ignorais ce paradoxe qui vaut une vérité première : les hommes n'aspirent au changement que lorsqu'ils sont tenaillés par un besoin profond de stabilité. Quand un gouvernement faible les inquiète et leur demande inconsidérément leur avis, les citoyens rêvent d'autres maîtres. Sous prétexte de changer les institutions et les têtes, c'est à la permanence qu'ils prétendent, mais souvent l'impatience les conduit à la dictature et c'est une bonne tyrannie qui récompense leurs désirs.

On a permis à Montpensier de dîner avec nous, « à titre exceptionnel » nous a-t-on précisé. Il est arrivé sur le coup de midi, accompagné de deux administrateurs qui sont restés debout, encadrant notre table comme deux candélabres, pour surveiller nos propos et notre repas servi par Gamache. Avant de sourire à ma vue et de se jeter dans mes bras, il a marqué un temps de surprise et d'inquiétude, infime mais suffisant pour me faire comprendre que mon allure avait changé, et cette impression s'est confirmée quand il m'a demandé si j'avais l'intention de me laisser pousser la barbe. J'ai répondu que non, ajoutant seulement qu'il n'était pas nécessaire de se raser dans une cage. Il m'a donné raison mais son regard disait le contraire et je l'ai rassuré sur un ton badin : « Ne t'inquiète pas! Demain, je mettrai mon visage en ordre. Je ne veux pas te faire honte. » Un flot de sang a envahi ses joues : « Père, que dites-vous là? Me faire honte à moi qui vous aime et vous admire! Mais d'autres vous observent et pourraient s'imaginer que vous n'êtes plus le même, qu'on peut vous manquer de respect. » Il a prononcé ces derniers mots d'une voix vibrante afin d'être bien entendu par les administrateurs qui sont demeurés impassibles. J'ai voulu savoir si son cachot ressemblait au mien. Il m'a répondu avec audace que son « terrier » puait davantage et que pour combattre l'odeur il s'était résolu sur les conseils de Gamache à faire brûler du sucre : « On m'a offert de remplacer la porte à verrous par une grille mais j'ai refusé. Je préfère encore mourir asphyxié qu'être épié jour et nuit comme un animal exotique. Le soir de mon arrivée, j'ai dû m'asseoir par terre, faute de meubles. » Il m'a raconté le soulagement qu'il avait éprouvé au milieu de la nuit en voyant apparaître Gamache suivi par des gardes qui apportaient une malle, deux lits de sangle et trois chaises : « Ils avaient oublié la table et nous avons pris notre repas sur les genoux. » Je craignais à tous moments qu'il ne s'échauffât en parlant et qu'une réflexion agressive ne lui échappât et je cherchais à orienter la conversation sur des sujets anodins comme par exemple ses parties de piquet avec Gamache ou nos promenades sur la terrasse du fort Notre-Dame, mais il revenait toujours à notre situation qu'il jugeait inique, odieuse : « On vous traite comme un criminel, mon père, alors qu'on devrait vous ériger des statues pour avoir donné l'exemple au peuple de Paris et lui avoir enseigné la liberté! » Je n'ignorais pas qu'à travers moi son discours s'adressait aux deux administrateurs qu'il souhaitait toucher de cette manière afin d'obtenir de meilleures conditions de détention, mais je jugeais son procédé inutile et dangereux, sachant bien que ces messieurs préféraient s'en tenir à des opinions garanties par leurs supérieurs et ne supportaient pas de les entendre contester. Soucieux de freiner son éloquence, je me suis tourné vers son frère, mais il ne m'a pas laissé le temps d'intervenir et m'a demandé « comment j'étais devenu révolutionnaire ». Je présume qu'il comptait sur une réponse circonstanciée de ma part pour impressionner favorablement notre auditoire, mais pris de court et quelque peu choqué par le caractère indiscret et saugrenu de la question, j'ai choisi de plaisanter sur un ton froid : « Tu n'as qu'à consulter les astres. Ce doit être écrit. »

Cette réplique inepte, à présent, me poursuit comme si les minutes qui passent pouvaient lui donner un sens. Il est vrai que j'aimerais bien savoir moi-même à quel moment et de quelle manière je suis devenu révolutionnaire. On pourrait en effet consulter les astres car le mystère reste entier. En cette matière, ce ne sont pas les raisonnements qui décident, encore moins les principes ou les idées littéraires, mais les émotions provoquées par les circonstances. Je suppose que mon sentiment démocratique ne date pas d'hier et qu'il faut remonter à ma prime jeunesse pour en découvrir l'origine, et je songe notamment à ce premier voyage que je fis dans l'apanage au cours de ma seizième année [14]. Je me souviens qu'au Mesnil un employé des fermes arrêta mon carrosse pour me chanter à la portière des couplets laudatifs dont le refrain était entonné par un chœur de villageoises. Un orage éclata quatre lieues avant Villers-Cotterêts à la poste de Levignen où une compagnie de cadets à cheval mit l'épée au clair pour m'escorter sous une pluie battante jusqu'à la montagne de Vauciennes. Là, le lieutenant des chasses de mon père fit entourer le carrosse de tous ses gardes en grande tenue, montés sur des alezans dont les croupes fumaient sous les giboulées, tandis que la troupe des cadets de Villers-Cotterêts et la compagnie de l'arquebuse de Soissons venaient grossir le cortège. On pourrait penser qu'à l'abri de mon carrosse, la nuque enfoncée dans le capiton, je devais, jouvenceau, me rengorger de voir ces graves personnes en costume de fête braver l'averse pour me faire honneur. En réalité, j'aurais bien voulu partager les intempéries avec elles, mais il me fallait tenir mon rang et leur dévouement m'inspirait une fierté exempte de toute vanité. Le lendemain, quand je me suis promené en fanfares dans Villers-Cotterêts sous un soleil éclatant et que tous les habitants m'ont acclamé, j'ai éprouvé une immense gratitude et me suis attaché à leur plaire, souriant et marchant d'un pas alerte avec mon habit vert à parements jaunes et mon jabot de dentelle fleuri d'un bouquet de roses. Je sais bien qu'aujourd'hui mes collègues de l'Assemblée, amis ou ennemis, Girondins ou Montagnards, ricaneraient d'un commun accord et jugeraient la scène indécente : « Un marmot adoré comme un dieu païen! Obscurantisme infâme! » Moi-même, raisonnant selon la morale en cours qui refoule les sentiments intimes pour exalter les idéaux collectifs, je ne pourrais leur donner tort. Pourtant, je garde un souvenir lumineux de ce moment. Je me sentais responsable de mes sujets, grandi par leur allégeance, fier et dévoué d'être leur souverain en même temps que leur homme lige. Leur confiance me donnait des ailes. Enrichi d'un tel pouvoir, d'un tel devoir, prêt à réaliser de nobles projets, j'envisageais l'avenir avec la foi d'un adolescent amoureux. Hélas, de retour à Versailles, il m'a fallu déchanter. Au milieu des ors et des miroirs, mon image reflétée à l'infini faisait partie du décor dont la magnificence n'éclairait que la famille régnante. La Cour attentive à ma présence, sinon à ma personne, comptait sur celle-ci comme élément de la tapisserie et l'étiquette chatouilleuse à laquelle je me trouvais soumis me rappelait sans cesse la hiérarchie arbitraire qui me condamnait à l'insignifiance honorifique. Et c'est alors que par rivalité autant que par dépit, je me suis pris à douter des mérites de la monarchie absolue et cette disposition d'esprit m'a conduit sans détour à la fronde, encouragé en cela par mon oncle Conti dont j'écoutais les discours combatifs avec admiration, et fidèle aux traditions héréditaires de ma Maison qui n'a jamais cessé de pourfendre le despotisme ministériel et s'est toujours considérée depuis la Régence comme la ressource libérale de la France. Par exemple notre famille a mis son point d'honneur à soutenir l'opposition parlementaire, et les magistrats forts de notre appui ne nous ont pas ménagé les compliments. Je me souviens d'un matin glacial de janvier où j'étais venu à la Cour des Aides en l'absence de mon père pour faire publier et enregistrer de par le Roi un édit imposé en lit de justice [15], ce qui pour un jeune homme de vingt-deux ans friand de plaisirs n'avait rien de récréatif. Le premier président M. de Malesherbes, imposant de perruque et d'allure, m'avait adressé une harangue dont la ferveur avait annulé mon indolence de libertin et réveillé dans mon cœur des aspirations étouffées. Il évoquait mon ancêtre Henri le Grand, adversaire de ces « voies irrégulières qui ne ressentent que la force et la violence », et m'adjurait de suivre son exemple, de défendre les magistrats réduits au silence, coupables seulement « d'avoir élevé la voix pour faire parvenir au Roi les plaintes du peuple ». Persuadé que j'avais hérité par le sang des sentiments d'Henri IV, il déclamait d'une voix mâle, le menton frémissant : « Faites-les éclater, Monsieur ! » Il y a des mots qui électrisent la jeunesse. Le verbe « éclater » est de ceux-là car il répond à l'impatience du corps et donne l'impression de résoudre en feu d'artifice tous les problèmes du moment. Je ne dirai pas qu'à partir de ce jour, amendé, subjugué comme Cinna par Auguste, je changeai de conduite, renonçai aux caprices ruineux, aux parties de filles, aux paris sur les chevaux pour écouter et répandre les plaintes du peuple. Ce serait mentir et se moquer de la mémoire. A cette époque il n'était question en France que de mon mariage avec Marie Adélaïde de Penthièvre. On en parlait depuis plus de sept mois et les nouvellistes l'avaient déjà annoncé. Louis XV avait accordé son agrément aux deux familles et venait d'arrêter la date de la cérémonie : le 5 avril. Je disposais donc de vingt semaines environ pour enterrer ma vie de garçon et cette perspective qui surexcitait nombre de friponnes m'imposait un programme chargé. Cependant le discours de M. de Malesherbes ne pouvait me laisser indifférent. Son accent prophétique me donnait la volonté théorique d'agir, bien que je fusse à peu près convaincu de ne rien tenter pour l'instant et d'en faire encore moins dans l'avenir immédiat. La considération qu'il me témoignait en s'adressant directement à moi, sans insister sur l'absence de mon père, me flattait d'une manière insidieuse et je n'étais pas fâché non plus d'être comparé au roi Henri, comme si ce parallèle chimérique pouvait influer sur mon destin. Sans doute ai-je rêvé confusément de monter sur le trône et d'être un monarque populaire, accessible à toutes les réformes, mais il serait illusoire de s'imaginer que mon sentiment révolutionnaire est parti de là. En 1769, la monarchie paraissait indéfectible sur ses assises en dépit des coups de pique ou d'épingle que lui distribuaient avec étude les robins et les philosophes. Louis le Bien-Aimé, à la différence de son infortuné successeur, savait se courroucer à point nommé et mortifier les opposants. Alors, je n'étais qu'un frondeur d'occasion, velléitaire et sans conviction ferme. Il faudra attendre encore vingt ans pour que se précisent mes idées que Mme de Chatellux qualifiait de « pernicieuses » et dont elle accusait Laclos d'être l'instigateur. Je ne suis pas d'accord avec elle sur ce dernier point. Laclos a certainement orienté mes pensées, pesé sur mes décisions mais il n'est pas responsable d'une évolution personnelle que l'avènement de Louis XVI a précipitée, car c'est celui-ci, oui, c'est mon cousin Louis qui a fait de moi un révolutionnaire. Je l'affirme au risque de scandaliser les honnêtes gens, et je songe notamment à cette journée de novembre 1787 où, pour la première fois, je me suis dressé contre lui. Nous étions en pleine révolte parlementaire. Les magistrats refusaient de se prêter à la création des impôts nouveaux et réclamaient la convocation des États Généraux. Louis XVI quitta sa retraite de Versailles et se rendit à Paris tenir une séance royale dans la grand-chambre du Palais de Justice. Les gardes-françaises et les gardes-suisses étaient sous les armes et s'alignaient sur les quais depuis la barrière de la Conférence jusqu'à la Conciergerie. Je me trouvais assis au deuxième rang derrière le comte de Provence et le comte d'Artois [16] qui surveillaient avec une vigilance cruelle les expressions de leur frère installé sous le dais comme un oranger en pot. J'avais quarante ans et des responsabilités intimidantes dont je me serais volontiers passé. La mort de mon père survenue deux ans plus tôt m'avait fait le maître de la Maison d'Orléans, et tous les adversaires du régime comptaient sur mon concours sans me demander mon avis alors que l'autre camp me désignait d'emblée comme le chef des factieux, accusation qui relevait de l'imagination pure. En moins de cinq ans mes rapports avec la Cour s'étaient gelés. A l'amitié de Marie-Antoinette avait succédé son mépris depuis que Marie-Thérèse de Lamballe n'était plus à ses côtés pour me défendre contre la calomnie. Cette hostilité de la famille royale à mon égard allait de pair avec le discrédit et l'impopularité dont elle-même était l'objet. Après l'affaire du collier la Reine prêtait le flanc aux hypothèses les plus injurieuses alors que le Roi passait pour un balourd incapable de gouverner sans elle et d'enrayer le déficit. L'opposition avait donc les yeux fixés sur moi, mais je n'étais plus jeune et ce climat de passions exacerbées ne me convenait pas. Il faut préciser qu'à cette date je me partageais entre deux maîtresses, toutes deux blondes et âgées de vingt ans, Mme de Buffon, mon Agnès qui m'est restée fidèle, et Mme Elliott, prénommée Grace, une Anglaise dont l'accent me ravissait quand elle estropiait les mots galants. Épris de leurs charmes conjugués je ne jouais les ânes de Buridan qu'entre deux emplois du temps pour tomber à tour de rôle sous la coupe de l'une et de l'autre. Heureux et repu jusqu'à la somnolence, je n'avais pas le cœur à me lancer dans une grande querelle politique. Mais Mme de Genlis veillait. Elle me tenait de talentueux discours pour m'exhorter au combat : « Il faut donner l'exemple, Philippe! Le peuple de France n'attend que votre bon vouloir. Vous êtes sa liberté. » Habile à m'émouvoir sans trop me flatter et dotée d'une sorte de ténacité musicale, elle finissait par me convaincre. Son frère Ducrest et son mari Sillery joignaient leur éloquence à la sienne : « Oui, Monseigneur, parlez! Et vous serez acclamé. » Nous savions que Louis XVI présenterait à la grand-chambre un édit l'autorisant à émettre plus de quatre cents millions d'emprunts. Je devais élever la voix pour approuver les magistrats qui refusaient d'enregistrer l'édit. Mme de Genlis avait préparé à mon intention une phrase qui commençait par : « Sire, je supplie Votre Majesté de considérer... », mais assis derrière les frères du Roi, je ne m'en souvenais plus, le feu aux joues et les oreilles échauffées par les voix sacerdotales des conseillers. On avait écouté les critiques onctueuses de Duval d'Esprémesnil, les doléances interminables de Robert de Saint-Vincent, les homélies de l'abbé Sabatier, et maintenant Fréteau de Saint-Just reprenait les mêmes remontrances, les mêmes arguments sur un ton pastoral. Le silence qui ponctua la fin de sa péroraison me fit tressaillir. Encouragé d'un signe de tête par le Garde des Sceaux, le Roi se leva et je le regardai fixement durant trois ou quatre secondes qui pesèrent un siècle. Il était lourd et gauche comme à l'accoutumée. Ses yeux imprécis de myope ombragés sous des paupières de plomb semblaient ne reconnaître ni les gens, ni les lieux. Malgré l'air assuré qu'il se donnait en se tenant bien droit pour effacer le ventre, je le sentais anxieux et comprenais d'autant mieux son malaise que j'éprouvais le même à l'idée de prendre la parole, furieux contre moi de lui ressembler sur ce point. Son menton charnu se redressa au moment où les lèvres s'ouvraient pour déclarer avec fermeté : « J'ordonne que l'édit soit transcrit sur les registres de mon Parlement pour être exécuté suivant sa forme et teneur. » Une rumeur hostile s'ensuivit. Les mots de « despotisme » et de « décision arbitraire » chuchotés par les magistrats bourdonnaient de siège en siège et d'une rangée à l'autre. Le Roi apparemment impassible ne savait que faire de ses bras qui pendaient le long du corps. Le Garde des Sceaux vint auprès de lui pour signifier à l'Assemblée que les commentaires n'étaient plus de mise, et comme la rumeur, loin de s'apaiser, s'enflait par vagues successives, je me levai brusquement et débitai d'un trait : « Si le Roi tient une séance au Parlement, les voix doivent être recueillies et comptées; s'il s'agit d'un lit de justice, il nous impose silence. » J'avais prononcé la dernière phrase trop vite en accrochant deux syllabes. Cette maladresse m'irrita autant que l'air buté du souverain qui se taisait tandis que les assistants tournés vers moi retenaient leur souffle. Alors, la tête vide, je lâchai quatre mots d'une voix sonore : « Cet enregistrement est illégal ! »

Terrifié par mon insolence, je serrai les dents et les poings pour ne pas défaillir. C'était la première fois depuis des siècles qu'on traitait le Roi de France de cette manière et je m'attendais à une réponse terrible. S'il avait réagi froidement, je me serais confondu en excuses, prêt à tous les reniements, soulagé d'avoir un maître comme on a la paix, satisfait de lui laisser les honneurs et les poisons du pouvoir. Mais il perdit contenance. Ahuri, puis hors de lui, il s'écria : « Cela m'est égal ! » Cette réplique lamentable parut lui faire honte. Il corrigea aussitôt : « C'est légal parce que je le veux ! » mais la bonne réponse venait trop tard. J'avais déjà repris courage et le défiais du regard. A cette minute je le haïssais d'être un mouton car sa faiblesse me condamnait à l'action. A cause de lui j'allais devenir le chef d'un parti. Des hommes différents de moi, avides et passionnés, me suivraient en me poussant devant eux. Dans l'arène publique, je ne serais jamais tranquille.

L'édit fut enregistré dans une atmosphère électrique et feutrée. Les conseillers m'applaudirent à la sortie du Palais et m'accompagnèrent jusqu'à mon carrosse où la foule, avertie on ne sait comment, m'attendait pour m'acclamer. J'appris, le lendemain, que Sa Majesté m'exilait à Villers-Cotterêts. Cette mesure clémente m'exaspéra. J'abreuvai mon entourage de propos enflammés sur la tyrannie. Il est évident que le despotisme devient intolérable lorsque l'autorité lui fait défaut.

Je n'ai pas revu Montpensier depuis que nous avons dîné ensemble vendredi dernier. Cela fait une semaine déjà. En dépit de mes réclamations quotidiennes on ne m'a pas autorisé à le rencontrer et comme je m'obstinais chaque fois à demander pourquoi sans obtenir de réponse, j'ai fini, hier, par perdre patience devant un jeune administrateur nommé Rougon qui a un visage de femme et des yeux d'un bleu très pur : « Enfin, j'ai tout de même le droit de voir mon fils ! Quel mal y a-t-il à cela je vous le demande ? En quoi mon affection de père peut-elle contrarier la République ou lui porter préjudice ? » Rougon m'a toisé avec une froideur mesurée : « D'abord, citoyen Égalité, a-t-il articulé en prenant son temps, tu viens de commettre une faute en me disant " vous " au lieu de " tu ", ce qui prouve tes attaches avec l'Ancien Régime et ses coutumes répréhensibles. Ensuite, tu n'es pas un père comme les autres mais le chef d'une famille suspecte. On se méfie du nom que tu portes autant que de ta personne et de celle de ton fils. N'ajoute rien, citoyen ! La Convention Nationale qui décide à notre place agit avec sagesse. Notre devoir de patriotes est de lui obéir sans discussion. » Réfrénant la colère qui faisait trembler mes mains, j'ai répondu d'une voix calme que mon intention n'était pas de mettre en doute la sagesse de la Convention dont je m'honorais d'être membre. Il a secoué la tête, impatient de me couper la parole mais je ne lui en ai pas laissé le temps : « Maintenant, citoyen administrateur, je fais appel à ton humanité. Mon fils Léodgard, ici présent, n'a que treize ans. A son âge, on a besoin d'exercice et d'air pur. Au fort Notre-Dame, il avait la permission de se promener sur la terrasse un quart d'heure par jour. Je te supplie de lui accorder la même faveur. Sa santé en dépend. » Il a mordu sa lèvre inférieure d'un air contrarié avant de répliquer sur le ton d'un huissier de justice : « Léodgard Égalité est également un Bourbon. On ne saurait faire d'exception », et comme je m'écriai qu'il s'agissait d'un enfant, que les amis de la liberté ne pouvaient faire fi de son innocence, il m'a ordonné de me taire et m'a tourné le dos en claquant les talons.

Sa conduite dénaturée réveille en moi des souvenirs récents, me rappelle des paroles et des attitudes auxquelles je ne prêtais naguère qu'une attention distraite, celles de Saint-Just notamment. Les révolutionnaires de cette trempe vous guillotinent pour le bien de la Nation, comme on brûlait jadis les hérétiques et les juifs par amour du Christ. Camille Desmoulins, qui ne manque pas d'esprit quand il se trouve à l'écart des assemblées et de leurs délires oratoires, prétend que Saint-Just « porte sa tête comme un saint sacrement ». Il y a plus de vérité que de malice dans cette boutade qui me fait réfléchir aujourd'hui après m'avoir diverti. Saint-Just avec sa beauté délicate au teint d'hostie me paraît plus dangereux encore que Robespierre. N'a-t-il pas déclaré avec cette ferveur qui coupe les mots à la hache : « Les vertus farouches veulent des mœurs atroces » ? Je me demande comment j'ai pu m'asseoir sur le même banc que cet homme-là, moi que tout fanatisme écœure autant que les vertus farouches. Mais il est vrai que la répugnance et la peur nous jouent des tours pervers. Au lieu de nous faire fuir, elles nous attirent de manière diabolique et nous rapprochent contre notre gré de ce qui nous rebute et nous effraie. C'est si bizarre et si compliqué un être civilisé.

Sur mes conseils Beaujolais exécute deux fois par jour et durant un quart d'heure environ les mouvements gymnastiques que Mme de Genlis lui a appris dans les jardins de Bellechasse au temps où elle régnait sur l'éducation de mes enfants; par exemple il se penche en avant sans plier les genoux et touche le sol avec les paumes, ou bien il se couche sur le dos et fait des moulinets avec les jambes. Ces exercices amusent nos gardiens sauf Pierrot qui ne ricane jamais. L'autre jour, il a même dit : « C'est bien ! » J'ai voulu en savoir davantage : « Qu'est-ce qui est bien ? » Il a regardé ses mains posées sur la grille et m'a répondu : « Ce que fait ton fils. Il a raison. Il faut bouger, sinon... – Sinon quoi ? ai-je demandé. Sinon il pourrait tomber malade, c'est bien ce que tu penses, n'est-ce pas ? » Il s'est contenté de hocher la tête. Alors, sans réfléchir je lui ai parlé comme à un ami : « Je suis inquiet, tu sais. On respire mal, ici. L'air est mauvais. » Il a dit simplement : « Oui ! » à voix basse, puis a ajouté après un temps d'hésitation : « Sur la terrasse, il y a l'air de la mer. On lui permettra peut-être d'y aller. Oui, ça viendra. » Beaujolais qui venait de terminer ses exercices s'est rapproché de nous : « Vous avez tort de vous inquiéter, papa ! a-t-il dit, jamais je ne me suis si bien porté. » J'ai répondu sur un ton gaillard que je m'en trouvais ravi et Pierrot s'est écarté de la grille en souriant. C'était la première fois que je le voyais sourire et cette observation m'a vivement ému. En prison les bons sentiments se remarquent davantage qu'ailleurs et leurs effets sont étonnants.

Cela dit, mon benjamin n'a pas réussi à me rassurer car ses joues sont creuses et ses lèvres pâles. La nuit, je l'écoute gémir et marmonner dans son sommeil et quand le jour se lève, alors qu'il dort encore, un double pli d'amertume marque son front entre les sourcils. Au réveil, il fait semblant d'être gai et s'agite pour me faire plaisir mais si je ne prête aucune attention à lui il se laisse tomber sur le lit et soupire, les yeux mi-clos, persuadé que je ne l'entends pas. Si je me retourne, il se lève en sursaut, chantonne, débite des plaisanteries et cette allégresse de commande me serre le cœur. Avant-hier, la femme d'un administrateur, une brune avenante, l'a regardé à travers la grille avec des prunelles un peu troubles. Elle a chuchoté quelque chose à l'oreille de son mari qui lui a pris le bras d'un air fâché et l'a entraînée dans le couloir. Pauvre Léo! Je me demande s'il lui arrive de penser aux femmes. A son âge, je n'y songeais guère et cette apparente incuriosité s'est prolongée jusqu'à mes dix-huit ans, épiée par tous les perroquets de basse-cour qui parlaient déjà d'infirmité ou d'anomalie vicieuse. Je tenais la compagnie de ces dames pour un décor nécessaire, intéressé davantage par leur parure que par ce qu'il y avait dessous. Du moins, c'était mon impression et celle que je m'attachais à donner, inconscient de la timidité qui m'envahissait au passage d'une robe et qui m'imposait la retenue des eunuques ou des séminaristes. En réalité j'étais loin d'être indifférent, d'autant plus vulnérable que je n'en savais rien et que je me contentais de la conversation et de l'amitié rudimentaires des hommes. Ainsi, quand une jeune beauté me souriait d'une lèvre un peu lourde, mon cœur battait avec violence et je détournais la tête pour marquer mon dédain alors que ma pudeur se trouvait à la merci de la moindre caresse. Cette attitude, devenue la fable des cours et des salons, finit par inquiéter mon père qui se demandait si je n'avais pas hérité des penchants efféminés de mon trisaïeul, Monsieur [17], frère d'ombre du Roi-Soleil. Il s'entremit avec ses chambellans pour me fournir une maîtresse neuve d'apparence : Rosalie Duthé, une blonde de quinze ans, charnue à souhait, avec des fossettes partout, des appétits, des audaces et des complaisances insatiables. La découverte de ce corps potelé révéla les ressources du mien et me bouleversa. Loin d'elle, je ne pouvais fermer les paupières sans voir des rondeurs et des creux et ma peau s'enflammait à la moindre tache de couleur qui me rappelait sa nudité. Consciencieuse avec ardeur, elle alliait dans ses leçons l'impétuosité des élans aux soucis du détail et de la perfection. Elle avait la science infuse de la volupté comme d'autres ont le génie de la musique et je m'abandonnais à ses manœuvres avec plus de délice encore que lorsqu'elle me laissait agir. Et puis j'aimais divinement son absence d'esprit, ce vide intellectuel qui donnait à sa chair tant de compréhension et quand son œil de brebis brillait de sottise j'éprouvais une excitation intense et me ruais sur elle avec gratitude.

On m'a reproché par la suite d'être une sorte de brute sensuelle, incapable de sentiment. En fait, je ne courais vers le plaisir que pour rattraper le temps perdu et s'il m'arrivait d'être rude avec l'une de ces demoiselles, c'est qu'elle m'avait choqué par manque de délicatesse ou par excès de vénalité. Entouré d'aînés libertins qui se faisaient une gloire de changer constamment de montures, je forçais la nature pour les égaler, à l'abri d'une insensibilité de parade, mais ces efforts couronnés de succès me laissaient insatisfait, car sous les dehors d'un séducteur, je n'ai jamais cessé de quêter la tendresse, cynique en amour par forfanterie, pour faire illusion sur les flatteurs, pour me protéger contre la douceur ou la mollesse de mon caractère. Sinon, pourquoi aurais-je trompé Marie Adélaïde avec ostentation alors qu'il m'était si facile d'agir discrètement ? C'est qu'il me fallait suivre la mode avant tout, copier les usages, imiter ma propre réputation, pressé d'oublier sans y parvenir le respect, l'estime et l'affection que je lui portais. Il est vrai que son beau regard stoïque m'impatientait et que l'humilité avec laquelle elle souffrait mon inconstance encourageait mes caprices et me poussait aux aventures. Soucieuse de me plaire et de me retenir, elle finit par adopter les manières et le ton du Palais-Royal, apprit à se déguiser corps et âme, à échanger des propos sarcastiques et licencieux, puis voulut marcher sur mes traces et participer à mes écarts de conduite, mais je ne pris jamais ce jeu au sérieux, sauf une fois, peut-être, par une belle après-midi d'été, lorsque nous partîmes en voiture pour la folie de Mousseaux [18] où se déroulaient d'ordinaire mes fredaines. La berline roulait à grande vitesse sur le pavé du faubourg Saint-Honoré et Marie Adélaïde installée toute seule à l'intérieur souriait à la portière alors que la comtesse d'Hunolstein habillée en laquais se tenait derrière. Moi, j'occupais la place du postillon et fouettais mes huit chevaux en poussant des cris pour égayer ma belle-sœur Marie-Thérèse, assise à mes côtés en costume de cocher. Notre équipage filait ventre à terre vers la barrière de Chaillot sous les regards ébahis des passants qui m'avaient reconnu et me croyaient avec des filles. Marie-Thérèse, secouée sur le siège riait aux éclats et se pressait contre mon flanc tandis que sa jolie tête poudrée, coiffée en garçon, tombait sur mon épaule. La dernière fois que j'ai vu sa tête, ce n'était plus qu'une chose innommable au bout d'une pique. Les yeux crevés étaient couverts de terre et de sang noir. Je n'aurais jamais dû réveiller ce cauchemar qui va me faire passer une nuit affreuse, mais Dieu seul commande à notre mémoire.

C'est une gageure d'écrire sous les regards de geôliers capables à tout moment de confisquer ma prose et de la faire parvenir au Comité de Sûreté générale, mais par un étrange paradoxe la grille me protège de leur indiscrétion car ils peuvent me surveiller nuit et jour sans ouvrir la porte et cette commodité endort leur méfiance. Quand par acquit de conscience ils me demandent ce que je fais, il me suffit de leur dire que j'écris à ma maîtresse et comme en ce pays de canicule l'amour provoque une indulgence narquoise, ils se contentent de lire en ricanant ma lettre quotidienne à la « citoyenne Buffon », ignorant les feuilles que j'ai dissimulées dans le tiroir ou, pris de court, sous ma chemise. Ils ne s'étonnent pas de me voir travailler une matinée pour venir à bout d'une missive qui m'a demandé dix minutes car, à leurs yeux, c'est un exploit de noircir une page et demie par jour. Tout de même, une telle crédulité s'accorde mal à leur caractère inquiet qui se manifeste ailleurs par une sévérité absurde. Par exemple ils me défendent toujours de voir Montpensier, refusent obstinément à Beaujolais l'autorisation de se promener sur la terrasse, regardent sous les lits et retournent les matelas à la recherche d'armes ou de cordes imaginaires, quand ils ne donnent pas des coups de canne sur les barreaux de la fenêtre pour vérifier que personne ne les a sciés. Cette incohérence s'explique peut-être par les graves événements qui viennent de se produire en Provence et qui n'ont pas manqué, je présume, de les bouleverser. C'est hier à midi, après le départ de Rougon, que Pierrot m'a appris que Marseille n'obéissait plus aux décrets de la Convention. Cette nouvelle énigmatique m'a causé autant de surprise que de joie. J'ai voulu tout de suite en savoir davantage mais Pierrot s'est écarté rapidement de la grille, me laissant entendre que cette conversation présentait des dangers pour lui. Il m'a fallu patienter jusqu'au soir avant d'être éclairé et j'ai eu la chance de tomber sur l'administrateur Ferral, mille fois plus aimable et compréhensif que Rougon. Bien entendu, je ne l'ai pas attaqué de front. Il s'agissait d'abord de tâter le terrain : « Citoyen, lui ai-je dit, tu conviendras que le traitement que je subis n'est digne ni de mon état, ni des services que j'ai rendus à la République. Pourrais-tu me préciser si la Convention a rendu quelque nouveau décret à mon égard ? – Non ! m'a-t-il répondu, de toute manière, nous ne reconnaissons plus son autorité. » J'ai adopté spontanément un air ahuri qui l'a incité à poursuivre sur un ton animé : « Le mouvement date du 31 mai. Les représentants en mission Bayle et Boisset ont été chassés. Le département tout entier a fait sécession. Marseille ne dépend plus de Paris. Il est probable et même certain que d'autres villes comme Toulon et Nîmes vont suivre son exemple. – Cela va changer beaucoup de choses, ai-je dit en m'efforçant de paraître calme. – Certainement ! a-t-il répliqué avec ferveur, une ère nouvelle commence ! » Alors, le cœur battant, j'ai posé la question qui me brûlait les lèvres depuis midi : « Dans ces conditions, pourquoi nous retenir en prison, mes enfants et moi ? » Il s'est reculé d'un demi-pas, son regard a perdu tout éclat et c'est sur le ton circonspect d'un usurier qu'il m'a répondu : « Vous êtes en prison par un décret du 8 avril et ce n'est qu'aux décrets postérieurs au 31 mai que nous avons résolu de ne plus obéir. » Cette explication pusillanime m'a laissé sans réaction. Je ne trouvais plus mes mots ni mes sentiments, distrait par une lassitude brutale qui me privait momentanément de conscience. Ferral, satisfait de mon silence, m'a conseillé d'adresser une pétition aux magistrats de la municipalité et je me suis contenté de remuer la tête sans intention de signifier quoi que ce fût. En fait, j'étais atterré et continue de l'être, obsédé par le souvenir des intonations de Ferral et de sa métamorphose : son visage épanoui puis rétracté, sa lèvre gonflée qu'il avalait, son regard vif qui s'éteignait soudain, se cachait derrière les phrases. Ils sont des milliers comme lui, des centaines de milliers en France, tous honnêtes, tous bienveillants, ignorant la haine, mais capables des pires cruautés pour éviter d'engager leur responsabilité, disposés à tous les reniements, à toutes les bassesses pour suivre le courant et hurler avec les loups. Mille fois plus redoutables que Rougon qui me glace, me terrifie bien en face. Avec Rougon, je connais mon adversaire. Je sais qu'il n'hésitera pas une seconde à trancher ma vie si cette solution lui paraît en accord avec son idéal ou sa doctrine. Mais Ferral n'a aucun idéal, lui, aucune doctrine. Il ne demande qu'une chose : vivre en paix, se tenir du bon côté, passer à travers les mailles du filet et dénoncer les autres, à l'occasion, pour éviter de l'être. Peu lui importe de dire le contraire de ce qu'il pense et de faire le contraire de ce qu'il aime. C'est une habitude à prendre, indispensable en période révolutionnaire. Il obéit à toutes les directives, celles de la Convention ou celles des Fédérés, de la Montagne ou de la Gironde, et leurs contradictions l'indiffèrent autant que leur injustice ou leur absurdité. Cela ne l'empêche pas d'avoir pitié de moi, et c'est précisément ce qui me terrorise car il me semble qu'une société abstraite vient de naître et que les hommes n'auront plus la libre disposition de leurs sentiments.

Nous sommes le 25 juin déjà. Il y a quatre ans, jour pour jour, je prenais la tête des quarante-sept députés de la noblesse qui se ralliaient au Tiers État. A cette époque tous les membres de l'Assemblée étaient monarchistes. Aucun citoyen, riche ou pauvre, gentilhomme ou roturier, n'eût refusé de bon cœur d'acclamer le Roi. Aujourd'hui rien ne subsiste de cet univers. Rien. Est-il concevable que de tels bouleversements aient pu se produire en quatre ans ? On dirait que la Révolution a perdu la notion du temps, à moins que celui-ci n'ait changé de nature sous la pression des événements, leur précipitation sans ordre et l'exaspération des esprits. Les patriotes s'imaginent aller de l'avant alors qu'un flux bouillonnant les entraîne par le fond et les ramène de temps à autre à la surface dans un tourbillon qui ne les lâche jamais. Je connais ce torrent. J'y étais. Il m'a roulé comme un caillou jusqu'au printemps dernier où la prison m'a, pour ainsi dire, mis à l'écart et cette situation me permet aujourd'hui de faire le point, de revenir sur une foule d'idées préconçues et de sentiments empruntés à d'autres, à Laclos notamment. Pierre Choderlos de Laclos est entré dans ma maison et dans ma vie au début de l'automne 1788, un an après que Louis XVI m'eut exilé à Villers-Cotterêts. Je le connaissais à travers *Les Liaisons dangereuses* et bien que le scandale provoqué par la publication de ce roman eût piqué ma curiosité, je n'aurais jamais choisi pour secrétaire des commandements ce bel officier d'artillerie si Louis de Noailles ne me l'avait chaudement recommandé, insistant tour à tour sur son caractère sérieux, sur son imagination méthodique, sur ses idées libérales et sur son appartenance à la franc-maçonnerie comme nous. Jusqu'alors je n'avais jamais cherché à le rencontrer, d'abord parce qu'un Prince du Sang ne se jette pas à la tête des gens, ensuite parce que je me méfie des écrivains par expérience et par principe, enfin parce que son livre que j'avais lu d'une traite m'avait paru tortueux. Le portrait flatteur que m'en traçait Noailles retenait mon attention en me laissant incrédule comme tout ce qui relève de la spéculation pure ou de la philosophie. Je m'attendais à un personnage affecté, une sorte de roué qui s'écouterait parler et singerait les esprits forts, maniant le cynisme comme d'autres jouent au trictrac. Notre première rencontre me surprit agréablement. Pierre de Laclos se révélait le contraire de ce que j'avais conçu. Grand et sec, il restait jeune tout en portant bien son âge, ayant ainsi double avantage à mes yeux : être mon aîné de huit ans sans paraître vieux. Ses traits fins mais virils, ses yeux timides à fleur de tête, sa bouche serrée, ironique avec mesure respiraient la discrétion, la simplicité et même une certaine vertu. Sa conversation froide, assujettie à un débit mécanique détendait l'atmosphère à force de rigueur, de même qu'une main rude et sèche nous réchauffe alors que des doigts humides et mous nous glacent. Les éloges qu'il m'adressa et dont il enrichit adroitement son discours furent un chef-d'œuvre de pudeur. Quand je lui demandai pour quelle raison il souhaitait entrer à mon service, il me répondit sans ombre de malice en pesant ses mots : « Parce que je vous admire et que ce sentiment a besoin d'exercice », et comme je souriais pour cacher un commencement d'émotion, il ajouta sur un ton de défi courtois en me regardant bien en face : « Et puis je suis ambitieux. On vous l'a dit sans doute et cela se voit. » Cela se voyait en effet mais ce sentiment dont je suis si avare et qui m'irrite chez les autres, notamment quand il se conjugue avec l'avidité, me plaisait chez lui car il prenait sur son visage et dans sa voix une forme apaisante, mystérieuse dont il ne tarda pas à me révéler le secret : « Mais je ne suis ambitieux que par personne interposée. Mon plus ardent désir serait d'assister à l'ascension du prince que j'admire, car lui seul peut sauver le royaume. » Formulé sans emphase et d'une voix mâle, ce compliment me toucha. Je répondis à Pierre de Laclos que j'acceptais sa candidature et que je me félicitais de l'avoir rencontré. C'est ainsi qu'il envoya sa lettre de démission au maréchal de Ségur et quitta l'armée pour venir s'installer au Palais-Royal et fourbir une tout autre artillerie.

Certes, le projet qu'il caressait de m'aider à jouer un rôle déterminant dans l'État répondait à mes aspirations, mais il ne s'agissait chez moi que d'un souhait théorique, à peine aiguillonné par le souvenir humiliant de mon exil et par ma rancune de principe à l'égard de la Cour. J'épousais avec élan les idées de mon secrétaire mais ce mariage spirituel dont j'étais satisfait ne pouvait le contenter. Il résolut de m'insuffler la volonté d'agir. Ce n'était pas une entreprise facile car mon insouciance et mon inertie dirigées vers la paix familiale et le plaisir avaient de solides racines. En mettant de l'ordre dans mes papiers, il tomba malencontreusement sur un règlement de vie que je venais de rédiger et qui n'était destiné qu'à moi. La première proposition le choqua, je présume : « Mon but étant dorénavant de ne plus m'occuper que de ce qui peut être utile à mes enfants et voulant que le nouveau genre de vie que j'embrasse concoure à cet objet... » La deuxième l'inquiéta : « Quant à l'été, ne pouvant souffrir Paris en cette saison, je le passerai à la campagne, et, pour ne point perdre l'habitude des femmes et qu'elles ne perdent point l'habitude de venir chez moi, je m'arrangerai pour les y convier... » Mais il en fallait davantage pour le décourager. Diplomate, il se garda bien de combattre ouvertement mes penchants, allant même jusqu'à louer ma sollicitude paternelle et mon souci de quiétude bourgeoise ou partageant oralement mon engouement pour la campagne. Cependant, sans débiter le moindre reproche, il réussit à me faire sentir la nécessité de ne plus quitter Paris, de m'intéresser à d'autres programmes que la famille et à d'autres conquêtes que celles de la chair. Il y parvint de manière subtile et de triple façon.

D'abord en me rappelant à tous propos que le peuple de Paris m'adorait, me regardait comme un père et mettait son avenir entre mes mains. Quand nous débattions une question, il ne manquait jamais d'interrompre sa réplique pour ouvrir une fenêtre à deux battants afin d'écouter monter vers nous les acclamations de la foule : « Ils vous réclament, Monseigneur! disait-il, venez vite! » et je me précipitais, rouge de bonheur, écartant légèrement les bras pour saluer avec dignité les gens qui accouraient des galeries, s'amassaient dans les allées au-dessous de mes appartements et criaient avec feu : « Vive d'Orléans ! »

Ensuite, la suprême habileté de Laclos fut de ruiner dans mon esprit le prestige intellectuel de Mme de Genlis qui détestait le secrétaire-artilleur, redoutait son influence et tenait *Les Liaisons dangereuses* pour un ouvrage pernicieux de qualité exécrable. La première fois que ces deux adversaires irréductibles s'affrontèrent sous mon toit, je me dis : « Tout les oppose. Ils finiront par s'entendre, attirés par leurs différences. » On ne pouvait mieux se tromper. En fait, ils se ressemblaient : même regard dominateur, mêmes lèvres fines appliquées à produire des mots acides, même souci de plaire et d'endoctriner, même sécheresse de cœur déguisée sous des émotions de tête, tous deux férus de Jean-Jacques Rousseau, imprégnés de littérature jusqu'aux os. Mais alors, je n'en savais rien. Persuadé que l'intelligence de Mme de Genlis n'obéissait qu'au sentiment, j'admirais par comparaison la logique impitoyable de Laclos et n'étais pas fâché d'en faire état. Un jour que Félicité intervenait dans la conversation avec cette âpreté mal contrôlée qu'inspire la jalousie, je lui déclarai tout net : « Vous méritez d'être consultée quand il s'agit d'histoire ou de philosophie, mais vous n'entendez rien à la politique. » Je crus qu'elle allait s'évanouir de dépit ou s'étouffer en serrant les mâchoires. L'occasion était trop belle pour Laclos qui vola à son secours avec une perfidie exemplaire : « Mme de Genlis a d'autres talents. Je donnerais toute ma science mathématique pour jouer de la harpe comme elle. » Il était trop avisé pour se permettre en ma présence la moindre observation péjorative sur elle mais s'attachait par intervalles à louer certaines de ses qualités qui avaient le don de m'irriter, par exemple sa vitalité débordante et sa curiosité d'esprit qui l'amenaient à se mêler de tout. En revanche, il ne se privait pas de la ridiculiser dans mon dos, en accord avec Mirabeau qui la traitait dans les salons de « théologienne bonne à diriger une pension de petites filles », tandis que lui-même faisait circuler sous le manteau une épigramme de sa composition dans laquelle il engageait la pédante à changer sa plume en aiguille : « Il faut te résoudre à filer, à coudre, c'est là ton métier. » Ces méchancetés que l'on me répétait avec soin me faisaient rire, disposé comme je l'étais à prendre le parti de mon secrétaire contre celui de mon pédagogue en jupon qui s'était vanté de gouverner ma conscience et dont il me plaisait de rabattre la superbe et le caquet.

Enfin le génie de Laclos fut de ranimer sans cesse ma rancœur à l'égard du pouvoir royal, de lui donner chaque jour plus de mordant, d'abord en s'indignant des avanies que je venais de subir, ensuite en m'entourant d'amis acharnés à médire de Marie-Antoinette. Les avanies que soulignait Laclos avec tant d'insistance persuasive se rapportaient essentiellement à mon exil qui datait d'un an et n'avait duré que cinq mois. En fait, cet ostracisme dont l'opposition parlementaire condamnait la barbarie avec éclat, n'avait rien d'odieux. Certes, un Prince du Sang tolère mal d'être éconduit, puni comme un bambin, mais Villers-Cotterêts était dans l'apanage ma résidence préférée; j'en aimais le climat, la forêt, les coutumes et les habitants. En dehors de ma famille et de mes gens, personne n'avait le droit de m'approcher, mais je m'échappais une fois par semaine pour rencontrer Agnès dans une petite maison de Nanteuil et ces « retrouvailles » auprès d'un feu de bois avaient le charme des amours défendues. Mon meilleur ami Gontaut de Biron, alors duc de Lauzun, avait obtenu de Louis XVI, après dix jours de refus, la permission de venir me rejoindre. Ses visites qui m'enchantaient ne duraient jamais longtemps et j'éprouvais un certain dépit à le voir me quitter pour regagner Paris. Au cours de nos repas ou de nos promenades dans le parc, il me tenait au fait des dernières intrigues du Palais-Royal, de la colère suscitée par les « mesures iniques » dont j'étais victime et de l'agitation créée autour de mon nom : « Nous sommes tous mortifiés à votre place, mon cher Philippe, et vous êtes notre exemple, notre point de mire depuis que l'on vous persécute ! » disait-il sur ce ton d'amitié chevaleresque qui a réduit tant d'honnêtes femmes à sa merci. Il amenait dans cette campagne humide l'air de la capitale dont la sécheresse électrique et la corruption ont tant d'empire sur les sens, tant d'attrait sur l'imagination, et, surexcité par ses propos, je finissais par supporter difficilement ma condition de proscrit, car l'humiliation dépend souvent d'un commentaire et l'on commence à se sentir outragé lorsqu'on nous en donne la réputation. Alors, soucieux de me révolter en réponse à la honte dont je m'estimais l'objet, je m'attachais à trouver lugubre entourage et décor. Marie Adélaïde, ravie d'avoir enfin son mari pour elle, me couvait d'attentions et je ne savais qu'inventer pour éviter son regard de tendresse, soit en lui tournant le dos pour jouer aux dés tout seul, soit en baissant la tête pour caresser mes chiens. La pensée d'être séparé d'Agnès, de Grace, de Marie-Thérèse, d'Aglaé d'Hunolstein, d'Aimée de Coigny, de toutes ces radieuses créatures à l'affût, m'inspirait des impatiences de goujat. Quant à la société vertueuse des amies de ma femme, je faisais des prodiges pour la tenir à distance, pressé de m'épargner l'ennui distillé par son caquetage et l'irritation que me causait son intolérance réactionnaire. J'en arrivais même à haïr l'atmosphère, la perspective et les murs de ce château que j'avais toujours aimé. Pas une sculpture, pas une colonne, pas une frise ne trouvait grâce à mes yeux. Je comparais la terrasse à un catafalque et le péristyle à un tombeau. Restait la forêt interminable où je chassais à courre éperdument pour tuer l'amertume, mais, l'hiver, tous ces troncs noirs, ces feuilles pourries, cette neige et cette boue dégageaient sous les sabots de mon cheval une odeur froide dont je raffolais naguère et qui me serrait le cœur aujourd'hui comme celle des livres moisis, des peintures craquelées et des tombes ouvertes. Je savais que le Roi avait qualifié dédaigneusement d'« indiscrètes » toutes les réclamations des robins à mon sujet. Sur les conseils réitérés de Marie Adélaïde qui s'inquiétait de mon humeur, je me décidai à lui écrire pour obtenir mon pardon, mais Sa Majesté ne daigna même pas me répondre et son silence aiguisa ma rancune tandis qu'un accident avantageux pour ma gloire mais mal interprété par mes ennemis survenait à point nommé pour changer mon ressentiment en fureur. Ce matin-là, je chevauchais depuis l'aube sur les traces d'un cerf retors et Séverin, mon jockey, me suivait à six pas sur une jument un peu folle que lui seul prétendait savoir monter. Il était dix heures environ. Entre deux futaies détrempées nous venions de traverser une clairière transformée en marécage par les pluies diluviennes de la veille quand je m'engageai sur le pont inondé qui enjambait l'Aisne. Je le franchis non sans peine à cause du courant et des branches mortes qui formaient une barrière mouvante. Faraud, mon rouan truité, broncha, heurta la margelle à moitié submergée dont une partie parut s'écrouler, sous le choc. Je le relevai sèchement et passai, non sans éprouver, tout de suite après, un sentiment d'insécurité quand j'entendis un bruit insolite derrière moi. Me retournant sur la selle, j'aperçus à deux toises du pont, la tête de la jument qui nageait au milieu de la rivière mais je ne vis Séverin ni dans l'eau, ni sur le pont. Je vidai les étriers, sautai dans la boue et me précipitai vers la rive en appelant. La jument réussit à regagner la terre ferme au moment où je reconnus la chevelure fauve de Séverin qui, ne sachant pas nager, se débattait dans le courant. Sans réfléchir j'ôtai ma veste et me jetai à l'eau avec mes bottes qu'il m'était impossible d'enlever sans aide; elles freinaient considérablement mes mouvements et j'avais toutes les peines du monde, alourdi par mes culottes et mon gilet de chasse, à me diriger dans le flot boueux. Néanmoins, je me rapprochai de Séverin et l'attrapai par les cheveux au moment où il coulait à pic, mais ils étaient trop courts et n'offraient aucune prise. Il me fallut l'agripper par le col de la chemise pour le remonter à la surface et ce ne fut qu'au prix d'efforts désespérés que nous parvînmes à regagner la rive où nos deux corps mêlés s'affalèrent. Après avoir vomi une demi-pinte d'eau saumâtre, mon jockey, éperdu de gratitude, se mit à genoux pour embrasser mes pieds : « Ah, Monseigneur, vous êtes trop bon, bégayait-il, il ne fallait pas... Vos habits sont dans un état! » Il paraissait à la fois si heureux et si marri que j'éclatai de rire en l'aidant à se relever : « Ne te tracasse pas, mon ami, lui dis-je, le seul témoignage de reconnaissance que je te demande est de ne plus te faire couper les cheveux d'aussi près! Laisse-les pousser! Sinon, je ne pourrais jamais plus te repêcher ! – Ah, Monseigneur, vous pouvez me demander n'importe quoi... N'importe quoi ! » balbutia-t-il en pleurant de joie. Sur ma foi, j'aurais préféré que cette aventure ne s'ébruitât point, mais Séverin, fier et pressé de célébrer ma conduite, en fit un récit dithyrambique dès son arrivée au château. La nouvelle se répandit dans Villers-Cotterêts et brûla les relais de poste jusqu'à Paris où les gazetiers la reprirent, l'enluminèrent, tandis que nos amis du Palais-Royal la portaient aux nues. Mais à Versailles, on ricana : mon exploit fabriqué de toutes pièces n'était qu'une basse manœuvre de popularité. Dans l'entourage de la Reine on affirma que j'avais jeté mon domestique à l'eau pour avoir le mérite de le sauver, et ces propos me furent scrupuleusement rapportés par plusieurs témoins bien intentionnés dont le nom importe peu. D'ordinaire, je traitais par le mépris tous les sarcasmes, pasquinades et autres calomnies émanant d'une caste que je reniais, mais la colère, cette fois, m'envahit. Ce n'était pas ma vanité qui se trouvait blessée mais mon sens intime de l'honneur et même un autre sentiment qu'il m'est difficile d'avouer : ma sympathie pour ce garçon que j'avais tiré de l'eau, mon amitié. Le commentaire empoisonné des bouffons de la Reine salissait ce beau souvenir dont j'aurais souhaité garder le secret par pudeur. Ces courtisans n'entendaient rien au cœur, ne savaient rien du peuple. Pouvaient-ils seulement comprendre que j'aimais mes gens, que j'avais plaisir à entrer dans toutes les chaumières, à m'asseoir auprès des laboureurs, à boire un verre de cidre et causer avec eux sur un ton de familiarité mesurée. Ma conscience s'échauffait. Je rêvais de fustiger mes détracteurs, d'affronter Marie-Antoinette et de lui faire honte après avoir cravaché son orgueil. Ma rage désordonnée s'accrut lorsque j'appris que Louis XVI venait d'éconduire mon beau-frère Penthièvre et ma belle-sœur Marie-Thérèse qui le suppliaient de me pardonner. Pourtant, lorsque le 16 avril 1788, ma grâce fut enfin accordée, j'éprouvai un tel soulagement d'être absous, une telle satisfaction gourmande de retrouver Paris et l'effervescence de mon Palais-Royal, que je me rendis immédiatement à Versailles pour remercier le Roi comme un bienfaiteur et promettre à sa demande « de ne plus m'occuper des affaires ».

Cette promesse devait, sept mois plus tard, inquiéter sérieusement Laclos menacé dans ses ambitions politiques. Il me persuada que le Roi de France avait traité son cousin comme un enfant : en disposant de ma liberté, en jouant impudemment avec elle, Louis XVI s'était moqué de la Maison d'Orléans et cette conduite indigne d'un souverain insultait la Nation qui ne jurait que par moi. Sans doute mon secrétaire déplorait-il l'inconstance et la légèreté de ma rancune, cette incapacité que j'avais d'en soutenir le cours, alors que le moindre plaisir, la moindre distraction émoussait mes griefs et que, préoccupé de ma tranquillité d'esprit, j'étais prêt à pactiser avec mes ennemis. Aussi me rappela-t-il en détail tout ce qu'on avait pu dire, commettre ou résoudre pour me nuire, à commencer par cette lettre de Marie-Antoinette qui me priait sans ménagement de revenir « paisiblement » à Paris au moment où j'allais m'embarquer à Saint-Malo pour attaquer l'Angleterre. Dans la bouche de Laclos le mot « paisiblement » prenait un accent injurieux, tout comme cette réflexion de Louis XVI, apparemment anodine, au sujet des galeries marchandes qui encadraient le jardin du Palais-Royal : « Alors, mon cousin, puisque vous tenez boutique, on ne vous verra plus le dimanche! » ou comme ces épithètes fielleuses de « Colonel général des têtes légères » et de « Jockey des globes » destinées à ridiculiser mon combat d'Ouessant et mes voyages en montgolfière. Sans effet de voix mais sur un ton incisif, Laclos donnait de l'ampleur à ces brocards dont la mesquinerie réveillait ma haine car les coups d'épingle sont plus efficaces que les coups de pique. Afin de m'encourager à la révolte, de me protéger contre ma propre indolence et contre toute influence opposée à la sienne, il attira, groupa, referma sur ma personne des mécontents illustres dont le nom sonnait bien : Noailles, Biron, La Rochefoucauld, Liancourt, Talleyrand, Barbentane, Mirabeau, Sémonville, Dampierre... Comment résister à pareille compagnie ? Une émulation caustique resserrait nos liens de noblesse et d'amitié. C'était à qui se montrerait le plus sévère en blâmant le Roi, le plus dédaigneux au sujet de la Cour, le plus virulent à l'égard de la Reine. Enragés de réformes, nous rêvions de déboutonner le monde ancien, de nous affranchir de ses lois désuètes et de ses convenances archaïques afin de « vivre selon la nature »; au demeurant, me semble-t-il, assez brouillons et badins pour confondre politique et galanterie, impatients d'entreprendre contre le despotisme de Versailles toutes sortes d'intrigues et de perfidies bâties sur le modèle des *Liaisons dangereuses*. Au milieu de cette fronde empanachée Laclos raisonnait avec froideur et tissait sa toile dont les fils collants retenaient une infinité de gens étrangers à notre condition : avocats ambitieux, journalistes, agioteurs, acteurs, artisans, poètes, écrivains publics, aventuriers de toutes sortes, maquereaux, hommes de main et autres canailles dont le voisinage et les sourires de connivence ne m'étaient pas désagréables.

Et déjà leur masse indistincte s'agitait dans l'ombre, frémissait au soleil et pesait sur nos intentions qui se durcissaient sans motif et s'emballaient à la première occasion. Ainsi, nous parlions inconsidérément de renverser le régime alors que seule nous révoltait la décrépitude de ce gouvernement sans volonté. Nos propos excessifs jetaient le trouble et la démesure dans l'esprit de nos alliés populaires qui acclamaient nos discours avec prudence et nous regardaient comme d'étranges animaux. Car les citoyens n'ont jamais compris et ne comprendront jamais le caprice généreux des seigneurs ou des princes. Ils assimilent nos sentiments libéraux à la faiblesse qu'ils méprisent et qui leur donne une folle opinion d'eux-mêmes. Alors, leurs dents, leurs griffes s'allongent. Ils se prennent à la fois pour saint Georges et pour le dragon et n'ont plus qu'une idée en tête : écraser le tyran coupable de ne plus leur faire peur.

Ce que j'avais pressenti lundi dernier à la suite de mon entretien avec Ferral se confirme chaque jour : depuis que Marseille a fait sécession et n'obéit plus aux décrets de la Convention notre situation qui aurait dû normalement s'améliorer se révèle plus inconfortable que jamais. Aujourd'hui, par exemple, une heure avant dîner, nous avons vu arriver Ferral accompagné d'un administrateur inconnu qui boitait et dont les sourcils se rejoignaient en broussaille. Tous deux, ceints de l'écharpe tricolore, portaient des bottes fraîchement cirées et affichaient un air cérémonieux qui ne présageait rien de bon. D'emblée, Ferral a déclaré qu'ils étaient chargés « d'une mission délicate » et le boiteux a précisé qu'ils venaient confisquer « nos couteaux, rasoirs, canifs et autres pointes ». D'ordinaire, de telles précautions ne se prennent qu'envers des prisonniers dont on instruit le procès et dont on redoute le désespoir. C'est la remarque que j'ai faite au boiteux et, tourné vers Beaujolais, j'ai ajouté avec le sourire : « Nous n'avons pas l'intention d'attenter à nos jours ni d'assassiner quelqu'un, n'est-ce pas, Léo ? – Non, père ! Pas encore ! » a répliqué mon fils avec malice. Ferral a regardé ses bottes, puis caressé son écharpe avant de répéter :

« Ce sont les ordres », la première fois à mi-voix, la deuxième sur un ton ferme. J'ai voulu savoir comment je ferai désormais pour me raser, pour tailler mes plumes ou pour découper la viande dans mon assiette et le boiteux m'a expliqué que tous les instruments tranchants qu'on allait saisir seraient déposés dans une cassette dont nous aurions la clé mais que les administrateurs de service emporteraient avec eux. On nous rapporterait la cassette chaque fois que nous en aurions besoin mais nous ne pourrions faire usage de son contenu que devant témoins : « C'est tout simple ! » ai-je persiflé au moment où Pierrot posté en sentinelle dans le couloir laissait entrer un garde national qui a posé sur la table une cassette de fer et l'a ouverte avec une petite clé. Alors Ferral, après avoir toussoté pour éclaircir sa voix, m'a demandé de lui remettre les « objets ». J'ai répondu qu'ils se trouvaient dans le tiroir de la commode et qu'il pouvait les prendre lui-même. C'est le garde qui s'en est chargé. Il a vidé le tiroir sur la table et a rangé les « objets » dans la cassette l'un après l'autre : un rasoir, une paire de ciseaux, deux canifs et un couteau dont le manche de corne était décoré d'une fleur de lys. Ferral n'a pas réagi devant ce détail suspect mais il a regardé le mur d'un air soucieux : « Maintenant, a-t-il dit, nous allons être obligés de fouiller la pièce et même vos poches. » Sous l'insulte j'ai sursauté : « C'est inutile ! Il n'y a pas d'autre couteau, ni d'autre pointe chez nous. J'ose espérer que ma parole vous suffit. » Mais Ferral a hoché la tête : « Hélas, non ! » a-t-il répondu sur un ton dont la modération têtue m'a exaspéré. J'ai serré les dents, fermé les poings et l'affaire se serait mal terminée si le boiteux n'avait pris les devants : « C'est bon, citoyen ! Si tu nous donnes ta parole, c'est bon ! » Un silence épais a suivi cette réplique et Ferral, visiblement contrarié, a signifié son accord d'un mouvement de tête. Après l'avoir consulté du regard, le garde a fermé la cassette et m'a tendu la clé que j'ai remise à Beaujolais en lui recommandant d'en prendre soin. Les deux administrateurs ont fait demi-tour avec un ensemble parfait et ont quitté la cellule, suivis par le garde qui tenait la cassette à deux mains comme un reliquaire.

Beaujolais prétend que nos geôliers sont stupides à cause du métier déshonorant qu'ils exercent : « Au lieu de faire la guerre, ils vivent en prison et tracassent des citoyens sans défense. Pour justifier leurs attributions, ils compliquent indéfiniment leur tâche mais ne parviennent pas à lui donner un sens. » Je ne suis pas tout à fait de cet avis. La méfiance insensée de ces hommes s'explique d'une autre façon : depuis quatre ans, Paris gouverne la France, régente jusqu'au moindre village, et les provinces ont perdu l'habitude de prendre des décisions. Mais voilà que les départements de Provence, Marseille en tête, coupent les ponts. Alors, les difficultés commencent. C'était si reposant d'obéir. Chaque minute pose une question, provoque un choix, déchaîne une inquiétude. La peur de se tromper, de démériter, de faire moins bien que les Parisiens empoisonne nos administrateurs rebelles. Naguère une province avait son identité, son budget, son autonomie. Aujourd'hui, détachée de Paris, elle ressemble à ces canards dont on vient de couper la tête et qui tournent autour d'une table pour donner l'illusion d'exister.

Après le départ de Ferral et du boiteux, j'ai fait signe à Pierrot d'approcher et lui ai demandé des renseignements sur celui-ci. Il a regardé à droite et à gauche dans le couloir et m'a répondu d'un trait : « Il s'appelle Laugier. La nouvelle municipalité l'a tiré de la prison où il était détenu comme suspect par les envoyés en mission qu'on a chassés. » Je brûlais de savoir ce qu'était devenu Rougon mais Pierrot ne m'a pas laissé le temps de poser la question : « Rougon n'est plus affecté ici. Je crois qu'on l'a mis en prison. Il fallait bien remplacer Laugier. » Il a réprimé un sourire et s'est écarté rapidement de la grille. La bonhomie de ce garçon éclaire mes jours lugubres. J'aimerais le couvrir d'honneurs, en faire un ami, un seigneur. Rêves dérisoires! Je ne suis rien, sinon l'ombre et la dépouille de ce que je fus; et c'est une disgrâce atroce de n'avoir plus un liard à offrir quand on a possédé la première fortune de France.

Beaujolais commence à se lasser d'exécuter des mouvements gymnastiques et je lui ai reproché de manquer de volonté. Il m'a répondu que la chaleur écrasante ne lui donnait qu'une envie : s'ébattre dans l'eau. Il a grimpé sur une chaise pour regarder la mer à travers les barreaux étroits du soupirail et j'ai remarqué qu'il ouvrait la bouche comme un blessé qui meurt de soif. Cette observation m'a rendu très malheureux. J'ai pensé qu'il étouffait dans ce cachot abject et qu'il finirait, un jour, par ne plus se lever, le sang décoloré par l'ombre. Ne sachant que faire, ni que dire, je lui ai proposé de boire et lui ai tendu la cruche à moitié pleine. Sans doute a-t-il compris ce que j'éprouvais car il a sauté à terre comme un cabri et s'est mis à rire afin de ne pas être pris en pitié : « Non, merci, mon père! a-t-il dit, votre cruche est une bouilloire. » J'étais si fier de lui que je l'aurais embrassé. Bien sûr, je n'ai rien fait de tel, mais la manière dont je l'ai dévisagé a dû lui plaire car il s'est mis à fredonner : *Il pleut bergère* sur un rythme alerte, fort comique, et a conclu : « Au fond, on vit très bien ici! » Il m'a raconté comment il avait failli se noyer à neuf ans : « En été, Mme de Genlis nous conduisait, mes deux frères et moi, à l'école de natation publique installée à la pointe de l'île Saint-Louis. Mais, ce jour-là, elle n'était pas venue. C'était l'abbé de Saint-Farre qui nous accompagnait. Il nous arrivait après le bain de nous faire toutes sortes de niches et d'en faire aux amis de passage. Il y avait là M. Paul Thiebault que vous connaissez, père, et qui, à Tournai, récemment, jouait les chevaliers servants auprès de ma sœur. Il venait de sortir de l'eau et se reposait sur la galerie, enveloppé dans son peignoir de toile quand il s'est penché pour répondre à un nageur qui l'appelait. L'occasion était trop belle. D'une bonne poussée je l'ai rejeté à la Seine. Cinq minutes plus tard, je me promenais au même endroit, revêtu de ma robe de chambre de molleton quand il m'a rendu la pareille. Le malheur a voulu que cette maudite robe fît capuchon et qu'en tirant dessus pour m'en débarrasser je gagnasse le fond du fleuve. Heureusement, Paul Thiebault, Chartres et Montpensier réussirent à me ramener sur la rive, mais j'étais à moitié inconscient et rouge, paraît-il, comme une écrevisse. » Ses yeux brillaient à l'évocation de cette mésaventure dont il regrettait l'époque heureuse, mais il déguisait sous un air enjoué et sur un ton primesautier la nostalgie qui lui faisait mal. Soucieux de ne pas m'attendrir, j'aurais souhaité changer de conversation. Cependant, je n'ai pu m'empêcher de poser la question : « Tu me parlais de l'été, quel été ? Te souviens-tu de la date exacte ? » Il m'a répondu sans hésitation : « Oui, papa. C'était le 12 juillet de l'année 89. Le dimanche de la saint Olivier. »

Quelle étrange coïncidence! Ce dimanche-là, je me trouvais au Raincy sur les bords de la Marne pour une partie de pêche en compagnie de Grace Elliott et du prince Louis d'Aremberg. La veille, Louis XVI avait renvoyé Necker, et Laclos avait fait circuler dans les rues de Paris une motion signée de mon nom dans laquelle je proposais la levée d'un impôt d'honneur pour le soulagement des pauvres et m'inscrivais en tête pour la somme de cent mille écus. Laclos m'avait consulté rapidement avant de prendre cette initiative et j'avais donné mon accord sans rechigner bien que le chiffre avancé me parût considérable : « C'est le moment d'agir ! avait affirmé mon secrétaire, il faut voir grand et ne pas lésiner sur les moyens. » La foule avait envahi le Palais-Royal et crié : « Aux armes ! » après avoir arraché les feuilles des marronniers pour s'en faire des cocardes. Mais, ce dimanche 12 juillet, je ne voulais pas entendre parler de politique ni d'échauffourée. Il faisait très beau avec un ciel bleuâtre qui tremblait dans l'eau et dont la tiédeur caressait ma peau sous la chemise. Ému par l'odeur de l'herbe chaude, je surveillais ma ligne et mon bouchon en jetant à la dérobée des coups d'œil sur Grace dont la robe d'été me donnait des idées folâtres. Réfugiée sous une ombrelle de soie blanche, elle souriait à Louis d'Aremberg qui, manifestement, pensait à autre chose. Une heure plus tôt, il m'avait fait part de son anxiété : « Paris a la fièvre. Je suis inquiet. » Au diable, l'inquiétude ! Ce n'était pas la première fois que la capitale avait ses vapeurs et que les Parisiens se montaient la tête, s'imaginant que la France entière se trouvait dans le même état. J'étais venu à la campagne pour oublier leurs propos excessifs et passer une journée paisible entre un ami charmant et une femme désirable. Cela faisait plus de trois mois que Laclos disposait de ma personne et de mon temps, qu'il me suivait partout, me poussait en avant, m'accablait de conseils, de théories, de projets, me présentait à des multitudes et voulait faire du premier Prince du Sang le lieutenant général du royaume. Et moi, je me laissais conduire, porter par lui, ne l'écoutant qu'à demi mais subjugué par sa ténacité, séduit par son charme et ses flatteries, mécontent de résister si mal à son emprise et vaguement convaincu de m'engager dans une aventure qui ne me convenait pas. Mais chaque fois que j'hésitais, prêt à reprendre ma liberté et mes habitudes nonchalantes, il faisait le nécessaire pour que la foule m'acclamât et je retombais sous sa coupe, le cœur chaleureusement détraqué par ces cris d'amour. Ainsi le 4 mai, lors de la procession inaugurale des États Généraux, j'avais enfreint l'étiquette sur ses conseils et suivi les députés de la noblesse au lieu de me joindre aux Princes du Sang derrière Sa Majesté, mais je n'étais guère satisfait de mon irrévérence, ni très à l'aise jusqu'au moment où les cris de « Vive M. le duc d'Orléans ! » avaient retenti de toutes parts. Alors, rassuré, justifié, attendri et fier comme un enfant, j'avais souri de tout mon cœur, tandis que Marie-Antoinette, à demi morte de dépit, vacillait dans les bras de Marie-Thérèse de Lamballe.

Mais revenons au 12 juillet. Après la pêche et les jeux d'ombrelle, Grace trouva le temps long, l'air douceâtre et la paix des champs monotone. Décidément, il ne se passait rien au Raincy. Elle nous proposa de regagner Paris et de finir la soirée à la « Comédie italienne ». Cette idée me parut excellente et nous voilà partis en carrosse jusqu'à la porte Saint-Martin où nous attendaient nos voitures de ville. Mais là, Edward, le cocher de Grace, nous débita dans le désordre des informations alarmantes : la troupe avait sabré des innocents dans les jardins, et les boutiques des armuriers venaient d'être pillées; un certain Gonchon que la police regardait comme un de mes agents avait pris la tête des gardes nationaux et marchait sur la place Louis XV pour en chasser le « Royal Allemand »; on criait mon nom dans les rues et l'on promenait sur les places mon buste de plâtre. Grace me demanda ce que j'avais l'intention de faire. Sa question m'irrita et son expression dramatique plus encore. Je n'ai jamais pu supporter les tragédies de Shakespeare traduites en français et jouées par des amateurs. Je lui répondis que son valet, pris de panique, colportait sans discernement des nouvelles invraisemblabes : les gardes nationaux qui n'avaient jamais manié un fusil n'étaient pas assez sots pour attaquer un régiment d'élite comme le « Royal Allemand ». En lui tenant ce discours j'essayais de me persuader moi-même de son bien-fondé et de lutter contre une anxiété diffuse que je n'avais jamais éprouvée jusqu'alors, car c'était la première fois que mon nom se trouvait associé à des actes de violence et je pressentais confusément qu'on ferait fi de mes désirs pour se servir de moi. Pressé de passer inaperçu, je demandai à Grace de me laisser monter dans sa voiture. Son sourire entendu me déplut et quand, assise à mes côtés sur la banquette, elle voulut me prouver sur un ton britannique que son cocher était sain d'esprit, je lui dis que je souhaitais m'arrêter au « Salon des Princes » pour obtenir enfin des « renseignements sérieux » sur les événements de la journée. Mais nous trouvâmes le club fermé par ordre de la police et je résolus sur-le-champ de me rendre à Mousseaux « pour apprendre quelque chose », prétexte fallacieux que je me donnais car il paraissait évident qu'on ne savait rien là-bas, alors qu'au Palais-Royal Laclos me tiendrait au courant des faits, mais déjà, sans m'en douter, je me défiais de son influence. Grace commanda à Edward de repartir et je me rencognai à nouveau dans la voiture pour échapper aux regards des passants alors que, la veille encore, j'étais si fier d'être reconnu par eux. La nuit tombait quand nous arrivâmes devant le petit château, mais à peine notre attelage venait-il de franchir la grille du parc que mes gens débouchant de toutes les allées se précipitèrent pour m'accueillir avec une joie bizarre mêlée d'effroi. Un témoin de bonne foi les avait persuadés qu'on m'avait mis à la Bastille et décapité sur ordre du Roi. Je les tranquillisai en riant : « Il ne faut pas écouter toutes ces bêtises sinon vous finirez par perdre la tête et la mienne avec. » Agnès était là, toute rose et frémissante, et sa vue m'inspira le désir impérieux de m'isoler avec elle : « Pardonnez-moi, mon amie, dis-je, tourné vers Grace, mais cette journée m'a épuisé. Je dois regagner ma chambre. » Grace décida de rentrer chez elle à pied, alléguant que la nuit était claire et que les Parisiens n'avaient certainement pas l'intention de se coucher. Elle ne manquerait pas d'interroger les passants dans la rue car à Mousseaux on n'entendait que des fariboles. Je tentai courtoisement de la retenir sans trop de conviction. Elle me pria sur un ton sec de ne pas insister et sortit d'un pas ferme, accompagnée par Edward. Une demi-heure plus tard, j'allais me mettre au lit avec Agnès quand elle réapparut, le visage en feu : « Philippe, écoutez-moi ! c'est terrible. » Elle nous raconta qu'aux abords des Tuileries, se mêlant aux noctambules qui discutaient avec ardeur, elle avait entendu une voix clamer que le duc d'Orléans voulait détrôner le Roi. Cette accusation l'horrifiait : « Il faut vous défendre, mon ami, vous laver de cette calomnie ! » Elle voulut à toutes forces m'entraîner dans le jardin pour envisager la situation à tête reposée et parler à cœur ouvert en profitant du clair de lune et de la fraîcheur : « Je vous conjure, dit-elle, d'aller immédiatement à Versailles et de ne pas quitter le Roi tant que Paris sera dans l'agitation. Votre attitude lui prouvera qu'on abuse de votre nom et que la réputation que l'on vous fait est un affreux mensonge. » Sensible à l'altération de sa voix et gagné par son émotion, je ne doutais pas une seconde de sa sincérité, ni de son désintéressement, mais je pensais qu'elle n'était pas mécontente de faire attendre Agnès qui devait s'impatienter dans ma chambre. Mariée à un vieux gentilhomme et longtemps consolée par le prince de Galles avant de l'être par mes soins, elle n'était plus ma maîtresse depuis un an, mais personne n'est à l'abri d'une jalousie inconsciente et l'amitié prend souvent d'étranges détours. Et moi qui ne songeais qu'à retrouver Agnès je l'écoutais sans mot dire, attentif à ces exhortations politiques dont la ferveur me touchait davantage que le sens, retenu par un mélange de tendresse et de compassion, en même temps que troublé par la douceur de la nuit qui donnait un charme sensuel à ma lassitude et réduisait ma volonté à néant. Finalement, c'est elle qui manifesta les premiers signes de fatigue. Elle lâcha mon bras au milieu d'une allée, tout près du bassin où crépitait le jet d'eau, leva des yeux languissants vers la lune et me demanda sur un ton plaintif si j'étais prêt à suivre ses conseils et à me rendre à Versailles sur l'heure. Je lui promis d'y aller le lendemain matin et cette réponse parut la contrarier car elle tourna les talons et ne desserra plus les dents.

Agnès dormait profondément, une main abandonnée sur ma poitrine quand je me réveillai le 13 juillet au petit jour. L'odeur du jardin qui pénétrait par la fenêtre mi-close me rappela les propos de Grace que j'avais oubliés en me couchant et qui me tracassèrent de manière insidieuse tandis que je me frottais les yeux. Je n'étais pas du tout certain de tenir ma promesse et de me rendre à Versailles. Après tout, qu'avais-je à craindre du Roi ? N'étais-je pas soutenu par un parti puissant, par l'opinion publique même ? Et devais-je me précipiter aux pieds de mon cousin pour lui signifier une allégeance dont il n'avait cure ? J'écartai délicatement la main d'Agnès sans troubler son sommeil d'enfant et me levai avec précaution. Une heure plus tard, habillé, chaussé, poudré, je roulai dans mon carrosse sur la route de Versailles. Louis XVI quittait son lit lorsque je vins à lui mais il fit semblant de ne pas me voir et persista dans cette attitude quand je l'aidai à passer sa chemise que venait de me présenter le premier gentilhomme de la Chambre. Il lui était difficile, alors, de me tourner le dos. Ce fut pourtant ce qu'il réussit à faire, non sans réprimer un mouvement d'humeur au moment où ma main frôlait son épaule, mais le respect de l'étiquette, chez lui, tournait à la balourdise et plutôt que de me repousser sèchement il prolongea cette situation absurde. L'ennui avec mon caractère, c'est que le ridicule des autres m'intimide et provoque le mien. Au lieu de rompre le silence avec calme, de proposer mes services à Sa Majesté sans préciser lesquels, je lui annonçai d'une voix de communiant que « je venais prendre ses ordres ». La formule manquait de tenue et rabaissait ma personne. Louis réagit immédiatement : « Mes ordres ? répondit-il en s'empourprant, je n'ai rien à vous dire. Retournez d'où vous êtes venu ! »

Il existe deux types d'humiliations selon qu'elles sont infligées par un homme fort ou par une créature faible. Les premières nous atterrent. Les secondes nous poussent à la guerre. En quittant sans un mot la chambre royale, j'éprouvais une rage froide et me trouvais d'autant plus déterminé à me venger que le Roi venait, en me chassant, de refuser l'affrontement et de battre en retraite. Un grand monarque eût profité de l'occasion pour me faire la leçon en acceptant mon offre sur une ouverture de ce style : « Commencez donc par m'être fidèle, mon cousin, et les ordres suivront. » Mais Louis XVI n'a jamais eu de courage qu'à la chasse et que devant la mort. En me mettant à la porte, il ne songeait qu'à m'oublier pour obtenir momentanément la paix. Une fois de plus, sa faiblesse triomphait.

Du château je me rendis à l'Assemblée, impatient d'étancher ma rancœur auprès des hommes du Tiers et d'écouter leurs diatribes contre le gouvernement. Un orateur inspiré suggéra l'envoi au Roi d'une députation qui demanderait le retrait des troupes et la création d'une milice bourgeoise chargée de rétablir la sécurité. Cette proposition fut adoptée à l'unanimité et je l'applaudis sans réticence, refoulant avec ardeur une secrète appréhension car, élevé dans l'orthodoxie militaire je me suis toujours méfié des soldats irréguliers. La réponse de Louis XVI ne fut connue qu'en fin de matinée et jeta dans les rangs de mes collègues une consternation qui se transforma bien vite en colère. Le souverain déclarait sans ménagement que « Paris n'était pas capable de se garder soi-même » et que les mesures prises seraient maintenues. L'Assemblée siégea sans interruption jusqu'au crépuscule mais je n'assistai pas à la séance de nuit et regagnai Paris, décidé à rencontrer le plus tôt possible Grace Elliott pour lui dire ce que je pensais de ses conseils. Je la trouvai chez elle et lui racontai tout à trac comment le Roi m'avait reçu. Indisposée par mon ton abrupt, elle hocha la tête d'un air affligé comme si la fougue de mes propos et le choix de mes expressions étaient responsables de mon insuccès à Versailles, et cette attitude de femme mit le comble à ma véhémence : « Le Roi et la Reine me détestent, je vous l'affirme. Ils ne croient pas à ma sincérité et m'ont maltraité au moment où je voulais sincèrement leur être utile. Pourquoi retournerais-je auprès d'eux ? C'est fini, vous m'entendez ? Fini ! Je suis décidé à me créer des amis pour moi-même. » Grace qui ne s'avouait jamais battue me prêcha la modération mais son accent anglais n'aboutit qu'au résultat opposé et je pris rapidement congé d'elle afin d'éviter les insolences qui me brûlaient les lèvres. Je me retirai à la folie de Mousseaux où je passai la nuit en l'absence d'Agnès, assez satisfait, ma foi, de dormir seul dans un grand lit.

Grace qui ne pouvait, décidément, se rassasier de ma présence vint me retrouver au petit château vers dix heures du matin, alors que je recevais Jean-Sylvain Bailly et Gilbert Motier de La Fayette, tous deux surexcités par les événements. Bailly ne voulait pas entendre parler d'émeute et refusait farouchement le terme d'insurrection pour s'en tenir à celui « d'effervescence salutaire » : « Nous sommes à la veille d'un grand changement fraternel. Il ne s'agit pas de freiner le mouvement populaire mais de le mettre en ordre, de le canaliser. » Il se réjouissait d'apprendre que la ville de Paris organisait une milice et forgeait les armes de la paix : « C'est à nous de combattre le crime et de protéger les citoyens honnêtes contre les sévices des brigands. Ainsi notre Roi comprendra que ses sujets, amis de la liberté, sont les premiers ennemis de l'anarchie. » Son optimisme un peu forcé flattait mon besoin de quiétude et je l'approuvais, attentif à écarter certaines observations subtiles qui m'auraient inquiété. Depuis que ce digne savant avait abandonné l'astronomie pour la politique son apparence physique avait changé : de face, le visage délicat rosissait sous une tension musculaire qui ne lui était pas naturelle tandis que brillait avec fixité le regard habitué à se perdre dans la contemplation des étoiles. De profil, le nez s'allongeait, les joues se creusaient et la bouche exprimait une désillusion de poète. Il venait d'être nommé président de l'Assemblée Nationale et ce titre colorait indéfiniment ses pommettes et l'obligeait à se présenter de face en toutes occasions, dans un salon comme sur une estrade. La Fayette dont la préoccupation essentielle en société est d'être le point de mire, souffrait de voir ce quinquagénaire retenir mon attention et, tout en partageant sa ferveur, cherchait à l'éclipser, affichant simultanément une témérité de jeune homme et une expérience de grand capitaine. En l'écoutant disserter sur les fauteurs de trouble, sur les partis en présence et sur les tactiques adéquates, je me disais que ce rouquin dégingandé, effilé de la tête comme un poulain, n'avait pas terminé sa croissance et ne finirait jamais de mûrir. Je savais qu'il ne m'aimait guère et ne recherchait ma compagnie que pour étudier mes défauts. Jaloux de ma popularité, il ne me pardonnait pas non plus de lui avoir disputé jadis avec succès la belle Aglaé d'Hunolstein qui le jugeait godiche et s'amusait de ses émois. A midi, je retins mes deux visiteurs à dîner, ainsi que Grace que j'envoyai chercher dans le jardin où elle s'était retirée discrètement, trouvant notre conversation « trop révolutionnaire » à son goût. Au cours du repas, il fallut bien qu'elle nous écoutât mais d'un tacite accord nous évitâmes de tenir des propos susceptibles de la heurter. Cette prévenance la toucha et, profitant d'une seconde où nous nous taisions, elle nous rappela sur un ton de douce gravité que le Roi de France avait besoin de nous : « Il compte sur vous, Messieurs, je vous assure, même si la pudeur et la fierté lui défendent de l'avouer. » A ce moment précis, le canon tonna. Nous nous regardâmes en silence tous les quatre alors que Bailly laissait tomber son couteau sur la table et que La Fayette se croyait obligé de dire : « Ce n'est rien. Il y a toujours un plaisantin pour jouer avec la poudre. » Mais le canon tonna une deuxième fois, puis une troisième : « Cela vient du Pont-Neuf ! dit Bailly. – Non ! du faubourg Saint-Antoine ! affirma La Fayette. – Il faut aller voir ! » reprit Bailly en repoussant son assiette. Un émissaire que j'avais aperçu naguère dans le sillage de Laclos ouvrit la porte avec fracas et nous apprit que la Bastille était assiégée, que le gouverneur Jordan de Launay avait commandé d'ouvrir le feu en attendant les renforts de troupes qui mettraient les assaillants en pièces. La Fayette déclara qu'il fallait prendre des décisions immédiates, sans préciser lesquelles, et Bailly reconnut « qu'il n'y avait pas une minute à perdre ». Ils se levèrent en toute hâte et me demandèrent sur le perron de les accompagner. Je leur répondis que j'attendais des amis, ce qui était pure invention, et, me tournant vers Grace qui souhaitait connaître à nouveau mes intentions, j'ajoutai que j'avais besoin de me retrouver seul et de réfléchir : « Je vous conseille, dit-elle en me quittant, de ne pas réfléchir trop longtemps car les événements n'ont pas ma patience. »

Je me réfugiai dans ma chambre où m'advint une aventure étrange : assis devant la fenêtre, les mains sur les genoux, je demeurai frappé d'immobilité, dans l'incapacité totale d'aligner deux idées cohérentes, envahi par un flot d'émotions indéfinissables qui me donnaient sans explication le sentiment d'avoir changé d'existence et cessé d'être heureux.

En fin de soirée, je reçus la visite de Noailles et de Biron, aussi affairés l'un que l'autre. Mon absence au Palais-Royal durant ces deux jours, ressentie comme une disparition, leur paraissait inconcevable : « Laclos vous cherche partout. Le peuple de Paris vous réclame. Il faut vous montrer, Philippe! » Et tous deux répétaient : « C'est le moment! » A les entendre, la situation était plus avancée, plus mûre qu'on ne supposait. La rue appartenait aux émeutiers et le gouvernement, plus indécis que jamais, se montrait incapable de rétablir l'ordre. Dans la matinée, la foule avait escaladé les fossés de l'hôtel des Invalides, s'était fait remettre les clés du magasin d'armes, avait emporté vingt-huit mille fusils ainsi que les canons qui bordaient l'avant-cour, pour se rendre ensuite à la Bastille, mais, là, les choses s'étaient gâtées à cause du gouverneur, M. de Launay, dont l'attitude hésitante, équivoque avait exaspéré les insurgés. On avait tiré de part et d'autre et le feu avait pris au bâtiment. Après sa reddition, M. de Launay avait été conduit sous bonne garde à l'Hôtel de Ville. Noailles et Biron voulurent me persuader de gagner Versailles au plus tôt afin de proposer au Roi ma médiation : « Les circonstances sont telles qu'il ne pourra vous refuser la lieutenance générale du royaume. – C'est Laclos qui vous a chargé de ce conseil? demandai-je. – Oui et non! répondit Biron, pris de court, tous vos amis sont de cet avis. » Je leur promis d'étudier cette suggestion et de les informer rapidement de ma résolution.

Après leur départ, j'éprouvai la nécessité de me promener dans le jardin et de faire trois fois le tour du bassin, puis je demandai au cocher de me conduire au Palais-Royal où j'évitai de me montrer en pénétrant chez moi par une entrée dérobée. Le maître valet qui se réjouissait de me revoir me remit une invitation à souper de la princesse de Lamballe qui se terminait par ces mots à l'encre mauve : « Venez vite, mon ami, je vous en prie. » Je n'avais guère que cent toises à parcourir pour me rendre à l'hôtel de Toulouse [19], rue Croix-des-Petits-Champs, et je profitai de la nuit pour faire le trajet à pied sans être reconnu. Marie-Thérèse me reçut au milieu d'un très petit nombre de convives. Je compris qu'elle souhaitait m'entretenir de nouvelles graves mais elle attendit le milieu du repas pour m'en faire part. Ainsi j'appris comment M. de Launay avait été massacré. Pour défendre la Bastille il n'avait à sa disposition qu'une compagnie d'invalides et qu'une garnison de trente hommes du régiment suisse de Salis-Samade : « Il aurait pu aisément mettre en déroute les assaillants mais sa philosophie y répugnait », précisa Marie-Thérèse. Ce terme de « philosophie » appliqué au commandant d'une prison prêtait à sourire mais elle le prononça, les larmes aux yeux, sur un ton aimable qui me serra le cœur. M. de Launay parlementa, retira ses canons, obstrua les embrasures, fit visiter la vieille forteresse aux délégués des assiégeants. Mais une bande de furieux tenta d'incendier les tours tandis que deux d'entre eux parvenaient à briser les chaînes du pont-levis. La foule envahit la première cour, se rua vers les bâtiments avancés en tirant au jugé. La garnison riposta maladroitement, puis, découragée par l'irrésolution du gouverneur qui n'aimait pas les effusions de sang, contraignit celui-ci à capituler. Il se rendit à un officier des gardes séditieux qui lui promit sur son honneur de soldat « qu'il ne serait fait de mal à personne ». C'était méconnaître la foule dont les passions animales échappent à la conscience et s'enveniment par frottement à force de cris. Sur le chemin de l'Hôtel de Ville, M. de Launay fut arraché à son escorte, accablé de coups et d'outrages, lacéré, martelé. Trébuchant, tombant sans cesse à genoux mais relevé par ses bourreaux, il finit par s'écrouler place Baudoyer et supplia ses tourmenteurs de l'achever. Son corps piétiné fut traîné dans le ruisseau, puis un garçon cuisinier lui coupa la tête et la planta au bout d'une pique sous les clameurs et les rires. On abattit de concert le major Delosme-Salbray, l'adjudant-major M. de Miray et un lieutenant. Dans la cohue on coupa la main d'un invalide tandis que deux autres à moitié assommés étaient pendus et que l'on promenait sur des piques les têtes des quatre officiers dans le jardin du Palais-Royal.

Ce récit débité sans trémolos, d'une voix douce à peine voilée, me troubla davantage par son caractère maléfique que par son atrocité. C'était l'échauffement convulsif de la foule qui me hantait, cette épidémie de cruauté qui gagnait les forcenés de proche en proche comme les secousses du haut mal. Marie-Thérèse voulut connaître mes desseins et comme je la regardais en silence à la recherche d'une réponse évasive, elle me conseilla d'aller trouver le Roi : « On ne fait pas la cour à ses ennemis, dis-je, la Reine me hait. – C'est possible, répliqua-t-elle sur un ton paisible, tous les malentendus sont possibles, mais cela ne vous empêche nullement de faire votre devoir. » Un homme de ma condition ne pouvait accepter pareille homélie. En d'autres circonstances je l'aurais fait savoir, mais la bonté que je lisais dans le regard de Marie-Thérèse me désarmait et sa naïveté me paraissait infiniment plus précieuse que l'intelligence de Laclos.

Le lendemain matin 15 juillet, je me rendis à Versailles, incapable de choisir entre les recommandations de ma belle-sœur et celles de mon secrétaire, et ne sachant pas encore si j'allais proposer au Roi mes services ou ma médiation. Je rencontrai le baron de Breteuil dans la galerie des Glaces devant le Cabinet du Roi. Le successeur de Necker, imbu de ses nouvelles fonctions, refusa de m'introduire auprès de Sa Majesté qui tenait « conseil », me pria sans aménité d'attendre dans la galerie et disparut aussitôt derrière la porte du Cabinet. Je fis quelques pas de long en large, persuadé qu'on allait me faire appeler, mais les minutes passaient et la porte demeurait close. Décontenancé je m'assis sur une banquette sous le regard perfide des huissiers immobiles et des courtisans qui s'entretenaient à mi-voix comme dans la chambre d'un moribond. Quand enfin la porte s'ouvrit, une timidité stupide vida mon esprit de toute pensée. Je m'avançai vers le Roi, m'inclinai et sollicitai la permission de partir pour l'Angleterre. J'aurais pu aussi bien lui demander des nouvelles de sa femme ou de son petit chien. Il me considéra avec surprise, haussa les épaules pour marquer ostensiblement son dédain et passa devant moi, suivi de ses ministres.

C'est probablement cet épisode déshonorant qui m'a rejeté vers la Révolution de manière définitive. En l'occurrence, je ne sais si je dois incriminer le mépris de Louis XVI ou ma fulgurante sottise. Peu m'importe après tout ! Il ne s'agit pas de se frapper la poitrine mais de comprendre, et j'aimerais seulement ouvrir les yeux avant de mourir.

Il est raisonnable de penser que cette matinée ne modifiera pas notre sort, et pourtant je me sens remué jusqu'au fond du cœur. Il était huit heures environ et notre déjeuner se terminait. Beaujolais, à genoux sur le sol, cassait des noix à l'aide d'une brique qu'il avait réussi à retirer du mur après l'avoir descellée. Nous avons vu arriver Ferral, Laugier et Pierrot accompagnés d'un prêtre dont la soutane élimée a retenu brutalement notre attention. Ferral et Laugier s'écartèrent pour le laisser entrer le premier tandis que Pierrot ouvrait la grille mais les deux administrateurs ne le suivirent pas à l'intérieur. Le prêtre se tourna vers Pierrot et lui dit : « Vous pouvez refermer; je resterai ici quelque temps. » A ma grande surprise, Pierrot se retira et ferma la grille alors que les deux administrateurs s'éloignaient dans le couloir et disparaissaient. Je remarquai que Beaujolais, après s'être levé en sursaut, tenait toujours la brique dans sa main droite et demeurait immobile au milieu du cachot, les yeux écarquillés. Son émotion n'avait d'égale que la mienne. Persuadé qu'on m'envoyait un prêtre pour me préparer à mes derniers moments, je répétai mentalement : « Enfin, nous y voilà! » et malgré l'angoisse qui me tordait le ventre, je n'étais pas mécontent de faire bonne figure. Le prêtre s'avança d'un pas et me dit que sa visite ne devait pas nous effrayer ; il venait à la recommandation de ma sœur, la citoyenne Bourbon, passer un moment avec nous dans le but de nous distraire et de nous consoler. Il ajouta qu'il était le curé de l'église Saint-Laurent et qu'il avait à ce titre l'autorisation de visiter toutes les prisons de Marseille et de la région. Rassuré mais circonspect, je le regardai fixement, encore trop éprouvé pour répondre, et me demandai sans anxiété si nous n'avions pas affaire à un espion dépêché par la municipalité pour gagner notre confiance et trahir nos secrets. Mon silence parut l'affecter. Il baissa la tête, la releva en rougissant et déclara sur un ton hardi : « Vous verrez, ma visite ne vous déplaira pas. » Cette curieuse présomption me toucha. Je lui dis que sa visite nous faisait plaisir mais que la vue de sa soutane nous avait d'abord inquiétés et je précisai qu'à notre époque les prisonniers politiques s'attendaient chaque jour au pire. Il hocha la tête d'un air compréhensif et me certifia que son intention n'était pas de nous entretenir de sujets tristes mais au contraire de nous égayer. Je lui offris une chaise et m'assis en face de lui, tandis que Beaujolais posait sa brique à terre et restait debout. Alors, sans préambule, le curé de Saint-Laurent nous parla de ses paroissiens dont il aimait rapporter les bons mots, les reparties insolites ou cocasses. Entre deux boutades il nous conta l'anecdote suivante : une paysanne de Ventabren à qui l'on demandait où était son mari répondait avec l'accent du pays : « Il est en train de laver les cochons. Vous le reconnaîtrez facilement. Il a toujours un bonnet sur la tête. » Le rire de Beaujolais partit comme une fusée, entraînant le mien, mais notre gaieté tomba brusquement et je ressentis une vive amertume à l'égard de ce ministre du culte qui ne débitait que des balivernes au lieu de se soucier de nos conditions de détention : « J'aimerais connaître, lui dis-je, la cause du redoublement de rigueur dont nous sommes victimes, car enfin nous n'avons plus le droit de nous promener sur la terrasse, nous ne disposons d'aucune liberté sinon celle de pourrir ici. » Il prit un air déconfit pour avouer qu'il n'était au courant de rien. Irrité par cette dérobade, je résolus de l'embarrasser davantage et tendant le bras avec colère pour montrer Beaujolais du doigt : « Trouvez-vous chrétien, mon père, lui dis-je, qu'on emprisonne cet enfant, qu'on le prive d'air et de mouvement ? Si vous approuvez pareil traitement, alors que signifie l'innocence ? » Il ne baissa ni les yeux, ni la tête, mais au lieu de me regarder, observa le mur sombre en face de lui et je compris qu'il était malheureux : « Je n'approuve rien de tel... rien de tel, marmonna-t-il, mais nous vivons des temps difficiles. » Il me dévisagea soudain et ses prunelles d'un vert aquatique s'assombrirent : « Croyez-moi, dit-il avec douceur, l'innocence a toujours son mot à dire... plus que jamais. » Il voulut sourire mais ne parvint qu'à froisser ses lèvres : « Vous devez me trouver bien léger... indigne du costume que je porte... » Il s'arrêta pour m'interroger impatiemment du regard et je m'apprêtais à répondre par une maladresse quand il posa les deux mains à plat sur sa soutane et reprit d'une voix claire : « Mais le costume est là tout de même ! Grâce à lui je demeure le ministre de la miséricorde. »

Il n'a pas prononcé un seul mot de latin et c'est pourtant cette langue que j'entends depuis son départ, écoutée de mémoire comme une volée de cloches : « *Domine Deus, Agnus Dei, Filius Patris, qui tollis peccata mundi, miserere nobis.* »

Je n'ai pas réagi, vendredi, lorsque Beaujolais m'a raconté qu'il avait failli se noyer le 12 juillet 1789 à l'école de natation de l'île Saint-Louis. Il a dû commettre une erreur car, à cette date, si ma mémoire est bonne, il se trouvait à Saint-Leu en compagnie de sa sœur, de ses frères et de Mme de Genlis à qui j'avais bien recommandé de ne pas venir à Paris et d'interdire à mes enfants de le faire. Il est peu probable qu'elle m'ait désobéi, à moins que mes trois garçons n'aient trompé sa surveillance.

Je pense à cette funeste matinée du 15 juillet où j'ai connu la pire humiliation de mon existence. Il faut avouer que je l'avais bien méritée. On n'a pas le droit de se ridiculiser devant un souverain, de bredouiller comme un gamin, de lui demander la permission de partir pour l'Angleterre quand on vient lui proposer son alliance ou lui imposer sa médiation. Mais il ne convient pas non plus d'exagérer l'importance de cette bévue. En fait, ce n'est pas le mépris du Roi qui m'a rejeté vers la Révolution de manière définitive mais, je le répète, sa faiblesse et son incapacité de gouverner. Je me suis longtemps demandé ce qu'il avait fait de son armée durant les journées du 13 et du 14 juillet. Il est avéré qu'à cette époque Paris n'avait ni la capacité, ni la volonté de lui résister. Il est indiscutable, en outre, que les troupes auraient obéi à ses ordres les plus rudes. Tout le monde estimait que leur arrivée suffirait à calmer les esprits et qu'il ne serait pas nécessaire de tirer un coup de fusil. Les agitateurs eux-mêmes et les émeutiers n'en doutaient pas. Or, l'armée ne se montra pas et je sais maintenant pour quelle raison : l'archevêque de Paris, M. de Juigné, alla trouver le Roi, intimida sa conscience, le prévint contre toute effusion de sang innocent dont il serait « responsable devant Dieu », et mon cousin Louis qui avait l'intelligence politique d'une demoiselle de Saint-Cyr exigea le retrait des troupes. Il donnait à sa manière le mauvais exemple, encourageait en somme l'insubordination puisqu'il mettait l'armée dans l'impossibilité de faire son devoir et d'exercer sa fonction. Et c'est un phénomène paradoxal qui n'a cessé de se reproduire durant quatre ans : les artisans de la Révolution furent d'abord ses victimes et ses adversaires de principe. Je l'ai constaté de manière flagrante au cours de la nuit du 4 août. Lorsque mon ami Noailles proposa l'abolition des privilèges, il fut approuvé, suivi, dépassé par les députés de la noblesse et du clergé qui siégeaient à la droite de l'Assemblée. A la différence du vicomte qui ne possédait que des dettes, ces réactionnaires avaient tout à perdre. Cependant, ils renchérirent sur sa proposition, aveugles au point de se dépouiller. Mon fils aîné, qui ne les aime guère et n'a jamais souhaité les excuser, explique cette « démence » par « le système du pessimisme » selon lequel les ennemis du progrès ont voulu pratiquer la politique du pire afin de dégoûter le peuple de l'anarchie. Mais je ne crois pas à ce motif spécieux. Pour moi, leur conduite est aussi stupide que celle de la grenouille fascinée par la couleuvre et qui saute dans sa gueule pour échapper à la peur.

Notre attitude à nous, grands seigneurs libéraux, était plus cohérente. Pour ma part, je n'ai jamais adoré la richesse et n'ai cessé de considérer les privilèges matériels de la noblesse comme désuets, sinon carrément injustes. J'ai même reconnu plus tard que les progrès de la démocratie dans l'opinion commandaient le sacrifice de nos privilèges honorifiques et je m'y suis prêté de bonne grâce sans arrière-pensée ni réticence. Aussi n'ai-je aucune raison de déplorer la nuit du 4 août qui me laisse le souvenir d'un grand délire de théâtre. On acclamait en désordre la suppression des droits féodaux, la mort des garennes et des banalités, l'enterrement des dîmes, du casuel, des immunités provinciales et municipales. On s'embrassait, on riait, on pleurait de joie, on sacrifiait dans l'allégresse son patrimoine et celui du voisin. La frénésie des courses et des paris nous tenait lieu d'esprit et nous aurions brûlé nos habits sur-le-champ pour gesticuler tout nus si quelqu'un nous en avait défié. Certes, nous étions sincèrement disposés à partager nos biens, mais ce désintéressement forcené s'expliquait moins par notre dévotion aux grands principes d'égalité et de fraternité nationales que par notre découragement ressenti devant la démission de l'État. Convaincus d'être embarqués sur un navire sans gouvernail, nous étions insidieusement gagnés par le fatalisme du naufrage et comme une jeune fille déçue par les hommes lance son bonnet par-dessus les moulins, nous jetions nos bagages et nos provisions à l'eau.

Jeudi 5 juillet 1793, c'est un grand jour pour nous, une victoire : Beaujolais a obtenu l'autorisation de se promener chaque matin sur la terrasse. Je suis heureux et soulagé comme s'il venait d'échapper à une grave maladie. L'air de la mer va fouetter son sang, revigorer son corps fragile et me guérir de l'angoisse où sa pâleur m'avait réduit. Ferral a voulu nous laisser croire que la décision venait de lui, ce dont je doute fort. En revanche, je ne serais pas étonné d'apprendre que le curé de Saint-Laurent est intervenu en notre faveur. Beaujolais a demandé tout de suite à Ferral si je pourrais bénéficier de la même autorisation que lui et l'administrateur a secoué la tête, les yeux mi-clos avec une gravité étudiée. J'ai voulu savoir combien de minutes durerait la promenade et cette question l'a visiblement contrarié. Il m'a répondu sur un ton rogue qu'il n'en savait rien, puis a mordillé sa lèvre inférieure pour ajouter : « On a parlé de deux heures, au moins ! » L'énormité du chiffre m'a coupé le souffle, tandis que Beaujolais demeurait bouche bée. Ferral a fait craquer ses bottes pour signifier qu'il était temps de gagner la terrasse. Ils sont partis tous les deux mais, avant de franchir la grille, mon fils s'est retourné vers moi, les larmes aux yeux.

Il a tort de me prendre en pitié car je me trouve très bien où je suis. Je l'imagine en ce moment face à la mer et ce spectacle me suffit : il regarde l'eau qui miroite, écoute les cris des mouettes et boit le vent salé venu d'Afrique. Il se désole de marcher dans la lumière et de prendre autant de plaisir, alors que je suis rejeté dans l'ombre comme un vieux tonneau, mais je n'ai aucune envie de le rejoindre. Fidèle au ciel d'Ile de France et aux clartés voilées de la Manche, je ne pourrais jamais supporter le soleil sans nuances de la Méditerranée. Ici, je m'habitue à la grisaille, aux murs de briques couleur de sang noir, aux toiles d'araignée qui s'arrêtent dans mes cheveux, à la poussière qui colle à la peau et dont mes vêtements sont recouverts. Je me laisse aller à la prison, comme naguère à la Révolution. Au lendemain du 14 juillet, mais surtout après les journées d'octobre, Grace Elliott avait remarqué que je n'étais plus le même : « Vous avez changé, Philippe. Vous êtes triste », et moi, je voulais à tout prix prouver le contraire et m'en persuader moi-même. Je lui racontais en riant notre nuit du 4 août : « Voyons, Grace, comment pouvez-vous dire une chose pareille ? Je suis fou de joie. Le monde ancien a vécu. C'est le triomphe de la jeunesse ! – Peut-être, répondait-elle sans ironie, mais vous n'avez plus vingt ans, Philippe, et le monde ancien ne lâche pas un homme de votre âge aussi facilement. »

Grace Elliott avait raison : les treize semaines qui séparaient le 14 juillet du 7 octobre 1789 avaient assombri mon humeur, gâté mon insouciance et mon optimisme de manière indélébile, tandis que la Révolution cessait d'être une idée pour devenir une force brute : elle m'entraînait dans son sillage bon gré mal gré et je souffrais de m'éloigner du passé alors que, treize semaines plus tôt, j'étais fier de m'en détacher, féru de théories dont je me croyais le promoteur. Il me semble à présent que tout s'est précipité matériellement dans mon esprit les 5 et 6 octobre quand les femmes de Paris se sont rendues à Versailles pour s'assurer de la personne du Roi. Jusqu'alors je n'avais cessé de considérer Louis XVI comme un adversaire politique dont les habitudes de pensée s'opposaient aux miennes et dont les préjugés, la conduite incertaine, les méthodes archaïques mettaient le royaume en péril. Inaccessible aux jalousies du pouvoir, je flétrissais à plaisir sa faiblesse et son incapacité, d'autant plus sévère à son égard qu'il était mon cousin et que les rapports de famille n'ont jamais encouragé l'indulgence. Mais quelque chose en moi s'est brisé le 6 octobre devant cette image : le Roi de France prisonnier de ses sujets. Il m'a suffi de l'imaginer dans son carrosse, assis lourdement sur la banquette, incapable de dissimuler à la portière son visage rosé qui, de profil, ressemble au mien, tandis qu'une horde échevelée, serrant les chevaux de près, poussait des cris obscènes à l'adresse de la Reine. J'avais honte pour lui, honte pour mon sang royal et pour le peuple de France. Des poissardes conduisaient aux Tuileries comme un mouton le monarque du royaume le plus prestigieux d'Europe. On a prétendu que j'avais ricané sur son passage. C'est absurde. Le 6 octobre, vers midi, je me trouvais à Passy sur la terrasse de l'hôtel de Boulainvilliers quand apparut l'avant-garde de la foule hurlante qui précédait le carrosse. Aussitôt, l'on m'acclama, mais ces vivats m'inspirèrent plus de gêne que de plaisir. Je savais qu'on avait massacré les gardes du corps à Versailles et que des enragés avaient tenté d'assassiner la Reine dans ses appartements. Aussi n'avais-je aucune envie de saluer le cortège et d'assister au déshonneur de mon cousin. Je me contentai d'ébaucher un geste pour inviter les braillards à poursuivre leur chemin et me retirai à l'intérieur de l'hôtel. Quand le carrosse passa devant la terrasse, j'étais au fond d'une chambre et tournais le dos à la fenêtre. Je n'ai donc pas vu le Roi à ce moment-là. Et c'est alors que, par un de ces paradoxes iniques dont l'histoire a le secret, la calomnie s'est déchaînée contre moi : j'étais l'âme d'une conjuration, le trésorier de la Révolution ; on m'avait vu à Versailles arborer une cocarde et parader devant les émeutiers ; j'avais soudoyé les brigands qui avaient voulu égorger la Reine. Ces mensonges infâmes partaient de la Cour mais n'étaient pas contredits par mes alliés du Palais-Royal, satisfaits d'avoir sous la main un responsable illustre qui leur tenait lieu d'enseigne et de paravent ; et je présume, ici, que Laclos avait le dessein de me compromettre afin de rendre impossible tout rapprochement avec le Roi. Aux accusations les plus noires s'ajoutaient les cancans, brocards et sarcasmes dont ma vie privée était la cible. En France, un bon mot vaut mieux qu'une preuve et c'est la raison pour laquelle la calomnie a tant de prise sur l'opinion quand elle s'allie à la plaisanterie. Toute médisance est tenue pour vraie sitôt qu'elle nous fait rire aux dépens de quelqu'un, et cette vérité relative devient certitude universelle lorsque notre hilarité entraîne celle des autres.

Le 7 octobre au matin, je reçus un billet fort poli du marquis de La Fayette qui se déclarait impatient de me rencontrer. L'entrevue eut lieu, selon ses désirs, dans l'hôtel de Mme de Coigny, rue Saint-Nicaise. Sur un ton de contrition solennel il m'annonça que j'étais perdu de réputation, que des agitateurs sans scrupules avaient abusé de mon nom et que tous les observateurs sensés me considéraient comme l'instigateur d'un complot qui devait détrôner le Roi. Dans ces conditions, je n'avais, selon lui, d'autre recours que de partir immédiatement pour l'Angleterre afin de me soustraire à la justice royale. Un moment effrayé par ces menaces déguisées, je demeurai sans voix, mais il m'apparut bientôt que je ne pourrais décemment m'exiler sans décevoir les honnêtes citoyens qui comptaient sur ma présence pour calmer les esprits et donner une constitution libérale à la France. Aussi répondis-je qu'il m'était impossible pour l'instant de quitter mon pays. Le marquis aux cheveux rouges s'attendait, je présume, à cette réaction car il sourit avec aplomb et me pria d'écouter la suite : « Il ne pourrait s'agir en l'occurrence d'une fuite de votre part, encore moins d'un exil ou d'un bannissement. Le Roi serait disposé à vous confier une mission outre-Manche et, pour tout dire, une ambassade. » Cette proposition m'agréa d'emblée pour de multiples raisons. La Révolution commençait à m'éprouver. Sa violence désordonnée heurtait ma nature et je n'étais pas fâché de prendre mes distances. Il me plaisait de constater, d'un autre côté, que le Roi me faisait des avances. Cette conduite, inattendue de sa part, me flattait et m'inspirait une émotion mêlée de gratitude. Une réconciliation honorable avec lui m'accommodait fort. Enfin et surtout, l'idée de « servir », de jouer un rôle actif, nécessaire à mon pays répondait à mes aspirations secrètes : « On sait, reprit La Fayette, combien la force et les ressources de la France inquiètent la Grande-Bretagne. On sait que le désir d'affaiblir notre nation est le premier mobile de sa politique. Il est raisonnable de penser qu'elle envisage avec la plus grande satisfaction nos embarras intérieurs et qu'elle fait des vœux pour qu'ils soient prolongés, quitte à aider financièrement les fauteurs de troubles. De ces évidences il résulte que nous ne saurions surveiller la Cour de Londres avec trop de vigilance et que nous ne devons rien omettre pour démêler ses véritables intentions. Telle est la délicate mission dont Sa Majesté aimerait vous charger. » Je me sentis rougir sous un flux d'impressions contradictoires. La confiance flatteuse de Louis XVI allait trop loin. On ne confiait pas de telles responsabilités à un homme « perdu de réputation ». Si l'Angleterre avait fomenté le désordre en France et soudoyé l'émeute du 5 octobre, il n'était pas indiqué de demander au « trésorier de la Révolution » d'enquêter sur la question. Je ne pus m'empêcher d'esquisser un mouvement de tête dubitatif : « Je comprends vos scrupules et vos hésitations, ajouta La Fayette, mais vous ignorez la deuxième partie de votre mission et son objet essentiel. Vous êtes au courant, n'est-ce pas, du soulèvement des “ provinces belgiques ” contre Joseph II. Les démocrates insurgés ont fait appel aux puissances voisines, Angleterre et France notamment. Si vous acceptiez l'ambassade proposée, il vous appartiendrait de sonder les volontés et les mobiles de la Cour de Londres. Au cas où elle serait favorable à la création d'un royaume indépendant on pourrait mettre sur le trône un prince adversaire de l'Autriche et ami de la France. Votre rôle serait alors d'influencer le ministre du roi George ou, pourquoi pas, le roi George lui-même. » Ma perplexité s'évanouit comme par enchantement. Réfutant toute prudence, je donnai mon accord sans réserves. Le projet me faisait honneur et surexcitait mon imagination : traiter avec les puissances, intervenir aux affaires en qualité de prince, orienter le destin des peuples en travaillant sur la carte du monde enchantaient mes rêves secrets. De folles pensées de grandeur bouillonnaient dans mon esprit tandis que La Fayette se félicitait de mon acceptation et n'en revenait pas d'avoir gagné si facilement la partie. Comment ne me suis-je pas méfié ? A ce stade, la crédulité côtoie la sottise, mais n'anticipons pas...

Le soir même, tous mes amis du Palais-Royal poussèrent les hauts cris : « C'est insensé ! Si vous partez maintenant, notre cause est perdue. On veut tout simplement se débarrasser de vous. Comment pouvez-vous en douter ? » Biron se montra particulièrement éloquent : « La Cour use là d'un stratagème pour vous tenir à l'écart. Les services qu'elle vous demande sont probablement illusoires. Je vous aime trop pour y croire et pour m'associer à votre candeur. Sachez qu'en tout état de cause je ne vous accompagnerai pas. » Ébranlé par sa ferveur dissuasive, j'écrivis à La Fayette qu'après réflexion je jugeais préférable de ne pas quitter la France. Le général de la Garde Nationale revint à la charge, réussit à dissiper ma défiance et me fit promettre de partir dans les vingt-quatre heures. Un argument qu'il utilisa en dernier ressort me parut déterminant : « C'est le seul moyen d'imposer silence à la calomnie. En vous éloignant vous prouverez à vos détracteurs que le pouvoir ne vous intéresse pas. » Biron, averti à temps de mon revirement, alla trouver Mirabeau qui résolut d'alerter l'opinion et de dénoncer mon départ à l'Assemblée. Effrayé par le député d'Aix dont je redoutais le goût du scandale et le génie du fracas, je retombai dans mes irrésolutions. A l'aube, j'écrivis à La Fayette pour reprendre à nouveau ma parole. Il se précipita chez moi, le front cramoisi, les yeux hors de la tête, et me pria de tenir mes engagements. Écœuré par mes hésitations et fatigué de tourner à tous les vents, je décidai brusquement de suivre mon idée : « C'est bon ! dis-je, je partirai. »

Cet épisode ridicule ne plaide guère en ma faveur, mais il est plus difficile qu'on ne croit d'écouter ses désirs. Comment dire à mes amis que je souhaitais m'éloigner d'eux, que j'étais las de leurs intrigues, de leurs discours, de leurs émois ? Comment leur avouer que je n'avais aucune envie d'être lieutenant général du royaume et qu'on pouvait se montrer conciliant ou compréhensif envers le gouvernement sans faire acte de soumission ? La crainte de les affliger, de décevoir Biron que j'aimais de tout mon cœur, de contrarier Laclos dont l'intelligence intimidait mes sens, me privait de courage et de volonté. Sinon, je n'aurais jamais tergiversé, car rien ne pouvait m'attirer davantage que cette mission outre-Manche. J'ai toujours appréhendé, méprisé, haï la guerre civile dont la politique n'est jamais que la forme larvée. En quittant Paris, je me détachais de ses fièvres et de ses rancunes comme on sort d'une salle étouffante où tout le monde crie. J'allais enfin travailler pour mon pays. J'allais le servir, me dévouer pour lui et, pourquoi pas, servir mon Roi. Il est toujours émouvant et niais de découvrir la douceur d'obéir.

Je partis le 14 octobre, au soir, pénétré de mon importance, après avoir reçu du ministre Montmorin des instructions écrites dont le sérieux ne pouvait être contesté. Hélas, fallait-il que je fusse naïf! Mais il est vrai que j'ignorais tout de la diplomatie considérée comme l'art suprême de mentir. A peine eus-je traversé la Manche que tous les partis de France assimilèrent ma conduite à une fuite et me vouèrent aux gémonies. Libéraux et démocrates me reprochèrent de les abandonner et de trahir leur confiance autant que ma popularité : « On vous accuse, parlez! clamait Fauchet, on n'enlève pas un père à ses enfants sans qu'ils le sachent! » En face, dans les rangs monarchistes, Peltin dénonçait mon alliance avec Mirabeau et la conjuration dont j'étais le chef : « Son départ le condamne et signe ses aveux! » Et pendant ce temps, la Cour insinuait que je n'avais pas de mission véritable, que les lettres de créance dont j'étais porteur n'étaient que des « lettres de grâce » et qu'on avait trouvé ce prétexte pour se débarrasser de ma personne en évitant de me traîner devant les tribunaux. Ah, l'infamie! Il s'agissait sur le papier d'une mission authentique que Louis XVI, selon les termes des instructions, confiait « au zèle, aux lumières et au patriotisme de son cousin », mais on se proposait de la rendre illusoire par toutes sortes de ruses et d'entraves... et c'est exactement ce que l'on fit.

Dès mon arrivée à Londres, je rendis visite au

marquis de La Luzerne, ambassadeur de France, neveu de Malesherbes et de l'évêque de Langres. Je le tenais pour un partisan de la constitution, un « monarchien » disait-on, ce qui m'en faisait un allié, mais j'ignorais l'admiration passionnée qu'il vouait à ce dadais de La Fayette. Il se conduisit à mon égard comme un ministre dévoué à mes conceptions, du moins c'est le sentiment qu'il me donna et j'en conçus du plaisir. Puis, je retrouvai aux courses de Newmarket mon ami de toujours, le prince de Galles, avec qui j'avais partagé jadis plus d'un cheval et d'une femme. Le roi et la reine d'Angleterre m'accordèrent audience quatre jours plus tard. George III me reçut sans aménité et je m'imaginai d'abord que cette froideur provenait de mes rapports avec son fils dont il m'accusait, sans le dire, d'encourager les caprices ruineux et la conduite dissolue, alors qu'en ces matières le prince de Galles m'avait toujours donné l'exemple. Mais je remarquai bientôt dans le ton et les paroles du souverain un dédain d'une autre origine et dont l'acidité m'inquiéta. Il s'étendit à plaisir sur « les malheurs de la France », sur « la bonté et la modération de Louis XVI » et fit une allusion pesante à ceux qui « nés pour être plus attachés au Roi que d'autres sujets ont pu s'en éloigner au moment où leur devoir aurait pu lui être utile ». Ce disant, il évita de me regarder, mais à la manière dont il martela sa lourde phrase, je compris qu'on l'avait récemment prévenu contre moi. Cette impression se confirma les jours suivants quand je constatai que ma résidence était entourée d'espions qui venaient de France. J'avais loué dans Chappel Street, n° 3, près Park-Lane, une maison fort agréable où j'installai Mme de Buffon plus aimante que jamais car le ciel anglais convenait à sa blondeur et à son caractère. La tâche des mouchards de l'ambassade devait être malaisée car – hormis le médecin Seffert, le prince de Galles et ses intimes – Agnès et moi ne recevions personne; mais de sentir ces émissaires rôder, fureter dans notre entourage, interroger les domestiques sous des prétextes futiles, j'éprouvais un agacement progressif en même temps que le dépit d'être surveillé comme un vaurien. Le prince de Galles, couvert de dettes et brouillé avec son père, s'affichait avec Mme Fitz Herbert, une somptueuse rousse aux lèvres carnivores, et s'entendait à merveille avec Agnès qui lui rappelait de bons souvenirs. Au cours de nos conversations qui n'étaient pas nécessairement frivoles, j'eus l'occasion de me renseigner sur le mépris que la Cour de Londres professait à mon égard et certaines révélations de détail m'amenèrent à penser que cette mésestime catégorique n'était pas sans rapport avec les entretiens fréquents que le roi George accordait au marquis de La Luzerne. De là à supposer que l'ambassadeur de France s'ingéniait à ruiner mon crédit, il n'y avait qu'un pas que j'hésitais tout de même à franchir. La suite des événements allait malheureusement confirmer mes appréhensions. Je savais que ma mission ne serait pas aisée mais j'étais à cent lieues d'imaginer que la Cour de France qui devait en principe m'aider allait sournoisement manœuvrer contre moi. Je n'attendais pas grand résultat de mon enquête sur les menées subversives du cabinet de Londres et sur l'éventualité d'une participation financière à l'émeute du 6 octobre, et ne découvris guère que des indices mineurs : un transfert de fonds et le nom de deux agents britanniques suspects. La question des provinces brabançonnes m'occupait tout entier. Je voyais là un rôle essentiel à jouer, une entreprise à l'échelle de l'Europe, digne d'un grand ministre ou d'un homme d'État visionnaire. L'agitation flamande et wallonne pouvait modifier l'équilibre des forces en faisant naître des puissances et cette situation potentielle permettait d'envisager toutes sortes d'hypothèses dont les plus séduisantes concernaient ma personne : par exemple, à la faveur des troubles, apporter la paix et me faire élire duc régnant des « provinces belgiques » ou roi des Pays-Bas. Quand j'annonçai à La Luzerne mon intention de brusquer les choses et de demander carrément au gouvernement anglais s'il accepterait de voir un prince français sur le trône de Bruxelles, l'ambassadeur me conseilla d'attendre et de provoquer des propositions d'arrangement. J'écrivis alors plusieurs lettres pressantes à Montmorin afin de connaître les limites exactes de ma liberté d'action. Il ne répondit qu'à la dernière au bout de six semaines : « Vous me demandez des éclaircissements, c'est de vous que nous les attendons. » On se moquait de moi, mais j'en doutais encore et mettais les atermoiements du ministre sur le compte de la routine administrative et de ses lenteurs. En fait, Louis XVI n'avait aucune envie de se brouiller avec la Cour de Vienne. Son beau-frère Joseph II était le seul monarque d'Europe qui lui souhaitât du bien et qui l'appuyât sans duplicité ni faux-fuyants. Mon cousin ne pouvait dans ces conditions me laisser travailler impunément contre l'Autriche. Mais alors, pourquoi m'avoir chargé de cette mission ?

Pourquoi ? Mais, je l'ai dit, pour se débarrasser de moi, pour me tenir à l'écart du royaume et me perdre auprès de mes admirateurs. Quand, après des mois de perplexité, j'en fus convaincu, il était trop tard pour agir seul et mener les pourparlers à ma guise. L'Angleterre, la Prusse et la Hollande venaient de conclure un accord séparé et le gouvernement de Joseph II reprenait possession de Bruxelles. Une lassitude sans bornes m'envahit. J'éprouvai un immense dégoût de la diplomatie en même temps qu'une sourde colère à l'égard de ma naïveté. Je savais par La Luzerne, trop heureux de me renseigner, qu'à Paris les libelles se multipliaient contre moi, tandis qu'à Londres circulaient des épigrammes qui ridiculisaient ma personne et diffamaient mes actes. Cette société anglaise qui recherchait ma compagnie naguère et jouissait de ma popularité comme d'un privilège ne voulait plus me connaître aujourd'hui et mettait un point d'honneur à me le faire savoir. Préoccupé de se concilier les bonnes grâces de son père et d'obtenir le remboursement de ses dettes par le Parlement, le prince de Galles, à présent, m'évitait. Déçu par les hommes, je me réfugiai dans les bras moelleux d'Agnès mais cet édredon de tendresse ne pouvait étouffer mon angoisse ni satisfaire mon besoin d'agitation et je trouvai dans l'intempérance le moyen de m'étourdir, au mépris du docteur Seffert qui étudiait les progrès de ma couperose, surveillait la proéminence de mon ventre et répétait en sourcillant qu'à défaut de vérole je mourrais hydropique dans l'année. C'était compter sans l'infatigable Laclos, ange gardien de mes ambitions politiques et des siennes. A force de rhétorique, il parvint à ranimer ce qui me restait d'orgueil. Estimant que le premier Prince du Sang conservait un prestige intact et ne pouvait renoncer à jouer un rôle capital, il conçut un projet qui ne pouvait me laisser indifférent : une alliance entre la France et l'Angleterre dont je serais le promoteur, à condition d'obtenir le rappel de La Luzerne et ma nomination au poste d'ambassadeur extraordinaire. Il lui fallut encore beaucoup de patience, d'éloquence et d'obstination pour me décider à agir car mon découragement était grand et ma confiance en l'avenir, précaire. Finalement, je chargeai Liancourt et Biron de poser ma candidature auprès de Montmorin à qui j'écrivis : « Depuis longtemps j'ai reconnu combien cette alliance était désirable pour notre pays. Aussi me suis-je occupé de diriger vers cet objet toutes mes liaisons, toutes mes connaissances et je crois être en mesure d'en faire un usage avantageux. » C'était la vérité nue. J'aime l'Angleterre pour sa liberté de pensée et pour ses contradictions ; chez elle le culte des traditions vit en bonne intelligence avec le progrès au lieu de le combattre sottement comme en France. Il me semblait qu'un accord définitif entre nos deux nations serait une garantie de paix pour l'Europe, une victoire de l'esprit. Louis XVI commença par dire non, mais Liancourt et Biron lui laissèrent entendre qu'en cas de refus je regagnerais Paris, et mon cousin qui se souciait avant tout de me tenir à distance finit par accepter. Le marquis de La Luzerne offrit de bon cœur son poste en sacrifice, satisfait, selon ses dires, de désencombrer le Roi d'un personnage aussi incommode que moi. Mais alors Louis XVI revint sur sa parole sous prétexte qu'un conflit venait d'éclater entre l'Espagne et l'Angleterre et qu'on ne pouvait se rapprocher de celle-ci sans infliger un camouflet à celle-là. Insensible à ces arguties de nonce et fatigué d'être éconduit, j'écrivis au Roi de France que j'avais l'intention de rentrer dans mon pays et de reprendre ma place à l'Assemblée. La Fayette essaya de m'en empêcher en dépêchant à Londres un de ses officiers, M. de Bouville, qui eut l'audace et l'indécence de me dire : « Votre résolution est terrible ; vous allez bouleverser Paris et tout le royaume; les troubles soulevés en votre nom mettront peut-être la vie du Roi en danger. » Je conseillai à Bouville qui récitait sa leçon de calmer son maître et l'assurai que rien désormais ne pourrait modifier mes projets.

Accompagné de Laclos, j'arrivai à Paris dans la nuit du 9 au 10 juillet 1790. Je me souviens de notre entrée discrète au Palais-Royal. Un vent tiède balayait le clair de lune, dispersait les jets d'eau en gouttelettes et faisait trembler les feuilles des marronniers. J'écoutai les filles appeler les clients en français sous la galerie. Après sept mois passés en Angleterre, il me semblait que notre langue était la plus vive, la plus harmonieuse du monde. Si je n'avais pas été flanqué de Laclos qui veillait sur ma dignité, j'aurais salué ces demoiselles dans l'ombre en tout bien tout honneur et les aurais remerciées d'avoir une jolie voix. Le lendemain, je me rendis à l'Assemblée pour prêter le serment civique à la tribune et lire avec ma timidité héréditaire un petit discours de circonstance. Tout le côté gauche de la salle applaudit. Il y avait longtemps qu'on ne m'avait acclamé et j'en fus heureux. Le soir même je me présentai aux Tuileries, animé des meilleures intentions de la terre. Au moment de quitter Londres n'avais-je pas écrit à mon cousin : « Mon plus cher désir est que Votre Majesté me permette de lui parler avec toute la vérité qu'un sujet lui doit et la confiance que ses vertus m'inspirent. » On me reçut comme un chien galeux. Les hommes me toisaient avec mépris et les femmes ignorant mon salut s'écartaient sur mon passage d'un air de défi. Le silence qui m'entourait était si méchant que je finissais par me sentir coupable et que je devais faire un effort de volonté pour redresser le buste en marchant sous les reflets hostiles des lustres. Quand je pénétrai dans la chambre royale, Louis XVI, prévenu de ma visite, me tourna le dos et je l'entendis prononcer ces paroles que je ne cesserai de rouler dans ma tête jusqu'à la mort : « Venez, Monsieur; vous apprendrez à être bon français. »

L'autorité royale est une force étrange. Cet homme indécis qui n'avait rien d'un souverain m'intimida au point que j'écoutai sa leçon comme un enfant. Ah, s'il s'était retourné, s'il m'avait seulement regardé! Peut-être aurait-il ressenti mon allégeance, reconnu que j'avais tenté l'impossible pour me rapprocher de lui, que j'étais prêt à le suivre, à lui venir en aide. Mais il choisit de me présenter son dos au milieu des sourires railleurs et je me retirai sans un mot, la gorge sèche, obsédé jusqu'à la torpeur par ce roi de plomb qui s'identifiait au destin et me condamnait à la Révolution.

Décidément, les émotions et les drames ne se comptent plus dans notre prison, à moins qu'il ne suffise d'un événement anodin pour me bouleverser, comme ce fut le cas, hier, après le départ de Beaujolais pour la promenade. J'avais fini de déjeuner et je venais de constater que ma montre était arrêtée, faute de l'avoir remontée la veille. Je me suis approché de la grille pour demander l'heure à la sentinelle qui ne m'a pas écouté ou n'a pas voulu me répondre, et j'allais répéter ma question quand la voix de Montpensier partie de l'étage inférieur a éclaté dans l'escalier : « Il est neuf heures! Bonjour, mon père! Comment vous portez-vous ? » Cela faisait plus de quarante jours que je n'avais pas entendu sa voix : quarante-deux jours exactement depuis le 1er juin où on nous avait permis de dîner ensemble. J'étais si troublé et frissonnais si fort que ma gorge s'est nouée et que j'ai eu du mal à crier : « Antoine, c'est toi ? » puis, les deux mains accrochées aux barreaux, j'ai ajouté d'une traite : « Ma santé n'est pas trop bonne, mais si je te voyais, cela me ferait du bien. » Aussitôt, j'ai regretté ces paroles. Ce n'était pas du tout ce que je souhaitais dire et j'étais honteux d'avoir fait allusion à ma santé, mais la sentinelle s'était rapprochée de la grille d'un air inquiet et son regard stupide me gênait. J'ai entendu mon fils discuter avec les gardiens et j'ai compris qu'il insistait pour me voir un instant, rien qu'un instant, mais un bruit de porte refermée brutalement l'a fait taire, un bruit lourd qui a guillotiné sa voix. Quand Beaujolais est revenu de sa promenade, je lui ai raconté ce qui s'était passé. Il m'a dit que j'avais tort de me faire du souci. Selon lui, Montpensier avait profité du moment où on lui apportait le déjeuner pour se précipiter à la porte et m'appeler dans l'escalier. On l'avait alors repoussé au fond de son cachot. Il n'y avait aucune raison de penser qu'il avait commis une imprudence et qu'on l'avait puni : « Tu as sans doute raison », ai-je répondu. Il m'était difficile d'évoquer l'anxiété que j'avais éprouvée à l'écoute de ce bruit de porte qui tombait comme un couperet.

Je suis fâché d'avoir dit à Montpensier que ma santé n'était pas bonne. Un père digne de ce nom ne s'attendrit pas sur soi-même devant son fils. Mais il est vrai que je ne me porte pas bien. Il m'arrive d'avoir des étourdissements quand je me lève au milieu de la nuit. Le souffle me manque et je suis contraint de m'asseoir sur le lit, la poitrine serrée dans un étau qui me fait transpirer. Le chirurgien-barbier de la prison est venu me proposer ses services : « Si tu as des misères, citoyen, n'hésite pas à me faire appeler. C'est ton devoir, et c'est le nôtre de te soigner car nous sommes responsables de ta personne devant la Nation », mais je n'ai aucune confiance en ses méthodes thérapeutiques. Il serait capable de me saigner à blanc et de m'administrer une purge de cheval qui liquéfierait mes entrailles. Lorsque je regarde mon visage dans la glace à main que nos geôliers ont oublié de me confisquer, je suis frappé par les progrès de la couperose autour de mes sourcils et par cette chair à moitié morte qui pend sous mon menton. On vieillit vite en prison, mais qu'importe après tout! Ce qu'il y a d'avantageux dans ma situation, c'est qu'à force de ne rien faire et de penser à soi, on finit par s'en désintéresser. Tout ce qui me concerne me devient indifférent, à commencer par les tracasseries de nos gardiens. Je profite de l'arrivée de la cassette pour tailler mes plumes et quand je me rase sous le regard vigilant de Ferral il m'est agréable de sourire avec ironie. L'autre jour, je me suis permis de lui dire : « Je ne comprends pas pourquoi tu me surveilles, citoyen; si j'avais l'intention de me couper la gorge, je pourrais aussi bien le faire sous tes yeux. Tu n'aurais pas le temps d'intervenir. »

J'ai appris par Pierrot que Marseille venait de lever une armée de seize mille volontaires pour s'opposer aux troupes de la Convention attendues d'un jour à l'autre et commandées par le général Carteaux. Pierrot est persuadé que celui-ci sera battu et qu'une fois débarrassée des Jacobins, la municipalité nous rendra la liberté. Je l'ai remercié de ces bonnes nouvelles auxquelles il m'est difficile de croire, toujours pour les mêmes raisons : nos conditions de détention ne s'améliorent pas. La méfiance des autorités administratives s'exaspère à notre endroit. Tout ce qu'on nous apporte de la ville ou des cuisines est examiné avec une attention grotesque. On coupe le pain en quatre et les volailles en deux pour s'assurer qu'aucun message ne se trouve à l'intérieur et l'on étudie les fruits au couteau pour déceler d'éventuelles cachettes. Ces dissections se font généralement avec la même lame, ce qui donne aux aliments une apparence malpropre et un goût commun. Beaujolais n'a pu se dispenser d'en faire la remarque au garde qui accompagnait Ferral : « Citoyen, quand tu charcutes un melon après le poulet, tu pourrais changer d'instrument. » Ferral n'a pas apprécié l'observation adressée à son subordonné. Il a reproché à mon benjamin d'être trop délicat et lui a conseillé en ricanant d'imiter nos soldats de l'armée du Rhin qui découpent la viande avec des poignards couverts de sang autrichien.

Tout de même, Pierrot a peut-être raison. Si la Convention battait en retraite devant Marseille, l'insurrection pourrait gagner la France entière et triompher de Paris. Les fédéralistes n'auraient plus de motif d'avoir peur et de nous maintenir en prison. On nous libérerait tous les trois, mes deux fils et moi. Mais alors, où aller ? Que faire et que devenir ? Il n'est pas concevable de demeurer en France où les fanatiques qui ont toujours le dernier mot ne me pardonneront jamais ma naissance. L'Angleterre repoussera avec horreur un prince qui a voté la mort de son Roi et tous les États d'Europe agiront de même. Reste l'Amérique. L'an dernier, en septembre, Chartres jugeait raisonnable de s'y rendre, mais son sentiment extrême du devoir et ses responsabilités de général patriote l'amenaient à différer ce projet. Il ne voulait pas abandonner son commandement tant que les armées étrangères n'auraient pas évacué le territoire français. Aussi, lorsque trois mois plus tard l'ennemi fut rejeté au-delà de nos frontières, Louis-Philippe, satisfait d'avoir mené ses hommes à la victoire, envisagea sérieusement de traverser l'Océan et me demanda de l'accompagner. Je lui répondis que le délabrement de ma fortune et l'obligation où j'étais de surveiller le concordat conclu avec mes créanciers m'interdisaient de quitter Paris et j'ajoutai que, de toute manière, mon parti s'y opposerait. Mais ce n'était pas la vraie raison. En réalité, l'Amérique ne m'a jamais attiré. La description que m'en a faite Biron qui s'est battu deux ans là-bas en se couvrant de gloire m'inspire une répulsion instinctive. Aux États-Unis, le citoyen qui ne travaille pas de ses mains n'a, pour subsister, d'autre ressource que de créer une maison de commerce ou un établissement agricole comparable à celui du général Washington. La perspective d'aligner des chiffres au fond d'un comptoir ou de gouverner des champs de coton cultivés par des esclaves nègres me donne le dégoût d'exister. Et puis Biron m'a juré que les villes étaient sinistres, privées de spectacles et de société, peuplées de barbares austères qui récitent des prières, méprisent les nuances et ne se passionnent que pour les évidences matérielles. Le purgatoire, en somme!

Au fond, je ne peux vivre heureux qu'en France... à cause du français. L'anglais que je parle avec agrément me paraît trop direct, trop concret, trop adapté au commerce des marchandises, tandis que notre langue difficile ressemble aux femmes de qualité qu'elle seule est capable de décrire. On ne peut la pratiquer sans prendre son temps. Elle exige autant de recherche et de souffle entre les mots qu'il en faut pour conduire à la volupté une personne qui nous est chère. Elle est notre sel et notre identité sur la terre, et ces propos de prédicateur ne sont pas le moindre paradoxe quand on connaît mon mépris pour les fabricants de phrases mais je sais aussi que la solitude de la prison modifie mes habitudes de pensée et m'aide à découvrir certaines vérités cachées sous les humeurs.

Je songe à mon cousin Louis qui n'a jamais pu, n'a jamais su ou n'a jamais voulu quitter la France. Lorsque son entourage l'a supplié de partir et qu'il s'y est résolu, il a mis au service de l'échec tout le poids de son inertie et tout le génie de sa maladresse. En arrivant à Varennes par la route de Clermont on s'engage sous une longue voûte obscure qui fait office de porte. Au bout du tunnel le citoyen Sauce, épicier de son état, entouré d'une poignée d'hommes, attendait la berline royale. Il suffisait d'un coup de fouet donné aux chevaux de tête pour passer outre, mais Louis XVI a jugé plus commode d'obéir à Sauce qui lui demandait de descendre de voiture. Quand j'ai appris ce détail, il y a deux ans, je me suis dit que la monarchie devait s'arrêter là, qu'elle avait fait son temps et ne pouvait aller plus loin. La nouvelle de l'arrestation du Roi avait transformé Paris en poudrière. Mon cabriolet roulait au milieu d'une foule en transes. Au moindre prétexte les gens hurlaient, gesticulaient, brandissaient des piques et, gagné par cette frénésie qui me tordait le cœur, je souriais. Une ère venait de finir; le monde ancien gisait à terre, incapable de se relever, et je le haïssais d'être vieux; je le méprisais de se laisser intimider par des barbares et de s'embarrasser de scrupules absurdes; je lui en voulais surtout de n'avoir pas eu de chance et j'étais pressé de détruire ce qu'il en restait, d'en écraser les morceaux avec rage. Le vide plutôt que la nostalgie! La mort plutôt que le remords! Je regardais l'avenir obstinément comme un homme aveuglé. J'étais révolutionnaire.

Révolutionnaire en théorie. Je n'avais aucune envie de jouer un rôle actif dans cette foire. Il me plaisait seulement d'être spectateur et de montrer que j'étais d'accord avec les passions désordonnées de la foule. Ma popularité avait sensiblement diminué depuis ma fuite à Londres et l'on ne m'acclamait pour ainsi dire plus. Cependant, croyant aimer le peuple, je ne détestais pas ces hommes et ces femmes de la rue. Je me sentais attiré par leur colère, par leur simplicité qui m'inquiétait et par ces mouvements imprévus qui soulevaient leur masse comme des lames de fond. J'aurais voulu être jeune pour ne douter de rien et crier avec eux sans arrière-pensée. Montpensier qui venait d'avoir quinze ans arborait une gravité de communiant. Dans son uniforme flambant neuf il montait la garde devant les Tuileries, tout fier de porter un sabre, une giberne et un fusil. Sur la porte du château on avait écrit à la craie : « Logement à louer », mais je ne souhaitais pas me présenter en qualité de locataire, bien que la constitution m'en donnât le droit après la défection du Roi et celle du comte de Provence qui avait émigré. Laclos ne partageait ni ma discrétion, ni ma passivité. Il affirmait avec feu que la porte de la régence s'ouvrait à deux battants devant moi, que pareille occasion ne se retrouverait plus et que mon devoir était de la saisir pour notre bien à tous et celui du royaume. Il déployait une intense activité, avait fondé un journal *Les Amis de la Constitution* et jouait un rôle de premier plan au club des Jacobins où il n'eut aucune peine à me convaincre d'adhérer, d'abord parce que ma place se trouvait auprès de Chartres, affilié au club depuis le 1er novembre 1790, et qu'il était de bonne politique que le père cautionnât la conduite et les idées avancées de son fils, ensuite pour une autre raison qu'il m'est difficile d'avouer : j'avais peur. Ce sentiment honteux durait depuis deux ans, depuis qu'on avait coupé la tête du gouverneur de la Bastille pour la planter au bout d'une pique, mais je ne voulais pas le savoir, soucieux d'écarter de ma mémoire les événements qui me mettaient mal à l'aise. De tous côtés m'étaient rapportées des nouvelles atroces. On ne parlait dans nos familles que de châteaux brûlés et de châtelains pendus, mais je tenais ces crimes pour des « désordres passagers », inévitables en période de changement, et me fâchais contre les réactionnaires ou les âmes simples qui voyaient en ces forfaits l'esprit même de la Révolution. Comme des milliers de Français, comme des millions peut-être, j'affectais d'ignorer la peur qui coulait dans mes veines. Mais, à présent, je connais son pouvoir. C'est elle qui m'a conduit au club des Jacobins où j'ai professé des opinions qui n'étaient pas les miennes en approuvant des décisions dont l'iniquité m'écœurait.

Le journal de Laclos célébra mes qualités de prince démocrate après avoir proposé en première page la déchéance de Louis XVI et la proclamation de la régence. Alors, d'un commun accord, toutes les gazettes parisiennes parlèrent de moi en termes flatteurs ou injurieux, mais, au dire de mes partisans, il convenait de s'en féliciter dans les deux cas, car en politique l'insulte est préférable au silence. Aux Jacobins je fus salué comme « le premier des Français » et les passants m'applaudirent à nouveau dans les rues, notamment aux abords du Palais-Royal que je débaptisai pour lui donner sur les conseils de Laclos le nom débonnaire de « Palais Orléans ». Le 25 juin, poussé par mon secrétaire qui jugeait ma présence indispensable au premier rang, j'assistai de la terrasse des Tuileries au retour de la famille royale. Un temps j'éprouvai une satisfaction perverse à écouter monter les cris de haine autour de la berline qui se frayait un passage difficile dans la foule, mais quand on ouvrit la porte de la voiture après avoir arraché de leurs sièges comme des bêtes le conducteur et le postillon, je réprimai un frisson douloureux. Couvert de poussière et transpirant à grosses gouttes sous son chapeau de laquais [20], Louis XVI apparut le premier, impavide en apparence et toujours aussi pesant. Lorsque Marie-Antoinette, à son tour, descendit le marchepied, suivie de ses enfants, il y eut dans la foule un mouvement de rage incoercible qui fit plier les baïonnettes de la Garde Nationale, mais la Reine de France releva la tête, prit la main du petit dauphin et, d'un pas ferme, traversa l'étroit passage qui séparait le véhicule de l'entrée du palais. Alors, je remarquai qu'elle avait les cheveux tout blancs et que je ne la détestais plus.

Deux jours plus tard, en séance plénière, aux Jacobins, l'abbé Danjou qui mesurait six pieds de haut et impressionnait l'auditoire par sa voix de prédicant et ses envolées prophétiques réclamait la formation immédiate d'un conseil de régence et le titre de lieutenant général du royaume pour le duc d'Orléans. Le résultat semblait acquis et Laclos, sûr de sa victoire, affichait une confiance qui colorait ses lèvres et lui donnait un air faussement paternel. Il ne manquait plus que mon adhésion. Elle ne vint pas. Le 29 juin 1791, au matin, parut dans les journaux la déclaration suivante, signée de mon nom : « Je suis prêt à servir ma patrie sur terre, sur mer, dans la carrière diplomatique, en un mot dans tous les postes qui exigent un dévouement sans borne au bien public; mais s'il est question de régence, je renonce pour toujours au droit que la constitution me donne. Après avoir tout sacrifié à l'intérêt du peuple et à la cause de la liberté, il ne m'est pas permis de sortir de la classe de simple citoyen où je me suis placé. »

Ce texte destiné à surprendre tout le monde, sauf Mme de Genlis qui m'avait aidé à le rédiger, mérite quelques explications. Il m'arrive, plus souvent qu'on ne croit, de cacher mes ressentiments et de les laisser patiemment s'accumuler. Or, depuis mon retour de Londres, j'étais las de subir les pressions de Laclos et fort irrité de constater qu'il disposait de mon avenir politique comme d'un bien personnel. Il me tardait d'échapper à son influence et de lui donner une leçon. Ce programme me rapprocha fatalement de son ennemie, Mme de Genlis qui avait changé d'attitude et de méthode à mes côtés. Mûrie par sa disgrâce relative, elle se montrait discrète, prudente, timide presque, et jamais femme ne mit tant de délicatesse éloquente et de modestie à persuader un homme de renoncer à prendre le pouvoir : « Cette régence si précieuse aux ambitions de Laclos ne vous attirera que des ennuis. Ce n'est pas votre vocation, Philippe, et personne n'a le droit de vous contraindre à faire une chose dont vous n'avez pas envie. » Je ne pouvais que lui donner raison. En écrivant le brouillon de ma déclaration, elle eut la malice de me laisser croire que toutes les expressions qui tombaient sous sa plume venaient de moi. Elle s'extasia notamment sur la phrase : « Il ne m'est pas permis de sortir de la classe de simple citoyen où je me suis placé », alors que j'avais fait simplement allusion dans la conversation à « mon désir de vivre en simple citoyen ».

Il me semble aujourd'hui qu'en signant ces lignes je devais obéir à un autre motif. Il est probable en effet que la perspective de détrôner le Roi après avoir fait voter sa déchéance m'inspirait une répugnance inavouée, car en dépit de mes idées modernes ou subversives je n'avais pas encore rompu avec l'Ancien Régime et demeurais attaché à son éthique; à moins que la personne de mon cousin n'éveillât, à travers le dédain et l'inimitié que je lui vouais, des affinités consanguines.

La publication de ma renonciation fit grand bruit. Laclos dissimula sa rage et ne voulut pas s'avouer vaincu, mais il perdit toute mesure et conçut le projet de s'adresser au peuple pour obtenir la déchéance du Roi et faire jouer la constitution qui m'instituerait régent du royaume que je le veuille ou non. Le 15 juillet il dévoila son plan au club des Jacobins et organisa une pétition qui devait recueillir des millions de signatures sur l'ensemble du territoire, mais Félicité qui épiait ses moindres gestes déjoua la machination. Elle avertit l'Assemblée qui s'empressa de voter à l'unanimité la reconnaissance de Louis XVI comme Roi de France. Cette fois, Laclos avait perdu la partie. Les députés l'accusèrent de complot contre la représentation nationale. Sa pétition fut déclarée illégale, l'impression des bulletins interrompue et les signatures interdites. Les Jacobins qui l'avaient encouragé dans sa tentative se détournèrent de lui avec un ensemble parfait. Honni par ses ennemis, renié par ses amis, il quitta le club et se retira de la vie publique.

Je reconnais l'avoir abandonné et même un peu trahi, mais il prenait trop de place dans ma vie et nos caractères ne pouvaient s'accorder. Il adorait travailler dans l'ombre sur les êtres et sur les choses et ne reposait jamais son esprit, alors que j'aimais profiter de ma nonchalance à la lumière. Un an plus tôt, je lui avais écrit de Londres : « C'est vous seul qui m'avez rendu ambitieux. Ce sont vos artifices qui m'ont perdu. J'ai été votre dupe. Ah, Laclos, Laclos, que je suis malheureux de vous avoir connu. » Un autre se serait découragé mais lui, au contraire, puisait dans mes hésitations, mes reculades, mes rebuffades même, une énergie nouvelle et cet acharnement fatiguait ma volonté au point de l'endormir. Vertueux en ménage comme un pasteur méthodiste, timide ou méprisant envers les filles, il ne pratiquait le libertinage qu'en littérature, libertinage de tête en l'occurrence, car sa plume ignore la sensualité. Pétris de calculs, les héros des *Liaisons dangereuses* ne font l'amour que par orgueil. L'auteur veut nous dégoûter du mal dont il démonte le mécanisme à la manière d'un joueur d'échecs commentant en fin de partie les fautes de son adversaire. Ainsi décrite, la corruption des âmes s'épanouit dans un ordre mathématique et je ne saurais expliquer pourquoi ce livre moral me fait songer à la mort, ni pour quelle raison j'éprouve une émotion analogue en évoquant certains personnages édifiants de la Révolution, Robespierre et Saint-Just notamment, qui ont chacun le regard froid et les lèvres fines de mon ci-devant secrétaire.

Vendredi 23 juillet 1793. Cela fait deux mois que je suis enfermé au fort Saint-Jean, après trente et un jours passés au fort Notre-Dame. Le temps s'éternise et ne laisse aucune trace. Chaque minute n'en finit plus et l'ensemble ne pèse rien. Il me semble que je suis en prison depuis un siècle mais, après réflexion, celui-ci me donne l'impression d'avoir duré une heure car le présent perd toute consistance entre quatre murs. En revanche, mon passé ne cesse de s'étendre et de s'affirmer depuis que je me préoccupe de l'écrire. Il est inconcevable que nos geôliers qui se montrent si méfiants à notre égard, si soupçonneux de nos moindres gestes ne se soient jamais inquiétés de savoir pourquoi j'écrivais autant; mais peut-être cette incuriosité s'explique-t-elle par le respect du règlement qui leur recommande de surveiller l'entrée et la sortie de chaque objet; or, les feuilles que je noircis de ma plume et que je cache dans le tiroir à double fond ne sortent pas de mon cachot. Dans ces conditions leur destinée indiffère nos gardiens qui n'ont aucune envie de se poser des questions. Ils se contentent de ma lettre à Agnès que je leur remets et qu'ils déchiffrent de la première à la dernière ligne. Cet alibi leur suffit, car le règlement est sauf.

Beaujolais se porte beaucoup mieux depuis qu'on lui permet de dégourdir ses jambes au grand air. Il ne se réveille plus au milieu de la nuit comme naguère et s'il lui arrive de s'agiter au saut du lit, de tourner en rond dans notre cage, il le fait avec une saine vigueur exempte de toute nervosité. Il n'est plus incommodé par la chaleur et la sueur ne colle plus ses cheveux. Ses joues sont fraîches et j'ai plaisir à constater qu'il a perdu l'habitude de se frotter les yeux dont les cernes ont disparu. Au retour de chaque promenade, il n'ose pas me raconter ce qu'il a vu du haut de la terrasse et prend un air désabusé pour ne pas me rendre jaloux. Pourtant, avant-hier, il n'a pu s'empêcher de me dire qu'une corvette venait de rentrer au port et que « le bâtiment avait fière allure ». Il paraissait tout excité par les matelots qui grimpaient dans les haubans pour larguer les voiles, par les cris du maître de manœuvre et par la longue-vue du commandant debout sur la dunette. C'est bizarre : à mesure qu'il parlait, encouragé par mon attention et mes sourires, son enthousiasme enfantin devenait le mien. J'avais le sentiment d'avoir quarante ans de moins et d'assister à l'arrivée de mon premier navire. L'envie me prenait de battre des mains, mais en même temps ce récit me faisait mal et je me retenais de dire : « Tais-toi ! Mais tais-toi donc ! Tu ne vois pas que j'étouffe ici ! »

Dans l'après-midi, Ferral est venu nous trouver et s'est adressé à moi d'un air mystérieux, comme si Beaujolais n'existait pas : « Le citoyen Marat est mort, a-t-il dit, on l'a assassiné. » Sur le moment, je suis resté coi, d'abord parce que la nouvelle me prenait au dépourvu sans m'impressionner outre mesure, ensuite parce que Ferral guettait mes réactions et que cette conduite d'inquisiteur m'indisposait : « On l'a poignardé dans une baignoire, a-t-il précisé, c'est une jeune fille de la Gironde qui a fait le coup, la veille du 14 juillet. A Marseille, tout le monde s'en réjouit, mais tu n'es pas de ce bord, m'a-t-on dit. On prétend que tu détestes la Gironde et que tu appartiens à la Montagne. – Je n'appartiens à rien du tout! ai-je répondu sèchement, si je tenais au parti de la Montagne, je ne serais pas ici. – Ne te fâche pas, citoyen! a-t-il répliqué d'une voix douce, on dit que Marat était ton ami. » J'ai réagi avec véhémence sans retenir ma voix : « On ne dit que des sottises! C'est lui qui m'a fait jeter en prison! » Ferral a hoché la tête d'un air conciliant, puis a reconnu que les temps étaient rudes et que l'on pouvait facilement se tromper sur les gens.

Comment a-t-on pu s'imaginer de bonne foi que j'étais l'ami de Marat? Il est probable que le malentendu date du 2 septembre 1792 lorsque le journaliste a fait placarder sur les murs de Paris ce chef-d'œuvre de perfidie : « Je m'adresse à vous, Philippe d'Orléans, vous que le ciel a comblé des dons de la fortune, vous à qui la Nation a donné en partage l'âme d'un simple citoyen... Dans l'état actuel des choses, vous ne pouvez faire votre salut qu'avec les sans-culottes. Vous en êtes l'émule : soyez-en le bienfaiteur! » Au nom de la patrie il me demandait tout simplement « la modique somme de 15 000 livres » pour venir en aide à son journal. Il faut croire que je n'ai jamais répondu à ce chantage puisque trois mois plus tard il écrivait dans *L'Ami du peuple* : « J'ai toujours regardé d'Orléans comme un indigne favori de la fortune, sans âme, sans entrailles, n'ayant pour tout mérite que le jargon des ruelles », avec en note cet aphorisme qui ne manque pas de sel : « Un prince patriote est aussi chimérique à mes yeux qu'un vertueux scélérat [21]. »

J'ai vu Marat pour la première fois le 4 octobre 1792, au cours d'une séance orageuse à la Convention. Chartres qui revenait de guerre était présent, tout fier d'avoir battu les Prussiens à Valmy. Comme il n'était pas député, on l'avait installé dans la tribune du logographe [22] où, le 10 août, la famille royale chassée des Tuileries avait été reléguée avant d'être transférée à la prison du Temple. J'étais assis en face de lui, sur les bancs de la Montagne entre Merlin de Douai, mon conseiller financier, et Joseph Cambon qui alignait des chiffres sur un carnet, tous deux économes de paroles. Devant moi, Fabre d'Églantine, la nuque bien dégagée sous la chemise, griffonnait des phrases sur des bouts de papier qu'il distribuait à ses voisins Danton et Camille Desmoulins. Dans mon dos s'affairaient Robespierre, Legendre, Robert Lindet et Collot d'Herbois reconnaissable à sa voix de clairon et à sa manière de rouler les « r » qu'il adoptait pour se donner une contenance tragique. La séance était présidée par Pétion de Villeneuve, ce bellâtre qui bombe le torse devant les miroirs et s'émerveille de sa propre faconde. Il me serait difficile de préciser aujourd'hui quel était l'objet du débat. La discussion paraissait très animée, mais, comme à l'accoutumée, j'étais distrait. Les invectives et les déclarations ampoulées résonnaient avec écho dans l'atmosphère surchauffée et cette musique de prétoire endormait mon attention quand soudain une voix aigre demanda la parole au président et me réveilla. Me retournant, je vis sur la même rangée que Robespierre mais au bout du banc, un petit homme chétif qui agitait les mains comme un convulsionnaire. Il était vêtu d'une redingote fripée, maculée de taches et portait autour de la tête un mouchoir de couleur qui lui donnait l'allure d'un bohémien ou d'un tire-laine. La plupart des députés s'étaient retournés en même temps que moi et tout le monde chuchotait : « Marat ! C'est Marat ! » car jusqu'à ce jour il s'était abstenu de venir à la Convention et les citoyens qui avaient eu l'occasion de le rencontrer dans un lieu public ou privé se comptaient sur les doigts. Mais aussitôt les murmures se changèrent en vociférations. Forts de leur majorité, les Girondins s'unirent pour l'empêcher de parler : « A la porte, le monstre ! » hurlaient-ils, et l'on aurait juré que leurs cris soulevaient de la poussière car l'air se chargeait d'odeurs moites et devenait opaque, alors que Pétion secouait sa sonnette avec fureur et levait au plafond des yeux de prophète désespéré. Voyant qu'on refusait de l'entendre, Marat quitta sa place et se dirigea vers la tribune mais plusieurs députés s'y trouvaient déjà tandis que d'autres lui barraient le chemin. Il les défia du regard, passa devant eux, s'arrêta au pied de l'escalier, posa la main droite sur la rampe et leva la gauche en signe de menace ; puis il chancela. On crut qu'il allait se trouver mal car sa tête rejetée en arrière heurta la rampe. Deux Girondins hilares se penchèrent vers lui et, après l'avoir entendu murmurer quelque chose, l'un d'eux s'écria d'un air triomphant : « Il demande un verre d'eau ! Qu'on lui donne un verre de sang ! » Cette plaisanterie féroce ranima le défaillant qui, tout ragaillardi, redressa la taille, se tourna vers Pétion et l'apostropha d'une voix stridente : « Citoyen président, ton devoir est de rétablir l'ordre. J'ai réclamé la parole et tu dois veiller à ce que l'on m'entende ! » Alors Buzot se leva avec fracas et cria de toutes ses forces : « Non ! Je m'y oppose ! » Il quêta du regard l'approbation de Mme Roland dont les yeux sombres le faisaient constamment rougir et ajouta sur un ton impétueux : « Cet homme est une injure pour nous tous, un opprobre pour la Convention. Nous n'avons pas le droit de l'écouter. » Derrière moi, les Montagnards protestèrent mais j'étais surpris de constater que les plus déterminés d'entre eux, Robespierre et Legendre notamment, le faisaient sans trop d'autorité, ni de conviction. Sans doute craignaient-ils de perdre une part de leur crédit en prenant la défense d'un allié manifestement impopulaire. A ma droite Cambon se dressa, rajusta sa perruque d'une main, imposa silence à la salle de l'autre et déclara sans emphase : « Notre devoir est d'entendre le crime aussi bien que la vertu. Écoutons notre confrère pour nous faire une opinion. » Cette sage intervention calma momentanément les esprits et permit à Marat de se frayer un passage jusqu'à la tribune, mais sa voix fut couverte immédiatement par une marée d'insultes. Alors, il serra les dents, tira de sa poche un pistolet de petit calibre et l'appliqua sur sa tempe pour intimider l'assistance. Cette pantomime grotesque déchaîna une tempête de ricanements qu'il écouta avec une parfaite indifférence, ce qui ne manqua pas de nous étonner. Il remit tranquillement le pistolet dans sa poche, s'accrocha des deux mains à la barre et profita de la surprise générale pour frapper d'anathème Brissot, Vergniaud et Gensonné qu'il accusait de collusion vénale avec le Roi. Son énergie maladive m'impressionnait au point que je ne pouvais regarder ailleurs ni penser à autre chose, intimement persuadé que tous ces députés qui le conspuaient avec une telle ardeur tremblaient secrètement devant lui.

Car chacun voyait en la frénésie de cet homme l'avenir immédiat de la Révolution. Maître spirituel de la rue, le journaliste Jean-Paul Marat crachait son venin sur le pavé. C'est aux illettrés qu'il s'adressait par le truchement de ses lecteurs : « On ne peut assurer le triomphe de la Révolution sans guillotiner de gaieté de cœur trois cent mille traîtres. » Ce chiffre répété chaque jour surexcitait la tourbe de Paris et l'encourageait à exercer sa propre justice. Ainsi la rue terrorisait l'Assemblée et lui dictait sa loi. Les députés ne jouaient plus qu'un rôle décoratif. C'est une vérité que j'avais pressentie le 14 juillet et le 6 octobre 1789. Le 10 août 1792, je n'en doutais plus.

Ce jour-là, je demeurai cloîtré au Palais-Royal, errant de fauteuil en fauteuil, soucieux avant tout de ne voir personne, de ne rien entendre, de ne rien apprendre. Dans la matinée, Romain, mon valet de chambre, aussi désœuvré que moi, répéta trois fois : « La soirée sera chaude », et je n'osai pas lui demander s'il faisait allusion à la température de l'air ou à celle des esprits. Au début de l'après-midi le canon se mit à tonner du côté des Tuileries et La Marche, mon valet de pied, me demanda s'il devait fermer les fenêtres. Je répondis que oui et gagnai les combles pour me réfugier dans une mansarde où régnait une chaleur intolérable mais dont la pénombre convenait à mon état de nerfs. Là, assis sur une malle, au milieu d'objets poussiéreux, je rêvai d'un monde où il ne se passerait rien, où l'on pourrait se contenter de rire et de vieillir doucement en marge des secousses de l'Histoire. Mais, au bout d'un quart d'heure environ, incommodé par la sueur qui ruisselait sur mon front et brûlait mes paupières, je quittai ce réduit pour descendre mollement l'escalier et retrouver au premier étage mes deux valets qui s'inquiétaient de ma disparition : « Rassurez-vous, je ne suis pas mort, leur dis-je sottement. – Grâce à Dieu ! » répliquèrent-ils à l'unisson et ce dialogue inepte nous fit rire tous les trois. J'allais leur proposer une partie de piquet quand les vitres qui donnaient sur le jardin tremblèrent au son du canon : « Ils se rapprochent », murmura Romain. La Marche s'arrêta devant une fenêtre, prêta l'oreille et dit : « Non ! C'est une impression. Ils sont toujours aux Tuileries. – Je me demande ce qu'ils peuvent faire », reprit Romain. Je l'aimais trop pour me fâcher contre lui. Néanmoins sa réflexion superflue m'irrita. Depuis dix jours tout le monde était au courant de l'émeute qui se préparait. On en parlait dans les clubs, dans les cabarets, dans les salons, dans les alcôves, dans les taudis et, bien sûr, à l'Hôtel de Ville où s'affairaient les membres de la Commune insurrectionnelle. Le manifeste du duc de Brunswick [23] avait mis le feu aux poudres. Ce texte d'une rare stupidité tombait à point nommé pour exaspérer la colère des patriotes fanatiques et justifier leurs cruautés : « Pour l'instant, je ne tiens pas à le savoir », répondis-je sur un ton sec. Romain prit un air confus qui me fit aussitôt regretter ma réaction. Ce vieux serviteur était un ami. Il m'avait vu grandir et me considérait toujours un peu comme un enfant. Sa hantise des courants d'air, des fluxions de poitrine et de la consomption l'inclinait à me conseiller une cravate épaisse et des vêtements de laine en toutes saisons, ce qui me donnait l'occasion de plaisanter à ses dépens : « Riez ! Riez ! grommelait-il, Monseigneur sera bien avancé quand le mal l'aura attrapé. » La Marche, son cadet de dix ans, se montrait plus discret, moins familier dans ses attentions, mais le respect quasi religieux qu'il vouait à ma personne ne cessait de m'attendrir. J'ignore ce qu'ils sont devenus tous les deux. Peut-être les a-t-on jetés en prison pour m'avoir été fidèles. Cette idée me tourmente. Il m'est douloureux de penser qu'ils pourraient souffrir à cause de moi. Si Dieu m'accorde la faveur de les revoir sous un régime plus clément je tâcherai d'assurer leur avenir et de les rendre heureux.

Revenons au 10 août : le canon ne tonnait plus mais il me semblait que les vitres continuaient à trembler car on entendait crépiter les fusils par salves ininterrompues. Ce qui me troublait davantage encore, c'étaient les clameurs des combattants. Assourdies par la distance, étouffées par l'épaisseur des murs, elles reprenaient vie aussitôt mon oreille effleurée et s'enflaient dans ma tête, résonnaient en fanfares. Pour tromper l'inaction je résolus de boire et demandai à La Marche de m'apporter du vin de Chablis, mais après avoir vidé trois verres coup sur coup je n'éprouvai aucun soulagement. Affalé dans une bergère, le dos tourné à la fenêtre, je n'entendais que le feu roulant des détonations et les cris de la guerre civile, et je haïssais Paris, j'exécrais la ville et ses convulsions. La perspective de retrouver un jour la forêt de Villers-Cotterêts et les longues chevauchées matinales sous le ciel blanc quand les oiseaux se réveillent à la pointe des branches me faisait venir les larmes aux yeux et je murmurais sans cesse : « Mon Dieu ! » comme un homme qui juge incompréhensible son propre destin. La Marche et Romain s'étaient retirés discrètement et la solitude exaspérait mon attention aux bruits dont j'endurais la gêne sans tenter quoi que ce fût pour m'en distraire. Je savais que quelqu'un viendrait fatalement me parler des événements de la journée et m'apporter toutes sortes de nouvelles alarmantes et je redoutais particulièrement la visite de Grace qui me harcèlerait de questions, à commencer par celle-ci : « Maintenant, qu'allez-vous faire Philippe ? » Mes pronostics étaient justes car à la tombée de la nuit La Marche m'annonça l'arrivée de Mme Elliott. En dépit de ce que je viens d'écrire, je ne fus pas mécontent de la recevoir. Le cœur a ses contradictions et c'est une banalité de le dire. Grace m'apparut toute rose et bouleversée, ce qui ne m'étonnait nullement mais la coloration de son émoi avait du charme. Elle ne savait rien de précis sinon que la famille royale chassée des Tuileries se trouvait en lieu sûr, et qu'on s'était battu devant le château mais certains affirmaient que les émeutiers avaient pénétré à l'intérieur. On pensait qu'il y avait beaucoup de morts surtout parmi les assaillants qui venaient de Marseille : « Et de votre côté, qu'avez-vous appris ? me demanda-t-elle à bout de souffle. – Rien ! répondis-je sur un ton neutre, je n'ai pas bougé d'ici. » Elle me dévisagea d'un air de reproche et murmura : « Tout de même ! » puis, me voyant froncer les sourcils, elle sourit et prit ma main droite dans la sienne : « Nous vivons des heures bien compliquées, mon cher Philippe ! »

Mme de Buffon était plus calme, moins sensible aux mouvements extérieurs et je me félicitai de la retrouver les jours suivants. Sa candeur et son insouciance relative apprivoisaient mon anxiété et me donnaient l'illusion d'oublier l'agitation et l'inquiétude que l'on sentait monter dans la ville. On aurait dit que les murs de Paris étaient moites et que le moindre craquement dans la rue faisait sursauter les passants. Agnès s'ingéniait à rire et à me faire boire. Elle feignait d'être grise quand j'étais ivre et nous avions ainsi l'impression d'être heureux. Mon unique ambition était de passer inaperçu, de « faire le mort » selon l'expression de mon ancien lieutenant de louveterie qui préférait la société des dogues à celle des hommes : « Quand les calculs malpropres de mes contemporains me donnent la colique, disait-il en tirant sur sa pipe, je fais le mort, cela décourage la maladie. » Mais Paris n'est pas Villers-Cotterêts. Il est difficile de vivre en marmotte ou en ermite quand on loge au Palais-Royal et chaque jour une dame inquiète ou un ami bien intentionné venait me tenir au courant « de la situation », m'exposer sa version des faits et formuler toutes sortes d'hypothèses entrecoupées de soupirs. A présent, je connaissais la vérité sur la prise des Tuileries et sur les massacres qui avaient suivi. Aucun détail ne m'était épargné. Mes confrères jacobins mettaient ces atrocités sur le compte de brigands ou de provocateurs à la solde des aristocrates : « Sinon, qui d'autre aurait avantage à salir la Révolution ? Personne, voyons ! » affirmaient-ils en serrant les poings, prêts à défier tout contradicteur. Je partageais leur raisonnement captieux. J'allais même plus loin : je refusais de croire à ces horreurs. Quand on me racontait que les émeutiers avaient découpé les gardes suisses en morceaux, projeté sur des piques les domestiques de la Maison Royale et enfourné vivant dans sa chaudière un pauvre marmiton, je me fâchai tout rouge et m'écriai qu'il s'agissait d'inventions absurdes. Cependant il m'arrivait de me réveiller en sursaut au milieu de la nuit, le visage trempé de sueur, incapable de me rappeler le cauchemar que je venais de faire et tenaillé par une terreur inavouée.

J'avais à cœur de me montrer le moins possible au club, mais quand la nécessité m'y contraignait je compensais mon manque d'assiduité par une ferveur ostensible et criais bien fort pour me tenir à la hauteur des plus farouches, un œil fixé sur Chaumette et sur Robespierre à qui rien n'échappait. Cependant, en dépit de ces démonstrations de civisme, une surveillance occulte se resserrait autour de moi. J'avais remarqué que mes lettres étaient ouvertes, en particulier celles que Chartres en guerre m'adressait de son poste de combat, mais celles de ma fille Adèle en villégiature à Bath dans le Somerset subissaient le même sort, ce qu'aucune raison militaire ne pouvait justifier. Aussi je prêtais désormais une attention vétilleuse à ce que j'écrivais, évitant prudemment certains aveux ou réflexions qui pouvaient passer pour contre-révolutionnaires. Ces mesures de police ne pouvaient en aucune manière m'offenser, conscient comme je l'étais de leur portée générale et de la situation nationale critique, mais il me semblait qu'on aurait pu faire une exception en faveur d'un ci-devant Prince du Sang qui avait donné tant de gages à la Révolution.

Je savais que ma belle-sœur Marie-Thérèse était allée de son plein gré rejoindre Marie-Antoinette au Temple. Déjà, l'année précédente, elle avait quitté Londres où son père à force de supplications avait réussi à la faire mettre à l'abri. N'écoutant que son devoir et son amitié pour la Reine, elle avait quitté l'Angleterre pour reprendre aux Tuileries sa place de surintendante, et voilà qu'aujourd'hui elle accompagnait en prison la souveraine déchue. Une pareille témérité avait de quoi surprendre quand on connaissait son naturel craintif : « Elle tremble au passage d'une souris, disait Agnès, et se trouve mal devant un homard en peinture. » J'appris à la fin du mois d'août qu'un mandat d'amener avait été lancé par la Commune contre toutes les personnes qui avaient suivi la famille royale au Temple. La ci-devant princesse de Lamballe avait été conduite à La Force [24]. Cette nouvelle me parut de mauvais augure et me troubla plus que je ne pensais, mais je m'attachais à prouver le contraire. Affectant le cynisme et l'indifférence, je me disais que ma belle-sœur avait mérité cette leçon. C'était folie de courtiser une reine mise au ban de la nation. Une sourde irritation perçait sous mon apparente placidité. J'accusais Marie-Thérèse d'être sotte, de choisir le camp des vaincus et de se jeter dans la gueule du loup. Lorsque Agnès me disait : « Elle n'a plus de femme de chambre. Sous les barreaux, c'est une rude position ! » je répondais : « Tant mieux ! Ce sera son martyre. Elle l'a bien cherché. »

En période trouble il n'est pas toujours indispensable d'être renseigné pour être averti. L'excitation qui régnait dans la capitale était telle qu'on pouvait envisager le pire et qu'il paraissait facile, en l'absence d'information précise, de deviner ce qui se tramait. Depuis quelques jours, les arrestations se multipliaient dans toutes les sections de Paris. On enfermait les suspects par centaines à La Force, aux Carmes, à la Salpêtrière, à l'Abbaye, au Châtelet, à Bicêtre. Les prisons étaient bourrées de citoyens et de citoyennes prévenus d'allures aristocratiques ou de propos réactionnaires et qui n'avaient même pas la place de s'étendre pour dormir. Ces mesures draconiennes étaient dictées par la situation de nos armées qui battaient en retraite sans opposer de résistance véritable. Longwy venait de capituler et Verdun assiégée menaçait de se rendre. Le nombre des déserteurs et des officiers passés à l'ennemi augmentait chaque jour et l'on pensait tout bas que les Prussiens seraient à Paris dans un mois si notre état-major ne réagissait pas. Ces revers successifs surexcitaient la rage des hommes de la Commune qui avaient besoin de coupables pour étancher leur affolement. A la fin du mois d'août, les prisonniers furent accusés de « complot diabolique » pour avoir reçu de Louis Capet, ci-devant Roi de France, des poignards et des armes à feu. Ainsi, la patrie menacée sur ses frontières serait « dévorée de l'intérieur ». Quand j'entendis pour la première fois mes confrères Jacobins tenir pareil discours je crus à une boutade mais leur attitude austère me prouva le contraire immédiatement. Au centre, Danton donnait de la voix et ses intonations pathétiques auraient ébranlé une falaise. Il m'était difficile dans ces conditions d'être d'un avis différent. J'avais d'autres raisons, moins avouables et plus hypocrites encore, de croire à cet invraisemblable complot : si les armées ennemies entraient dans Paris, le Roi retrouverait son autorité et je serais traduit en jugement devant lui. N'avais-je pas lié mon destin à la Révolution ? Alors, aujourd'hui, tout recul me devenait impossible. Je devais, selon l'expression des patriotes, triompher ou mourir avec elle et n'avais ni le courage, ni le goût de mettre en doute la parole démesurée de ses défenseurs. Danton, le menton enfoncé dans le cou, clamait : « Le peuple irrité et instruit à temps veut faire justice lui-même ! » et j'applaudissais, approuvant chaque mot sans imaginer leurs conséquences ni définir leur portée.

Le 2 septembre au matin, Romain me demanda en m'habillant si j'avais l'intention de sortir. Je répondis que non sans réfléchir : « Vous avez raison, reprit-il, car les rues ne sont pas sûres. » Je haussai les épaules : « C'est un jour comme les autres, dis-je soucieux de m'en convaincre. – Dieu vous entende ! » murmura-t-il. Cette prière m'agaça et je me dirigeai vers la fenêtre entrebâillée pour l'ouvrir à deux battants. Le jardin était désert à l'exception d'un merle qui sautillait au milieu d'une allée. De temps à autre il s'arrêtait pour lisser ses plumes à coups de bec, puis repartait en regardant à droite et à gauche d'un air avisé comme ces gens qui donnent l'impression de travailler quand ils ne font rien. On n'entendait que la musique des jets d'eau et des fontaines et la délicatesse du ciel entre les marronniers éveillait une nostalgie paisible : « Oui, c'est un jour ordinaire. Il faut être fou pour penser le contraire! » me dis-je en réprimant un frisson, car l'odeur tiède de la terre mouillée et le parfum doucereux des feuilles me mettaient mal à l'aise. Je m'écartai de la fenêtre et décidai brusquement d'écrire à ma fille, mais à peine assis devant la feuille blanche je m'aperçus que les mots se dérobaient sous ma plume. L'idée que ma lettre serait ouverte et déchiffrée par un responsable de la Commune m'ôtait toute pensée. J'alignais cependant des réflexions machinales sur le papier soit pour demander à Adèle si les eaux de Bath convenaient à sa santé et si elle faisait d'agréables rencontres sur les bords de l'Avon, soit pour me plaindre de la chaleur qui régnait à Paris. J'arrivai au bout de la page quand La Marche m'annonça la visite de Mme de Buffon. Je lui fis signe de patienter, retournai la feuille pour ajouter un mot de tendresse, puis, après réflexion, un mot plus tendre encore, pliai ma lettre lentement, la donnai à La Marche en lui demandant de la cacheter et rejoignis Agnès qui s'étonna de m'avoir attendu : « J'ai cru que vous n'aviez pas envie de me voir. D'ordinaire, vous êtes prompt. » Ses pommettes étaient rouges et ses mains crispées : « J'écrivais à ma fille. Pardonnez-moi! » dis-je en l'embrassant. Elle se dégagea sans toutefois me repousser et se mit à parler très vite : « J'ai l'impression, Philippe, que vous ne savez rien. On tue beaucoup depuis ce matin. Le sang coule à flots devant les prisons. Des ruisseaux de sang qui éclaboussent les passants. – Allons donc! m'écriai-je en ricanant, qui vous a raconté cela! – Mais tout le monde! répondit-elle en s'échauffant, tout le monde! Trois personnes au moins dont l'une d'elles m'a montré le sang répandu sur sa chaussure et sur son bras. Vous ne me croyez pas ? Je l'ai vu. J'ai vu le sang sur la chaussure. » J'étais furieux contre elle, furieux contre ces nouvelles épouvantables, furieux contre moi qui refusais de les croire en ne doutant pas de leur réalité, furieux contre notre époque de tragédie et furieux contre ce Paris malade, empoisonné par la fièvre : « Je suis fatigué d'écouter ces horreurs, dis-je en faisant le tour du salon au pas de charge, fatigué, excédé même ! Le mal vient de l'écho qu'on leur donne. Si l'on se taisait, tout s'arrangerait. » Elle hocha la tête d'un air incrédule, puis changea d'attitude et prit le parti de me donner raison : « Oui, peut-être. Les gens exagèrent à plaisir. J'ai eu tort de les écouter. Venez près de moi ! » Je n'ai jamais su résister à son sourire quand elle mouille ses lèvres d'un coup de langue. Sans la moindre hésitation, je me réfugiai dans ses bras.

En fin d'après-midi, La Marche vint m'informer qu'une affiche me concernant était placardée à l'entrée du Palais-Royal. Il n'avait pas osé la détacher du mur sans m'avertir. Je descendis aussitôt avec lui. Il s'agissait de la lettre de Marat dont j'ai déjà parlé. En lisant cette étrange missive, je ne sursautai même pas, d'abord parce que cette demande de 15 000 livres formulée par le journaliste ressemblait à une plaisanterie, ensuite parce que son préambule intimidant : « Dans l'état actuel des choses, vous ne pouvez faire votre salut qu'avec les sans-culottes » ne m'apprenait rien, enfin et surtout parce que j'avais l'esprit ailleurs. Je m'apprêtais à remonter chez moi en compagnie de La Marche quand deux hommes soutenant une femme traversèrent le jardin en courant et disparurent au détour d'une galerie sous une porte cochère. Un passant nous dit que c'étaient des aristocrates qui se cachaient : « Je suis trop vieux pour les prendre en chasse, mais vous auriez pu le faire, ajouta-t-il en me dévisageant. – A mon avis, dit un autre, ce sont des prisonniers qui ont réussi à s'évader du Châtelet. – Ou de l'Abbaye, renchérit un troisième, ils ont eu de la chance car on les égorge tous. Écoutez! On les entend d'ici. » Involontairement, je prêtai l'oreille. Alors, au bout d'une seconde de contention, il me sembla percevoir des cris de haine et de douleur confondus dans une sorte de brouhaha lugubre : « Rentrons! » dis-je à La Marche après avoir serré les dents. Au salon je retrouvai Agnès prête à partir. Elle aurait bien voulu passer la nuit sous mon toit mais il lui paraissait urgent de regagner sa maison où elle devait prendre certaines précautions et trier sa correspondance car elle redoutait une perquisition domiciliaire. Son départ m'attrista non sans me soulager quelque peu car j'avais besoin de me retrouver seul avec mes valets sans être obligé de parler.

Elle revint le lendemain matin vers onze heures en compagnie de MM. Stevenson et Jenkins, deux citoyens anglais que nous avions connus à Londres dans l'entourage du prince de Galles. A cette époque ils affichaient des idées libérales et ne cachaient pas leur sympathie pour notre Révolution, estimant que la France se comportait comme un pays jeune, plein de vaillance et d'imagination alors que la vieille Angleterre sous la férule de Pitt s'enlisait dans la routine monarchique. Mais en deux ans la Révolution avait changé. Le mouvement d'idées qui promulguait des réformes salutaires était devenu un pouvoir en transes, capable des pires excès. Je trouvais que MM. Stevenson et Jenkins avaient bien de l'audace de se promener dans Paris en ce moment. Leur costume à l'ancienne mode et leur accent pouvaient éveiller les soupçons des patriotes qui voyaient des espions partout et pratiquaient une justice expéditive. Ne sachant comment les prévenir, je les félicitai de leur courage : « Courage ? Et pourquoi donc ? » demanda M. Stevenson avec une intonation britannique superbe. Je tentai de leur expliquer en trois phrases les dangers qu'ils couraient et Agnès fit une allusion discrète aux massacres qui se déroulaient dans les prisons : « J'ai appris ce matin, dit-elle, qu'aux Carmes les prêtres essaient de s'enfuir par les jardins et se cachent dans les arbres mais on les débusque avec des crochets. – C'est possible, observa M. Jenkins en souriant, mais nous sommes si contents d'être ici. Paris est une ville qui bouge. A Londres, actuellement, tout le monde dort. » Je faillis lui répondre que j'enviais les Londoniens et leur ville immobile, mais les propos irrationnels de ces deux visiteurs me plaisaient. Leur intrusion détournait le cours de mes obsessions inavouées. Sur un ton alerte je les invitai à dîner et me surpris à rire de leur insouciance : « Après tout, me dis-je, leur conduite est la bonne. Ce sont des sages et je ferai bien de les imiter. » Nous allions nous mettre à table quand des hurlements retentirent sous les fenêtres. Cela faisait quelques instants déjà que des bruits de foule parvenaient jusqu'à nous mais nous avions choisi tous les quatre de n'y prêter aucune attention bien qu'ils se rapprochassent et devinssent de minute en minute plus violents. Il nous était difficile à présent de jouer les sourds car la foule scandait mon nom : « On vous appelle ! » dit Agnès en pâlissant. Elle m'accompagna sur le balcon, suivie par les deux Anglais. Ce que je vis alors est trop abominable pour être décrit. Ma mémoire se révolte contre les mots qui me paraissent vides de sens. A hauteur de mes yeux, il y avait une chose immonde. Une voix avinée cria : « D'Orléans, c'est la Lamballe! » Je ressentis une douleur à la poitrine et m'accrochai des deux mains à la balustrade. La longue chevelure blonde dont je connaissais la soie tombait le long de la pique comme de l'étoupe. Seule, une mèche demeurait collée à la tige de fer poissée de sang au bout de laquelle le visage de Marie-Thérèse n'était plus qu'une fleur de cauchemar : « La Lamballe! La Lamballe! » hurlaient des mégères et des bouchers au point de m'étourdir et de faire jaillir sous ma langue un jet de bile. Une sorte de charbonnier à demi nu qui portait des viscères en guise de collier vociféra : « On vient de chez l'Autrichienne. Elle a tout vu, comme toi! » Je reculai pas à pas jusqu'au salon où je retrouvai Agnès à moitié évanouie sur un fauteuil. M. Jenkins lui faisait boire un peu d'eau tandis que M. Stevenson murmurait indéfiniment : « Shameful! Shameful! » Soudain, Agnès écarta le verre d'eau et gémit : « Ah, mon Dieu! Ma tête se promènera un jour de cette manière! » puis elle couvrit ses paupières de ses mains tremblantes. Incapable de prononcer une parole, je regardai ses doigts fluets, agités de secousses et j'écoutai M. Jenkins qui baissait la tête d'un air malheureux et murmurait à son tour : « Shameful! »

La matinée du 31 juillet nous a réservé une surprise : ce n'est pas Ferral qui est venu chercher Beaujolais pour la promenade, ni Laugier non plus, mais un grand garçon timide d'allure et boutonné jusqu'au col malgré la canicule. Il s'est présenté comme « secrétaire du département, administrateur par intérim » et nous a dit qu'il s'appelait Joseph Savournin. La politesse un peu étriquée de ses manières m'a plu, autant que la fine moustache qu'il portait au mépris de la mode et qui lui donnait le profil d'un mousquetaire. Quand il est revenu avec mon fils en fin de matinée celui-ci l'a remercié deux fois avec un sourire dont l'éloquence a piqué ma curiosité. Le citoyen Savournin a esquissé un geste qui signifiait : « C'est peu de chose ! » m'a salué d'un mouvement de tête, a refermé la grille avec soin et s'est éloigné à grands pas. Aussitôt, Beaujolais s'est tourné vers moi avec élan : « Oh, père, je suis si content ! Cet homme est un ange du bon Dieu ! » Sur un ton volubile qui le faisait bégayer il m'a expliqué comment dans l'escalier il avait demandé à Savournin la permission de voir Montpensier. Il avait posé la question à tout hasard, par acquit de conscience et sans aucun espoir, et voilà que Savournin avait répondu d'un air sérieux : « Combien de temps voulez-vous rester avec lui ? » Son regard était net, sans fausse lueur ni moquerie. Beaujolais dont le cœur battait à se rompre avait réussi à dire d'une voix ferme : « Deux heures, s'il vous plaît ! » Aucun n'avait pris conscience de la faute qu'ils venaient à tour de rôle de commettre en prononçant ce « vous » d'Ancien Régime. Savournin avait ouvert la porte du cachot et enfermé les deux frères au moment où ils se précipitaient dans les bras l'un de l'autre. Beaujolais que son récit venait d'échauffer a poussé un gros soupir avant d'ajouter : « Papa, c'est terrible de penser que vous n'étiez pas avec nous ! Mais nous n'avons parlé que de vous. » J'ai voulu savoir comment Montpensier supportait sa détention et s'il était en bonne santé. Beaujolais n'a pas répondu directement à la question mais a soutenu en riant que son frère témoignait d'une audace sans précédent : « Il ridiculise nos gardiens à plaisir. L'autre jour, à l'heure du repas, il a répondu à Laugier qui lui ordonnait de partager le poulet en deux : “ Tu me donnes là un conseil superflu, citoyen administrateur. Seuls les sauvages portent une volaille entière à la bouche. Les hommes civilisés de ma famille la coupent en morceaux d'abord. ” Ah, je vous assure, mon père, qu'il n'a pas changé et qu'il est digne de vous. Nous sommes restés deux heures ensemble, sans témoins, dans son affreux cachot du Moyen Age mais nous étions si heureux et le temps nous a paru si court ! » Il débordait de confiance et d'espoir, persuadé que la conduite généreuse de Savournin approuvée par l'administration annonçait une période de clémence en attendant la défaite du général Carteaux qui entraînerait notre libération. Ces augures me paraissaient fort chimériques mais leur optimisme enfantin me faisait du bien et je n'avais ni le désir, ni le courage de repousser le soulagement illusoire qu'ils me procuraient.

Il m'est arrivé une chose étrange cette nuit. Je me suis réveillé en sursaut avec le sentiment que Beaujolais venait de me parler. Je me suis penché vers lui dans l'obscurité sans parvenir à distinguer son corps allongé sur l'autre lit et je l'ai appelé doucement. Il n'a pas répondu et j'ai constaté en écoutant sa respiration qu'il dormait paisiblement. J'allai reposer ma tête sur l'oreiller et fermer les yeux quand j'ai vu Marie-Thérèse en pensée : elle m'a souri avec amitié, puis sa lèvre s'est retroussée de manière atroce et j'ai retrouvé son visage au bout d'une pique.

En dépit de mes appréhensions et de certaines répugnances intimes qui me donnent le mal de vivre, il m'est impossible aujourd'hui de ne pas revenir sur les journées qui ont suivi le martyre de ma belle-sœur. Le 4 septembre au matin j'appris que le ci-devant comte de Montmorin figurait au nombre des prisonniers assassinés. Bien qu'il m'eût chargé naguère d'une mission fictive à Londres pour débarrasser le Roi de ma personne, je me souvenais de lui sans acrimonie comme d'un ministre aimable et sa mort me frappa de stupeur. Le lendemain, alors que je revenais de chez Mme de Buffon et qu'il devait être environ minuit, je fus abordé sous les arcades du Palais-Royal par un personnage inquiétant que je pris dans l'ombre pour un malandrin : « Un instant, citoyen ! » dit-il. Je pressai le pas sans répondre mais il me dépassa légèrement et, sous une lanterne, je reconnus le romancier Restif de la Bretonne que j'avais rencontré jadis auprès de Beaumarchais chez la duchesse de Luynes où sa verve et sa fantaisie m'avaient diverti. Il était enveloppé dans un grand manteau de toile qui traînait jusqu'à terre et portait un tricorne à larges bords hérissé de plumes extravagantes. Je le saluai sans déplaisir. Il me dit qu'il voulait me parler et je lui demandai à quel sujet : « Qu'importe! répondit-il en écartant les bras, nous ne sommes pas à l'école mais dans la rue. Ici, tous les sujets me conviennent. » Je lui fis observer qu'il était plus de minuit et que j'étais impatient de me mettre au lit. Cette remarque parut le laisser indifférent car il s'arrêta devant moi et me barra le passage en souriant pour exprimer sa joie de m'avoir rencontré. A l'entendre j'appartenais à l'élite des caractères et seuls les goitreux pouvaient se dispenser de m'admirer. Ces compliments effrénés, débités à grande allure, s'accompagnaient de mimiques qui donnaient le change et résorbaient leur démesure vulgaire. Je n'ai jamais su repousser les flatteurs. Les louanges les plus plates me paralysent. Or, celles-ci formulées sous une lanterne avec malice ne manquaient pas de charme, encore que je fusse parfaitement convaincu de leur vénalité. Mais il faut croire que cet énergumène savait lire dans les âmes car il déclara à brûle-pourpoint : « N'allez pas vous imaginer, Monseigneur, que j'ai besoin d'argent et que je vous flagorne à dessein! » Sa manière plaisante de dire « Monseigneur » m'amusa, non sans me froisser quelque peu, et je lui conseillai de m'appeler citoyen pour suivre les usages : « Tu as raison, me dit-il, le respect des nouvelles mœurs est une garantie de longue vie par le temps qui court. » Ne sachant comment abréger cet entretien et ne souhaitant pas non plus le casser, je proposai sans grand enthousiasme au romancier de vider une bouteille chez moi, mais à ma vive surprise il répliqua : « Non, merci. Je sais que tu n'en as pas envie, et je préfère rester ici. Nous serons mieux à la fraîche pour nous entretenir de ce qui nous préoccupe. Au fait, j'ignore ce qui te préoccupe et ce dont je me soucie, mais nous finirons bien par le trouver. Rassure-toi, ce ne sera pas long... à condition de nous asseoir dans le jardin. » Je le suivis sous les marronniers et m'assis à ses côtés sur la margelle d'un bassin, tournant le dos à la fontaine dont les gouttelettes sous l'effet de la brise frappaient ma nuque de temps à autre : « Nous sommes, tous les deux, amis de la Révolution, dit-il. Nous avons travaillé pour elle et nous continuerons, n'est-ce pas ? – Certainement ! » répondis-je mal à l'aise. Il posa la main sur mon bras en disant que nous étions faits pour nous comprendre à demi-mot, la retira et se mit à siffloter. Outré et fasciné par sa désinvolture, je le regardai de profil : son nez aplati au centre et recourbé à l'extrémité comme un bec de perroquet rejoignait la lèvre supérieure d'une mobilité peu ordinaire. Il avait ôté son chapeau et ses cheveux s'écartaient du front fuyant pour s'amasser sur les oreilles en touffes de foin. Jamais disgrâce physique ne m'avait paru plus expressive, à cause des yeux, sans doute, ombragés de cils féminins et qui jouaient avec les reflets de la lune : « Rien ne m'étonne, reprit-il d'une voix claire, sauf les tueries imbéciles. Dans la nuit du 2 au 3 septembre j'ai entendu passer sous mes fenêtres une troupe de cannibales dont aucun ne me parut avoir l'accent du Parisis. Ils chantaient, rugissaient : " Allons à La Force ! Allons aux Bernardins ! Allons à Saint-Firmin ! " et tous reprenaient en chœur : " Vive la Nation ! " quand l'un d'entre eux qui se tenait en retrait, saisi d'une lugubre inspiration, s'est mis à hurler soudain : " Vive la mort [25] ! ". Ils sont allés égorger les galériens et les prêtres de Saint-Firmin coupables d'être en vie. Mais je pense à cette brute qui a crié : " Vive la mort ! " Il faut avoir l'âme bien crottée pour trouver des mots pareils. » Il m'interrogea du regard pour connaître mon avis, mais je réussis à me taire, feignant d'écouter, tête levée, le frémissement des arbres et celui de la fontaine. Alors, encouragé par mon silence reçu comme une adhésion de l'esprit, il me raconta comment il avait pris la fuite le lendemain en voyant les morts entassés sur les marches du Châtelet après avoir croisé devant la Conciergerie un tueur « au poignet enflé de fatigue ». Soudain, changeant de ton, emporté par une irritation contrôlée, il me dit qu'il haïssait les prêtres réfractaires. Selon lui, ces gens-là méritaient leur sort car ils appartenaient à une minorité ennemie de la patrie : « Dieu n'aime qu'une chose, ajouta-t-il avec feu, c'est l'ordre, autrement dit la perfection. Et l'ordre se trouve toujours dans l'accord de la majorité ; la minorité est forcément coupable, eût-elle raison moralement. » Ce discours débridé dont le cynisme heurtait mon éducation chrétienne flattait mon souci d'équilibre et de tranquillité : « Après tout, me dis-je, ce fou a raison. Un homme raisonnable se tient toujours du côté de la majorité. » Je me levai, affirmant qu'il était temps de nous séparer. Il remit son chapeau sur la tête et l'ôta une minute plus tard sous les arcades pour me quitter dans un grand mouvement de plumes, d'étoffe et de théâtre.

Auparavant, dans l'après-midi, j'avais reçu la visite de Grace Elliott qui d'une voix brisée avait évoqué les derniers instants de la princesse de Lamballe. De son récit haché par l'émotion ma mémoire n'a retenu que des détails épars : au débouché de la prison, Marie-Thérèse, poussée dans la rue des Ballets, aperçut les corps amoncelés sur le pavé et perdit connaissance.

Ses juges aux manches retroussées la ranimèrent avec une serviette trempée dans le vin, puis, la tenant fortement sous les bras, l'obligèrent à marcher sur les cadavres [26]. Un ivrogne voulut lui ôter son bonnet d'un coup de sabre mais la lame mal dirigée atteignit la joue, et le sang gicla. Ici, Grace se mit à sangloter : « La suite est horrible! » balbutia-t-elle, incapable d'ajouter un mot. Je regardai les larmes inonder ses yeux bleus et retenai avec force les miennes. Trompée par l'apparente dureté de mon visage, elle me reprocha de ne penser qu'à moi et ce malentendu m'indigna : « Me croyez-vous à ce point dénaturé ? » dis-je en m'éloignant, mais arrivé devant la porte je fis volte-face, revins sur mes pas et ajoutai sans le vouloir : « Je suis très malheureux! » Cet aveu indécent me fit rougir alors que Grace, loin d'être embarrassée, souriait en essuyant ses larmes : « Ah, Philippe, je savais bien que vous aviez du cœur! » dit-elle en s'emparant de mes mains pour les presser sur sa poitrine, mouvement de tendresse qui me mit au supplice car j'ai horreur de m'attendrir devant témoins : « Et maintenant, maintenant ? reprit-elle sur un ton de ferveur autoritaire, arrachez-vous aux griffes de ces misérables! Ne les laissez pas abuser de votre nom pour commettre des assassinats! » Ces propos me troublèrent d'autant plus crûment que je les attendais depuis des semaines, tout en feignant de croire que ce moment ne pouvait arriver, que jamais personne n'exigerait des comptes et ne me demanderait de choisir entre les idées et leurs conséquences, entre le cri de ralliement et le crime. Je dégageai mes mains sans douceur pour répondre, le souffle court : « Tout cela semble facile dans un salon. Vous ne savez rien de ma position. Je ne suis plus le maître de mon nom, ni de ma personne. N'oubliez pas que nous sommes entourés d'espions et qu'on n'a pas le droit de parler comme vous les faites. » Elle ouvrit la bouche pour répliquer mais y renonça après réflexion et la pitié que je lus dans son regard m'exaspéra. Je faillis m'emporter, lui crier que j'avais peur, que j'avais toujours eu peur des braillards et des tueurs, que j'étais lâche et que c'était mon droit. Le tremblement de mes lèvres lui parut anormal. Elle crut que j'avais la fièvre et s'en inquiéta : « Vous devriez vous allonger, Philippe. » Soucieux de me retrouver seul, je lui dis qu'en effet j'avais besoin de me reposer. Elle me quitta sur-le-champ après avoir hoché la tête d'un air navré.

Le 11 septembre 1792, je me présentai à la section de la Butte des Moulins, dans le district de Saint-Roch dont dépendait le Palais-Royal, pour poser ma candidature à la Convention Nationale. Mais le nom que je donnais : « Louis-Philippe-Joseph d'Orléans » souleva des protestations à cause de son caractère « féodal ». On voulut connaître mon nom de famille et comme j'expliquai que je n'en avais pas il me fut conseillé de m'adresser à la Commune qui trancherait sur la question, ce que je fis le jour même par lettre.

Le 15 septembre, je me rendis à l'Hôtel de Ville pour empêcher que ma fille ne fût portée sur la liste des émigrés, car cette formalité redoutable pouvait entraîner la confiscation des biens et l'emprisonnement des parents. Introduit devant le Grand Conseil composé de cent quarante-quatre membres, je déclarai qu'Adèle se trouvait en Angleterre pour raison de santé et comptait revenir en France incessamment. Manuel, le procureur de la Commune, profita de l'occasion pour monter à la tribune et lire, aux applaudissements de la salle, l'arrêté suivant :

« Louis-Philippe-Joseph et sa postérité porteront désormais le nom d'Égalité. » Le ridicule de ce choix me frappa et je ne pus retenir une grimace remarquée par le président Huguenin, lequel, feignant de me consulter pour la forme, me demanda si je préférais le nom de « Publicola ». Je répondis que celui d'Égalité me convenait mieux, ajoutant, pour dissiper tout soupçon et parfaire le mensonge, que la Commune ne pouvait en choisir de plus conforme à mes goûts et à mes opinions.

J'avais posé ma candidature à la Convention pour faire acte de civisme et prouver mon intérêt à la chose publique mais je n'avais aucun espoir d'être élu et, dans le secret de mon cœur, ne le souhaitais pas. La perspective d'écouter d'interminables philippiques et de prendre parti sans conviction entre deux factions ennemies ne me souriait guère en dépit du respect tout à fait relatif qu'attirerait sur ma personne un succès inattendu. Aussi fus-je encore plus embarrassé que surpris d'apprendre que le citoyen Égalité avait été promu député de Paris. Le jeudi 20 septembre, la Convention se réunit pour la première fois au palais des Tuileries dans la « salle des cent-suisses », puis le lendemain dans la salle du Manège occupée la veille par l'Assemblée Législative. J'allai m'asseoir sur les gradins de la Montagne aux côtés de mes confrères parisiens, plus près de Merlin de Douai ou de Treilhard toutefois que de Robespierre, du boucher Legendre ou de Collot d'Herbois. Cette situation m'attira les quolibets des Girondins qui après s'être moqués de mon « ascension » s'attaquèrent directement à mes alliés, les accusant de m'élever à leur hauteur pour monter sur ma fortune, à quoi les Montagnards répliquèrent que ces considérations d'argent trahissaient des âmes basses incapables précisément de s'élever. Le samedi 22 septembre, Henri Grégoire, évêque constitutionnel de Blois, se présenta à la tribune et déclara : « Les rois sont dans l'ordre social ce que les monstres sont dans l'ordre physique. Les Cours sont l'atelier des crimes et la tanière des tyrans. Nous savons trop bien que toutes les dynasties n'ont jamais été que des races dévorantes qui ne vivaient que de chair humaine. Je demande donc que par une loi solennelle la Convention consacre l'abolition de la royauté [27]. » Cette proposition déchaîna des acclamations enthousiastes et fut votée sans discussion. Comment ai-je pu écouter sans ironie les propos grotesques de cet élève des Jésuites qui avait oublié leur dialectique onctueuse pour adopter le vocabulaire des enragés ? Il m'eût suffi d'imaginer le pauvre Louis XVI dans sa « tanière » et sous les traits d'un « monstre avide de chair humaine » pour éclater de rire; mais on ne riait jamais à la Convention où le pathos et l'hyperbole étaient de rigueur. Pourquoi ai-je applaudi l'évêque Grégoire avec ferveur ? Tout simplement parce que j'étais sincère. Il n'y a rien de tel que la peur inavouée pour répandre la sincérité de cœur en cœur. Et lorsque Danton, tourné vers le président, se dressa entre les bancs et tonna : « En nous députant ici la nation française a créé un grand comité d'insurrection générale des peuples contre tous les rois de l'univers! » j'applaudis encore, refusant de me rappeler que Louis XVI était mon cousin et que, deux ans plus tôt, au cours de ma mission à Londres, j'avais brigué le trône de Bruxelles et celui des Pays-Bas; mais en cela je ne faisais qu'imiter mes confrères qui niaient le passé. A leurs yeux l'histoire de France commençait demain et la mémoire, considérée comme un dangereux préjugé, ne pouvait que brouiller les idées en faussant les vertus.

Les jours suivants je me fis un devoir d'assister à toutes les séances mais cette assiduité de commande me coûta de fastidieux efforts. Certes, il m'arrivait de trembler d'émotion lorsque des clameurs chaleureuses éclataient dans la salle. Alors, je criais comme les autres et je battais des mains sous l'empire d'une excitation où la lucidité n'avait pas accès. Il me semblait qu'une force neuve se dégageait de notre assemblée, qu'elle finirait par tout balayer sur son passage et je n'étais pas fâché de me trouver sur sa trajectoire comme un adulte un peu trop mûr s'illusionne et se félicite de rallier la jeunesse. Mais ces extases ne duraient qu'un moment et, le reste du temps, j'éprouvais un malaise croissant au milieu de ces orateurs qui ne partageaient aucun de mes goûts et dont les discours de révolte éternelle me plongeaient dans une funeste torpeur. C'est ce que je confiai à Chartres les premiers jours d'octobre, quand il revint à Paris après la victoire de Valmy : « Que tu es heureux, mon fils, d'avoir échappé à cette galère ! C'est d'un ennui à avaler sa langue ! » Il me dit qu'il le concevait fort bien, puis après un instant de réflexion, me demanda pourquoi j'avais rejoint le camp de la Montagne. Cette question apparemment inoffensive m'irrita : « Tu en parles à ton aise, répondis-je, tu devrais savoir que les autres partis me repoussent, notamment ces Girondins dont tu admires l'éloquence et qui font des dupes dans ton genre ! » Chartres a l'avantage de ne pas se montrer susceptible dans une discussion. Cette qualité lui permet de ne pas heurter son interlocuteur et de revenir à la charge sans en donner l'impression : « Mais, reprit-il sur un ton de douce prudence, croyez-vous que les hommes de la Montagne puissent être vos amis ? – Des amis, c'est beaucoup dire, répliquai-je, et je ne suis pas si naïf, mais il se trouve qu'ils ont sollicité mon alliance. Il m'était difficile de les éconduire. – Évidemment! » reconnut Chartres pour mettre un terme à cet entretien.

En réalité, j'avais un peu menti. Les Montagnards n'avaient pas sollicité mon alliance. Persuadés que je leur appartenais, ils la considéraient comme acquise et je n'avais rien tenté pour les en dissuader. Je m'étais même rapproché d'eux. Sans doute parce que je les sentais profondément différents de moi et qu'ils m'intimidaient davantage que les Girondins dont les bribes d'éducation et d'élégance rappelaient de loin l'Ancien Régime. Et peut-être à travers mes répugnances étais-je séduit par leur simplicité d'esprit, la démesure de leurs propos, l'iniquité souveraine de leurs passions, le débraillé de leurs vertus comme un enfant élevé dans la soie recherche la compagnie des bohémiens ou des gueux, déchire son costume de velours et rêve de tuer son père.

Au cours de sa promenade Beaujolais a rencontré ma sœur sur le chemin de ronde et a pu s'entretenir quelques instants avec elle. Louise-Bathilde qui bénéficie d'un régime plus clément que le nôtre et d'une surveillance relâchée a réussi à obtenir en cachette des nouvelles de la capitale avec laquelle la commune de Marseille interdit toute communication depuis le 31 mai. Grâce à elle et par le truchement de Beaujolais, j'ai appris que les Parisiens disposent maintenant de cartes d'alimentation et qu'une loi du 26 juillet condamne à mort les accapareurs, mais ces mesures n'ont rien arrangé, paraît-il. On ne trouve plus aucune marchandise dans les boutiques, ni sucre, ni huile, ni chandelles et pour avoir du pain de mauvaise farine il faut passer toute la nuit aux portes des boulangeries. La Convention a décrété la confiscation de tous les métaux précieux et l'arrestation de vingt-neuf députés Girondins qui ne seront pas conduits en prison mais gardés à domicile. Enfin la Reine Marie-Antoinette a été transférée du Temple à la Conciergerie pour être traduite devant le tribunal révolutionnaire. Auparavant, on l'avait déjà séparée de son fils et Louise-Bathilde a jugé la punition cruelle. Elle s'est engagée à prier pour elle chaque jour et Beaujolais s'en est étonné : « Je croyais, papa, que l'Autrichienne avait fait beaucoup de mal à notre famille. » Cette remarque m'a jeté dans l'embarras : « Sans doute, ai-je répondu, mais il n'est pas défendu d'avoir pitié. » Mon fils aurait souhaité poser d'autres questions mais je l'ai découragé du regard et lui ai tourné le dos pour regagner ma table et mes papiers. Comment expliquer à un enfant de treize ans que mon jugement sur Marie-Antoinette n'était plus le même depuis que je partageais un sort analogue au sien ? En comparaison de nos épreuves et de nos angoisses concrètes, notre haine de famille paraissait bien creuse, nos griefs et nos assauts de vanité inconsistants. A la fin du mois de mars, alors que je circulais librement dans Paris, incapable d'imaginer qu'une semaine plus tard je serais enfermé à l'Abbaye, un Jacobin dont j'ai oublié le nom m'avait dit en riant qu'après l'exécution de « Louis Capet » la ci-devant Reine de France ressemblait à « une vieille femme ordinaire ». Et moi qui l'avais connue si jeune et si fière, dotée d'une fraîcheur et d'une grâce incomparables, j'avais ri à mon tour méchamment. Je refusais de prendre son infortune au sérieux sous prétexte qu'elle n'avait jamais aimé son mari et que la prison du Temple où elle vivait désormais en compagnie de ses enfants et de ses domestiques était l'ancien palais de mon oncle, le fastueux Louis-François de Conti qui recevait ici même, chaque lundi, tout ce que Paris comptait de prestigieux par la naissance ou par le talent. Pourtant, je me doutais bien que sa condition de mère et de veuve était affreuse, qu'elle se trouvait privée du nécessaire en même temps qu'exposée à d'ignominieuses humiliations, mais je feignais de l'ignorer par tranquillité de conscience, parce qu'il m'était commode de penser que je la détestais encore un peu, qu'elle méritait sa punition et que celle-ci n'avait rien de proprement inhumain. Mais aujourd'hui cette tricherie me devient impossible. La prison dont je connais la dure réalité a cessé pour moi d'être une idée. On peut facilement jouer sur les idées, les brouiller ou les étaler en société comme des cartes, mais la réalité répugne au tripotage, au maquillage, et désormais je ne saurais me détourner des sentiments que j'éprouve pour ma Reine : cette compassion fraternelle et ce respect qui dépassent mon orgueil en effaçant le passé. Je sais que, traduite devant le tribunal révolutionnaire, elle sera obligatoirement condamnée pour être exécutée le lendemain et cette évidence cruelle me rappelle les menaces qui pèsent sur ma propre existence. Alors, je ne peux différer plus longtemps l'aveu capital qui empoisonne mon sang : depuis mon arrestation, le 8 avril, je n'ai pas connu un seul jour, une seule nuit sans que la pensée de la mort ne me visitât et sans que le profil de mon cousin Louis ne se confondît avec mon ombre sur les marches de la guillotine.

Je me souviens d'une conversation que j'eus avec Chartres l'hiver dernier, au Palais-Royal. Je l'avais fait revenir de Liège après la victoire de Jemmapes pour le convaincre de conduire Adèle en Belgique où elle échapperait aux mesures de police. C'était le 2 décembre 1792. On peut s'étonner au passage de toutes les précisions que je donne sans consulter le moindre carnet de notes mais j'ai toujours eu la mémoire des dates et l'absence des distractions où je me trouve réduit pourrait bien aiguiser celle-ci. Je disais ce jour-là à mon fils aîné que sa sœur n'aurait jamais dû quitter l'Angleterre pour revenir à Paris sans avoir obtenu sa radiation sur la liste des émigrés. J'étais fort irrité contre Mme de Genlis qui l'avait accompagnée et j'en faisais part à Chartres quand éclatèrent dans le jardin des clameurs forcenées : « A la guillotine Capet! » Chartres voulut s'approcher d'une fenêtre ouverte mais je le retins par le bras : « Inutile! Ne te montre pas! C'est tous les jours comme ça! » Ma réflexion le laissa rêveur et l'inquiéta. Il me fit remarquer qu'en province on n'entendait jamais de pareils cris : « Sans doute, répondis-je, mais la province sommeille et tout se décide à Paris. Le procès du Roi est inévitable. » Chartres me conjura de n'y prendre aucune part, affirmant que je pouvais fort bien me récuser en tant que parent de l'accusé. Je lui rappelai qu'aux termes de la loi le citoyen Philippe Égalité n'avait plus aucun lien de famille avec Louis Capet. Alors, ce juriste impénitent invoqua l'article II de la Constitution de 1791 : « La personne du Roi est inviolable et sacrée » et sa candeur militaire me fit perdre patience : « Invoquer ce texte discrédité serait d'une maladresse insigne. N'oublie pas que Louis XVI a violé la Constitution, que son dessein était de l'abolir pour rétablir la monarchie absolue. » Il reconnut le bien-fondé de ma repartie mais son regard demeurait sceptique. Éloigné de Paris par la guerre, habitué à échanger des idées simples avec ses officiers, il s'illusionnait sur la sagesse des révolutionnaires et croyait à leur respect de la légalité. Il ne soupçonnait ni l'indignation spécifique des Parisiens, ni la frénésie générale des esprits depuis la découverte au Temple des documents contenus dans l'armoire de fer [28]. On savait maintenant que Louis XVI avait entretenu une correspondance criminelle avec les princes étrangers, qu'il avait organisé de Paris à la frontière une véritable chaîne de corruption. Sa trahison ne faisait aucun doute. Un député de la Convention pénétré de ses responsabilités et de ses devoirs ne pouvait refuser de le juger, ni de le condamner. C'est ce que je tentai d'expliquer à mon fils, ajoutant qu'il ne restait plus qu'un souhait à formuler : voter en masse pour la détention perpétuelle ou le bannissement afin d'éviter la peine capitale. C'était, me semblait-il, hélas, le vœu des Girondins dont la majorité répugnait au régicide et n'osait l'avouer. Il m'était difficile de pencher de leur côté sans heurter mes alliés de la Montagne. Je m'empressai de le dire à Chartres toujours prêt à me reprocher cette alliance et, pour couper court, changeai brutalement de sujet : « Vraiment, tu m'obligerais si tu accompagnais Adèle à Tournai avant la fin de la semaine. »

Il existe des certitudes qui échappent à la conscience, comparables à ces phénomènes occultes que la pensée refuse de connaître alors qu'elle est influencée par eux. Aux premiers jours de décembre 1792, je savais que le roi de France serait guillotiné. Cette intime conviction ne m'empêchait nullement de tenir le langage du doute, ni de m'accrocher sincèrement à l'idée que l'on pouvait sauver mon cousin. Le fatalisme est la morale des lâches et je ne cherche pas à me disculper. Pourtant, j'ai lutté de toutes mes forces contre ce penchant, mais chaque fois que j'ai sollicité le moindre espoir, imaginé un discours, une intrigue politique, une croisade capables d'obtenir la grâce de Louis XVI, j'ai vu le couperet tomber dans mon esprit. En fait, c'était dans ma chair, dans mes nerfs que j'étais averti, persuadé qu'il n'y avait rien à tenter, même quand j'écoutais le parti de la clémence pour me ranger finalement du côté des loups. Et quand bien même j'eusse mûrement réfléchi, étudié les motifs de chacun, pesé le pour et le contre, mon raisonnement eût débouché sur la même conclusion car les Girondins qui disposaient d'une large majorité à l'Assemblée et se trouvaient en mesure de retarder le procès ou d'éviter la condamnation à mort subissaient la loi des Montagnards soutenus par la Commune de Paris. Celle-ci tenait en effet les sections qui pouvaient intervenir à tous moments et ravaler à coups de pique l'impétuosité des orateurs. Refroidis par cette menace latente, les Girondins perdaient insensiblement du terrain et leur déroute morale qui donnait du cœur aux enragés m'inquiétait quelque peu sans cesser pour autant de me faire plaisir; car je n'avais aucune estime pour ces révolutionnaires de prétoire, portés au gouvernement par l'émeute dont ils méprisaient les acteurs. Bourrés d'idées sonores, de lectures et de théories, attentifs à ne pas se salir les mains quand le sang coulait à côté d'eux, ils me rappelaient ces philosophes ambitieux, partenaires de Mme de Genlis, qui s'acharnaient à faire de la politique comme on fait des phrases. En face de leurs adversaires dont les traits ne rataient jamais la cible, ils se répandaient en menaces vaines, en accusations imprécises et passaient finalement pour des terroristes de couloir, velléitaires et impuissants. Leur offensive d'automne dirigée sans ordre contre Marat, Robespierre et Danton qu'ils appelaient en ricanant « les triumvirs » échoua lamentablement. Les triumvirs ripostèrent en obtenant le procès de Louis XVI, trouvant ainsi l'occasion de les confondre et de les réduire à merci.

En politique, ce ne sont pas les spéculations raffinées qui portent leurs fruits mais les calculs élémentaires. Celui des Montagnards était d'une rude simplicité : faire du régicide l'épreuve des sincérités républicaines. Tous les députés qui ne voteraient pas la mort du Roi seraient réputés réactionnaires, corrompus, traîtres à la Nation. Dans la rue, le chœur des aboyeurs : « A la guillotine, Capet! » ramènerait les tièdes à la rigueur, les hésitants à la vertu. Quand le procès s'ouvrit, le climat de suspicion était tel et chacun se tenait si résolument sur ses gardes que la Convention ressemblait à un congrès de prédicants austères. Il n'y a rien de plus pernicieux que la crainte quand elle durcit le caractère et prête à ceux qui tremblent intérieurement l'apparence de la fermeté et la passion de la justice. Louis XVI comparut pour la première fois devant l'Assemblée le mardi 11 décembre au début de l'après-midi. Encadré par le maréchal de camp Santerre et le lieutenant général Berruyer, il se dirigea vers la barre d'un pas déterminé. Serré par les uniformes rutilants des deux officiers, son costume terne faisait pitié autant que son couvre-chef éclipsé par les panaches tricolores de ses gardiens. J'étais assis au sommet des gradins et la distance m'empêchait de distinguer ses traits. Aussi n'hésitai-je pas à braquer ma lorgnette sur lui, bien que ce geste pût être interprété par mes voisins de la Montagne comme une raillerie. Je ne l'avais pas revu depuis neuf mois et l'altération de son visage me frappa. Il est vrai qu'une barbe de trois jours suffit à vieillir un homme et la sienne d'un fauve grisâtre lui donnait dix ans de plus, mais c'étaient son nez, son menton et ses joues qui avaient changé, flétris par une sorte de pesanteur vide de chair. Sa chevelure en désordre sous le tricorne accentuait la pâleur de son front dont je devinais la moiteur malgré le froid qui tombait de la verrière. Le président Barère de Vieuzac lui annonça la lecture de l'acte d'accusation et lui donna la permission de s'asseoir. Louis s'installa tranquillement sur la chaise pour écouter d'un air incompréhensif les crimes qu'on lui reprochait. Il ne se troublait que lorsque Barère lui posait une question. En ce cas, il répondait d'une voix mal assurée : « Je ne sais pas... Je ne me souviens pas » ou « Je n'ai pas eu connaissance de cela » ou encore « Il me faudrait consulter les pièces du dossier, sinon je ne peux rien dire. » Son désarroi me touchait directement. C'était l'embarras mortel que les êtres de mon espèce éprouvent au moment de prendre la parole en public. Sa voix n'hésitait sur les mots et ne bronchait contre les syllabes que par timidité comme si le sujet posé ne l'intéressait pas. Il ne s'anima qu'à deux reprises, la première quand Barère lui reprocha d'avoir fait couler le sang français et qu'il s'écria avec force : « Non, Monsieur, ce n'est pas moi ! » La deuxième lorsque le président l'accusa d'avoir distribué des millions dans les faubourgs pour préparer la contre-révolution. Il secoua la tête et répondit : « Je l'ai fait pour un tout autre objet », puis ajouta sur un ton de sincérité qui souleva quelque émotion : « Ah, Monsieur, je n'ai jamais goûté de plaisir plus doux que de donner à ceux qui avaient besoin ! » A ce moment précis l'un des boutons de mon gilet que je tenais machinalement entre les doigts se détacha. Convaincu de n'avoir pas tiré dessus, je le regardai briller dans ma main, me demandant comment il était venu là. Un courant d'air agitait contre le mur, tout près de ma nuque, les drapeaux fleurdelisés suspendus à la voûte et pris aux Tuileries le 10 août par les patriotes. Ce bruit d'étoffe contrariait mon attention retenue par le caractère insolite de la scène et non par l'interrogatoire qui manquait totalement de passion. Barère, préoccupé de paraître impartial, se contentait de poser les questions sans presser l'accusé qui se bornait à des réponses neutres dont la sobriété témoignait moins d'une excessive prudence que d'une indifférence relative à son propre sort. A présent je ne distinguais plus la moindre trace de timidité dans sa voix mais un détachement de soi qui forçait l'estime. Bientôt l'ombre envahit la salle et l'on alluma des flambeaux pour montrer à l'accusé certaines pièces du dossier. Le rapporteur Valazé qui passait pour l'ennemi juré de la Montagne les cueillait l'une après l'autre sur une petite table et les tendait cérémonieusement au Roi qui n'en reconnaissait aucune. Ses dénégations se succédaient dans un silence morne, interrompu de temps à autre par une exclamation indignée partie des gradins ou par le mouvement de colère d'un député qui se dressait entre les bancs et faisait mine de sortir. Il était six heures environ quand le président Barère leva la séance au grand soulagement de tous.

Au Palais-Royal je retrouvai Chartres et Montpensier sanglés dans leur uniforme. Ils étaient arrivés la veille à Paris et comptaient repartir le lendemain pour regagner leur quartier général. J'aurais préféré parler d'autre chose que du procès mais ils se montrèrent résolument impatients de connaître mes impressions. Je leur fis un récit sommaire de l'interrogatoire sans insister sur l'attitude singulière du Roi et ce laconisme surexcita leur curiosité : « Comment peut-il se montrer indifférent en pareille circonstance ? » s'étonna Chartres : « Pas indifférent, détaché plutôt, rectifiai-je sur un ton las. – Et vous affirmez qu'il a tout nié, même l'existence de l'armoire de fer ? C'est insensé ! intervint Montpensier. – Non ! trancha mon fils aîné, c'est une conduite. » Il choisit un bibelot sur la cheminée pour concentrer sa pensée en occupant ses doigts : « En vérité, dit-il, Louis a commis des fautes mais la Nation, de son côté, lui a manqué de respect. » Il lâcha le bibelot, se tourna vers moi en rougissant et la question que j'appréhendais tomba : « Si vous aviez à le juger, mon père, pourriez-vous réellement le condamner ? » A ma vive surprise, je m'entendis répondre : « Non ! » sans la moindre hésitation, puis, après avoir constaté que mon cœur battait très fort, j'ajoutai, les yeux mi-clos, d'une voix presque douce : « Non. Je me récuserai. »

Malheureusement, cinq jours plus tard, une manœuvre intempestive de la Gironde ébranla ma résolution. C'était un dimanche et sur les bancs de la salle du Manège on remarquait de longues places vides. Buzot profita de cette faible affluence pour s'élancer à la tribune et lire un discours soigneusement préparé dans lequel il soumettait au vote de l'Assemblée le bannissement de tous les Bourbons. Selon lui, ma présence sur le territoire mettait la République en danger parce que j'étais populaire, parce qu'on avait promené naguère mon buste dans les rues, que des révolutionnaires corrompus avaient prévu mon accession au trône et que, même si je n'avais rien à me reprocher, ma personne représentait une part de royauté dont la Nation devait se défaire : « Je demande, clama-t-il, que Philippe et ses fils aillent porter ailleurs que dans la République le malheur d'être nés près du trône, d'en avoir connu les maximes et conçu les exemples [29]. » Sur les bancs de la Gironde tout le monde applaudit tandis que mes voisins de la Montagne, surpris et déconcertés par l'offensive, chuchotaient entre eux en évitant de me regarder. L'absence de Marat, de Danton et de Robespierre ajoutait à leur confusion. Mais déjà un autre Girondin Pierre-Florent Louvet, avocat de métier, avait remplacé son complice à la tribune et me montrait du doigt, le bras tendu : « Philippe, je te le déclare, tu jettes au milieu de nous la défiance, l'inquiétude, le germe de toutes les discordes. » Il fallait bondir, répondre sur-le-champ mais cette nécessité me paralysait et je demeurai sans réaction, transi dans ma chemise trempée de sueur. Plusieurs voix s'élevèrent autour de moi pour demander l'ajournement de la question en dépit des cris de

Louvet qui réclamait son vote immédiat. Puis Saint-Just gagna la tribune et de sa voix monocorde déclara : « Je demande, moi aussi, l'exil éternel de tous les Bourbons et la mort de celui d'entre eux qui remettrait le pied en France [30]. » L'émotion m'empêcha d'écouter la suite. Si mes alliés présumés me lâchaient ainsi, je n'avais plus qu'à quitter la salle. Bien entendu, je ne bougeai pas d'un pouce, retenu par le bruit du sang qui frappait mes tempes et mes oreilles. Dans une sorte de brume sonore il me sembla que Saint-Just ajoutait d'un ton acide : « On affecte en ce moment de lier le sort d'Orléans au procès du Roi pour sauver celui-ci ou pallier son jugement. » Merlin de Thionville contre-attaqua au nom de la Gironde, évoqua le souvenir de la faction d'Orléans, m'accusa d'être un ferment de troubles et, pointant le doigt dans ma direction comme l'avait fait Louvet, m'adjura de quitter la France dans les trois jours. Aussitôt, la discussion s'envenima pour devenir tumultueuse. Pierre-René Choudieu qui n'avait pas oublié sa vocation de légiste et son passé de magistrat [31] s'écria que l'Assemblée n'avait pas le droit de chasser de son sein un membre revêtu de la souveraineté nationale. Camille Desmoulins se leva à son tour pour me défendre mais les vociférations de la Gironde couvrirent sa voix et finalement, dans la confusion la plus totale, le décret fut voté.

En attaquant ma personne les Girondins poursuivaient un double but : plonger mes voisins dans l'embarras et créer une diversion capable de retarder le procès du Roi. Les Montagnards qui n'avaient pas repoussé d'emblée la proposition de Buzot se ressaisirent le lendemain. Aux Jacobins, Marat déclara que les patriotes n'avaient pas le droit de m'abandonner « au risque de perdre la liberté sans retour », puis il engagea ses confrères à ne pas tomber dans le piège d'une manœuvre dérivative : « Ne laissons pas obscurcir par des combinaisons latérales le sens du grand acte révolutionnaire que nous allons accomplir [32]. » En revanche je m'affligeai d'entendre Robespierre affirmer d'une voix de peseur juré que l'exclusion des Bourbons n'avait rien en soi d'inhumain : « Si les membres de cette famille, précisa-t-il, aiment les véritables principes, ils s'honoreront de cet exil [33]. »

La discussion reprit à la Convention le mercredi 19 décembre. Elle fut interrompue par l'arrivée de Nicolas Chambon, maire de Paris, suivi d'une foule compacte qui remplit les abords et les couloirs de la salle. Au nom des quarante-huit sections de la capitale, le maire réclama la révocation du décret de bannissement. Intimidée par cette démonstration, la majorité girondine voulut néanmoins se donner l'apparence de la dignité et le débat rebondit plus âpre que jamais. On n'en serait jamais venu à bout si Pétion n'avait finalement proposé une demi-mesure qui mit tout le monde d'accord : suspendre l'exécution du décret jusqu'au jugement de Louis Capet.

Cette solution de compromis m'affecta comme une épée de Damoclès et l'on est en droit de s'en étonner. Honni par mes adversaires, humilié par des alliés qui prenaient ma défense avec dégoût, j'avais tout à gagner d'un exil en Amérique qui me permettait d'échapper au procès du Roi et mettait ma personne à l'abri des convulsions révolutionnaires. Mais il ne suffit pas d'être rejeté par les siens pour larguer les amarres ou couper les liens. La perspective d'être chassé de France m'inspirait une angoisse cruelle : privé de mon pays, je perdrais ma dernière raison de vivre et mourrais comme un gueux. Il m'était difficile dans ces conditions de jouer les insoumis et de me dérober à mes responsabilités de député. Aussi me rendis-je à la Convention, le 26 décembre, pour entendre les avocats du Roi, Malesherbes, de Sèze et Tronchet. Escorté par Chambon et Santerre, Louis XVI entra dans la salle, la tête haute, et donna la parole à ses défenseurs. Romain de Sèze lut avec ferveur un plaidoyer savant qui dura deux heures. J'avoue que je ne l'écoutai guère jusqu'au moment où un frémissement dans l'assistance réveilla mon attention et me permit d'entendre cet avertissement courageux : « Citoyens, je vous parlerai avec la franchise d'un homme libre : je cherche parmi vous des juges et je ne trouve que des accusateurs. » Emporté par sa lecture, l'avocat ne pouvait s'empêcher de faire des gestes et les feuilles manuscrites qu'il retenait de la main gauche s'agitaient parfois comme un mouchoir. Sa voix s'enroua quand il fit le panégyrique de l'accusé « économe, juste, sévère, ami de tous les Français », mais lorsque l'éloquence et la fougue l'amenèrent à claironner : « Le peuple voulait la liberté, il la lui donna ! » une sourde protestation monta dans la salle. Alors, le député de l'Ille-et-Vilaine, Defermon des Chapelières, qui présidait la séance réclama le silence et pour motiver son injonction ajouta sur un ton austère : « Nous sommes ici à une cérémonie funèbre [34]. » Cette réflexion qui me paraît grotesque aujourd'hui et d'un cynisme inconsidéré ne surprit personne. Son évidence s'imposait à chacun : ce n'était pas une personne que l'on jugeait mais le cadavre de la royauté qu'il fallait enterrer au plus vite. Romain de Sèze qui connaissait de mémoire la fin de sa plaidoirie brandit ses feuillets à bout de bras et conclut d'une voix vibrante : « Je m'arrête devant l'Histoire ; songez qu'elle jugera votre jugement et que le sien sera celui des siècles. » En dépit de la température d'hiver, il était en nage et demanda à son entourage qu'on voulût bien lui apporter une chemise. Louis XVI qui tenait à le féliciter intervint en souriant : « Donnez-la-lui, car il a bien travaillé [35] ! » Cette familiarité fut mal accueillie par mes voisins de la Montagne qui manifestèrent leur dédain par des murmures épais tandis que l'un d'eux maugréait : « Capet nous donne une leçon de vulgarité. » Je n'étais pas tout à fait de cet avis. Pourtant, je souris d'un air narquois par esprit de groupe, et cette grimace me fait honte aujourd'hui car la bonhomie de mon cousin ne manquait pas d'allure.

On lui donna la parole. Il en profita avec discrétion et n'éleva la voix que pour avouer que « son cœur était déchiré » quand on l'accusait d'avoir fait couler le sang, car il avait toujours aimé le peuple et n'avait pas hésité à s'exposer pour le défendre. A nouveau je remarquai cet oubli de soi qui donnait à sa modestie de la hauteur et à sa résignation chrétienne une certaine grâce. Cette observation me troubla mais je me gendarmai contre elle et contre ma propre sensibilité : « Décidément, me dis-je, cet homme-là n'est bon qu'à mourir. » Au moment où il s'apprêtait à quitter la salle son regard croisa ma lorgnette et, bien que sa myopie l'empêchât de distinguer quoi que ce fût, j'eus l'impression d'être reconnu et fermai les yeux en réprimant un frisson.

Les vingt jours qui précédèrent le verdict me laissent le souvenir d'un cauchemar, mais mon impression devait être différente à cette époque. Distrait, étourdi, assommé par la fureur des partis et par l'exaspération des esprits, je vivais dans un tumulte de pensées qui écartait de ma conscience le désarroi panique dont j'étais la proie. Aux Jacobins, à l'Assemblée, la question qui enflammait les passions était celle de l'appel au peuple, proposition soutenue par les Girondins. A tour de rôle, Vergniaud, Buzot, Brissot, Pétion, Gensonné avaient plaidé pour que la sentence qui absolvait ou condamnait le Roi fût prononcée par plébiscite. Les Montagnards s'insurgeaient contre cette thèse. Robespierre affirmait que c'était « le moyen de revenir au despotisme par l'anarchie ». Il pourfendait au passage sans les nommer ses ennemis de la Gironde : « Les hommes les plus lâches et les plus corrompus, tous les reptiles de la chicane, tous les bourgeois orgueilleux et aristocrates, nés pour ramper, maîtres des assemblées [36]... » Et Marat écrivait dans son journal : « Soumettre à la ratification du peuple un jugement rendu sur raison d'État est non seulement un trait d'imbécillité, mais de démence. Il n'a pu être imaginé que par les complices du tyran [37]. » Et déjà, sous les invectives les Girondins commençaient à faiblir. Accusés injustement de tiédeur, ils se voulaient « intraitables avec les traîtres » et plus farouches encore que leurs adversaires, mais leurs efforts demeuraient théoriques et n'entraînaient pas les cœurs. Attaqués avec une violence indicible et repoussés dans leurs retranchements alors qu'ils étaient la majorité, ils finissaient par se sentir coupables. Quand Saint-Just proclamait : « Ce jour va décider de la république : elle est morte et c'en est fait si le tyran reste impuni [38] ! » ils se retenaient d'applaudir, pressés d'en finir avec la royauté mais empêtrés dans leurs contradictions. Moi, j'étais d'accord avec les Montagnards sans m'expliquer clairement leurs motifs. Pourquoi rejeter le plébiscite en effet quand on se recommandait du peuple et ne jurait que par lui ? Mais peut-être redoutaient-ils le vote négatif des électeurs de province moins échauffés qu'à Paris. En attendant, le débat devenait houleux et son issue demeurait incertaine. Ce fut un habile discours de Barère, orateur aussi souple de talent que d'échine, qui amena soixante partisans de l'appel au peuple à changer d'avis [39]. Ce revirement décisif eut un double effet : d'abord annuler la dernière chance qu'avait le Roi d'échapper à la condamnation à mort, ensuite provoquer la chute de la majorité et la défaite de la Gironde.

Nous savions tous que le jugement débuterait le 15 janvier et se ferait par appel nominal. A mesure qu'approchait la date fatidique, chacun de nous se sentait menacé sans être en mesure de préciser comment ni pourquoi. Tout le monde se méfiait de son voisin capable d'accuser quiconque de modération et de se faire une idée néfaste de ses intentions de vote. Des visages fermés se croisaient en évitant de se reconnaître. Aux questions indiscrètes ou perfides on ricanait sans répondre comme pour en dire long. Le silence agressif et l'air sombre étaient de rigueur mais lorsque les braillards de la rue entraient en lice, il fallait tout de suite se joindre à eux pour hurler à l'unisson car ils représentaient la Commune et pouvaient à tous moments influer sur les décrets de l'Assemblée. Aux cris « A la guillotine, Capet! » s'ajoutaient maintenant : « A mort, les tièdes! » et ces imprécations qui visaient directement la Gironde effrayaient en secret les hommes de raison. Le climat de suspicion était tel de la Convention aux Jacobins et de la rue Saint-Honoré au faubourg Saint-Antoine qu'afin de passer inaperçu je ne montais plus dans ma voiture. Vêtu de gris, je recherchais l'ombre des arbres et des murs et tâchais de mesurer mes pas dont la nervosité détraquait le rythme. Il m'arrivait, à la vue d'un chien trottinant sur le pavé, de me détourner de mon chemin alors que de tous temps j'avais aimé les bêtes et apprécié leur rencontre. Ma pusillanimité ne cessait d'augmenter mais je lui trouvais des prétextes, sinon pour l'oublier, tout au moins pour tromper la honte qu'elle m'inspirait. Ainsi quand j'écrivis au secrétaire du Grand-Orient pour lui signifier ma démission de grand maître et mon intention de rompre toute relation avec les francs-maçons, j'invoquais mon attachement à la République et mon souci de travailler pour elle au grand jour. En réalité, je tremblais à l'idée d'être considéré par mes alliés Montagnards comme le chef d'une société secrète susceptible de conspirer. J'appris bientôt par Biron qu'à la suite de ma lettre le Grand-Orient avait convoqué une assemblée extraordinaire où je fus déclaré déchu de la grande maîtrise tandis que mon épée était symboliquement brisée.

Montpensier ne rejoignit l'armée qu'au mois de février et demeura au Palais-Royal jusqu'au terme du procès, mais loin de me distraire ou d'atténuer mon anxiété sa présence à mes côtés en multipliait les affres car, aidé par Agnès, il me priait sans cesse de ne pas comparaître à la Convention le jour du vote et, pénétré de leurs efforts conjugués j'avais fini par le leur promettre. A présent, d'heure en heure, cette promesse me torturait car je ne savais comment la tenir. Agnès me proposait de tomber malade et Montpensier de partir : « Mais oui, mon père, vous n'avez qu'à rejoindre ma sœur à Tournai. Chartres qui se trouve auprès d'elle sera ravi. Votre arrivée lui permettra de regagner son quartier général. » Je répondais : « Oui, oui » pour leur faire plaisir mais ces solutions me paraissaient impraticables : mes allées et venues étaient surveillées autant que les voitures à la sortie de Paris ; et quant à rester au lit en simulant un accès de fièvre chaude, le procédé signerait ma perte en achevant de me déconsidérer.

Le lundi 14 janvier, au début de l'après-midi, alors qu'assoupi par mon dîner je me félicitais d'être seul et de ne penser à rien, Grace Elliott accompagnée de Biron vint « prendre de mes nouvelles » : « J'espère, Monseigneur, que vous voterez pour la mise en liberté du Roi, dit-elle sur un ton d'imploration autoritaire qui m'irrita au suprême degré. – Certainement et pour ma propre mort ! » répondis-je avec éclat. Le visage de Grace s'empourpra tandis qu'elle me défiait du regard et Biron qui connaît bien l'amour-propre des femmes s'adressa cérémonieusement à elle comme si j'avais quitté la pièce : « Notre ami ne votera pas. Le Roi a mal agi toute sa vie envers lui ; mais Philippe est son cousin. Il feindra une bonne maladie pour s'abstenir. » Alors, de l'entendre parler ainsi, lui qui s'était couvert de gloire en Amérique, j'éprouvai un sursaut de fierté : fallait-il que je fusse tombé bien bas pour qu'il me proposât un subterfuge aussi pitoyable ! Aussitôt, ma décision fut prise : je me récuserai, tout simplement, sans donner de motif. Comme c'est bizarre ! Immédiatement, je me sentis soulagé. Certes le risque était grand. Ma défection susciterait la colère des Montagnards et leur rancune offensive, mais tant pis ! Le courage dont j'étais soudainement épris m'apportait le calme et je m'étonnais d'avoir attendu si longtemps pour en faire l'expérience. Grace qui ne cessait d'étudier mon expression dut s'apercevoir du changement car son visage s'éclaira et c'est d'une voix tendre qu'elle me dit : « Vous n'irez pas à la Convention, Philippe. J'en suis sûre ! – En effet ! répondis-je avec ardeur. Je vous en donne ma parole d'honneur. » Son sourire me parut alors si radieux, ses lèvres si généreuses et si belles que je l'aurais sur-le-champ prise dans mes bras si Biron n'avait posé une main affectueuse sur mon épaule. A cette minute, je les aimais follement tous les deux et j'étais heureux.

Le lendemain, dans la matinée, emmitouflé dans ma

robe de chambre et fermement résolu à ne pas sortir de chez moi, je prenais avec quiétude mon déjeuner servi par Romain quand La Marche m'annonça l'arrivée de mes conseils juridiques. Ma sérénité fondit à l'instant car Merlin de Douai et Jean-Baptiste Treilhard siégeaient sur les bancs de la Montagne et sans doute venaient-ils me chercher pour me conduire à la Convention. A leur mine austère je compris que je ne m'étais pas trompé et, pour mettre d'emblée les choses au point, je déclarai en montrant mes pantoufles : « Vous voyez, je reste ici ! » Merlin hocha la tête et me recommanda d'être sérieux : « Prenez garde, dit-il sur un ton de douce gravité, on croira que vous désapprouvez la mise en jugement du Roi. C'est trop dangereux. – Peut-être, mais je ne changerai pas d'avis. Il y va de ma dignité », répliquai-je en serrant les poings pour réprimer l'agitation de mes doigts. Alors Treilhard d'une voix mesurée affirma que mon abstention serait considérée comme une lâcheté, que membre de l'Assemblée Nationale je devais à mes commettants de voter sur une question de cette importance : « Personne ne vous demande de condamner le Roi mais seulement d'assister à la séance et de voter », expliqua-t-il en frottant son gros nez et Merlin ajouta : « En votant contre la mort, car c'est votre intention je présume et non la mienne, vous ferez connaître votre opinion au lieu de la dissimuler de manière honteuse. De toute manière un défi sera mieux accepté qu'un délit de fuite. » Cet argument me parut convaincant : « Je voterai pour le bannissement, soyez-en sûr ! dis-je avec assez d'aplomb pour oublier que ma volonté de rester au logis venait de s'évanouir. – Alors, habillez-vous vite ! dit Treilhard, nous ne partirons pas sans vous. »

Notre arrivée à la Convention vers dix heures fut

acclamée dans les galeries où je remarquai quelques jolies filles au milieu des harengères qui criaient et buvaient en mangeant, tandis que dans les tribunes les femmes et amies des députés apprêtées pour la fête nous regardaient passer sans applaudir. Poussé par le brouhaha de la salle pleine à craquer et porté par l'air épais dont la densité augmentait de gradin en gradin je trouvai une place au dernier rang entre Billaud-Varenne et Robert Lindet sur le même banc que Robespierre, Saint-Just et Lebas. Devant moi s'alignaient Legendre, Pache, Cambon, Fabre, Danton, Camille Desmoulins et Collot d'Herbois. Il me semblait que toute la Montagne se resserrait autour de ma personne et je me sentais protégé, rassuré comme peut l'être un otage ou un prisonnier sur parole. J'évitais d'engager la conversation avec Billaud-Varenne que Merlin m'avait décrit comme un esprit fourbe et cruel. Tout à l'heure il m'avait félicité d'être venu : « Bravo, citoyen Égalité! tout le monde comptait sur toi. » Je préférais me tourner vers Robert Lindet dont j'appréciais l'intelligence, le seul dans cette assemblée qui mesurât ses paroles avec aux commissures des lèvres un soupçon de malice ou d'ironie qui me rappelait le monde ancien : « C'est un grand jour. Il ne s'agit pas de se tromper de cible » me dit-il et cette réflexion prudente m'inquiéta. La première question sur laquelle on nous demandait de voter était formulée ainsi : « Louis Capet est-il coupable de conspiration contre la liberté de la Nation et d'attentat contre la sûreté générale de l'État ? » Normalement, la logique me commandait de répondre non, puisque mon intention ultérieure était de me prononcer contre la peine de mort. Mais déjà je n'étais plus tout à fait certain de mes choix. Il me paraissait raisonnable de réfléchir et de peser les nuances avant de trancher la question. D'abord il me semblait difficile de nier une culpabilité que la découverte de l'armoire de fer avait éclairée d'éclatante manière. Ensuite on pouvait fort bien reconnaître cette culpabilité sans préjuger du vote concernant la nature de la peine. Un roi, même déchu, n'était pas un citoyen ordinaire. Sa trahison méritait la mort mais on pouvait opter pour le bannissement. Au diable la logique! Je n'avais pas le droit de dire non et de me retrouver seul devant plus de sept cents confrères qui me regarderaient comme un traître ou comme un fou.

L'appel nominal commença à midi. Les députés de province se succédèrent à la barre pour voter oui, sauf le citoyen Labande, représentant de la Meurthe, qui fit cette déclaration sibylline : « Ni oui, ni non. Je ne suis point juge. » Il était cinq heures environ quand vint le tour des députés de Paris. Je fus appelé le premier et m'entendis répondre oui sans émotion ni surprise.

A la deuxième question : « Le jugement rendu sera-t-il soumis à la ratification du peuple ? » les députés répondirent non, à une forte majorité. C'était pour les Girondins la confirmation solennelle de leur défaite et sur les bancs de la Montagne régnait une agitation euphorique. Comment aurais-je pu contrarier ces hommes passionnés qui m'associaient à leur triomphe en surveillant mes réactions ? Après tout, que m'importait l'appel au peuple! L'important était de répondre convenablement à la troisième question qui serait posée le lendemain et, pour l'instant, je pouvais rentrer chez moi.

Agnès et Montpensier m'attendaient. Pressé d'essuyer leurs reproches et de me disculper, je ne fus pas mécontent de les retrouver. Certes, je n'avais pas tenu ma promesse. En me rendant à la Convention j'avais trahi leur confiance ou plutôt celle de Grace Elliott à qui j'avais donné ma parole d'honneur. Mais il s'agissait d'une nécessité et cette conduite de sagesse ne m'empêchait nullement de voter demain contre la condamnation à mort. Au contraire : mon influence y gagnerait. Voilà ce que je me proposais de dire. Seulement Agnès m'accueillit avec un sourire frêle et Montpensier me demanda timidement si je me portais bien. Alors, je leur racontai ma journée et la manière dont on avait voté, prenant mon temps entre les phrases pour leur permettre d'intervenir, mais ni l'un, ni l'autre ne posait la moindre question et leur attention muette finit par me gêner. Brusquement, sans motif ni prétexte, je m'emportai : « Je suis fatigué de parler de ces choses. Vous avez tort de me harceler ! » Agnès, interdite, sursauta mais je ne lui laissai pas le temps de protester : « Enfin, que voulez-vous savoir ? Dites-le ! Et finissons-en ! Montpensier balbutia : « Père, demain vous n'allez pas... voter la mort du Roi ? – Non ! » répondis-je avec violence et comme ils me regardaient tous les deux, lèvres entrouvertes, dans l'attente inespérée d'une certitude, je répétai en criant : « Non ! Je vous dis que non ! Maintenant, laissez-moi ! »

Il était sept heures du matin, mercredi 16 janvier, et le jour se levait à peine derrière les arbres et les toits des Tuileries quand j'arrivai aux abords de la Convention après une courte nuit de sommeil. Devant l'entrée se pressait une foule bigarrée qui hurlait à intervalles réguliers : « A mort, Capet ! » tandis qu'à la lueur des torches les canonniers tenaient leurs mèches allumées et surveillaient la porte. Je pénétrai dans la moiteur étouffante de la salle, aveuglé par le désordre des invités qui cherchaient une place, et j'escaladai les gradins pour m'asseoir au dernier rang entre Merlin et Treilhard. Je me demande aujourd'hui pour quelle raison j'étais venu si tôt, sachant qu'on ne voterait qu'en fin de soirée. Mais tout le monde avait agi de la sorte et la fébrilité générale pouvait expliquer ma conduite. On discuta jusqu'à la nuit de problèmes subsidiaires : la réquisition des chevaux, la construction d'un pont sur la Seine, le nouveau règlement des prisons et l'organisation des théâtres patriotiques. On aurait juré que l'Assemblée distraite, anxieuse, cherchait à gagner du temps avant d'aborder la question qui enflammait les esprits : « Quelle peine doit-on infliger à Louis ? » A six heures Danton perdit patience et demanda que la Convention se prononçât sans désemparer sur le sort de Capet. Alors, commença l'appel nominal. Le député de Haute-Garonne, Jean-Baptiste Mailhe, monta le premier à la tribune et vota la mort, puis se lança dans une phrase alambiquée : « Je pense qu'il serait digne de l'Assemblée d'examiner s'il serait politique et utile de presser ou de retarder le moment de l'exécution [40]. » Il fut suivi par une dizaine de députés partisans de la guillotine, et sur les bancs de la Montagne les applaudissements crépitèrent. Encouragé du regard et du coude par mes voisins, je faillis applaudir à mon tour. Ma résolution de voter pour le bannissement n'avait point changé pour autant mais le fanatisme ambiant écourtait mon souffle et troublait quelque peu mes idées. A la surprise générale Vergniaud qui passait pour un modéré se prononça pour la mort et d'autres Girondins l'imitèrent, sauf Condorcet et Rouzet que l'on hua. Puis douze représentants du Calvados optèrent pour le bannissement et des Montagnards furieux quittèrent leurs places pour s'amasser autour de la tribune et crier : « Les traîtres, au panier ! » D'autres se dressaient entre les bancs et menaçaient du poing les hésitants. Plusieurs se tournèrent vers moi pour me prendre à témoin et Fabre d'Églantine me jeta à la face : « Alors, Égalité, tu ne dis rien ? » Je souris d'un air entendu et, pour donner le change, tirai de ma poche un crayon et une feuille de papier sur laquelle je griffonnai des dessins et des signes incohérents. De nouveaux applaudissements éclatèrent autour de moi quand les députés du Finistère, des Côtes-du-Nord, de l'Ille-et-Vilaine et du Morbihan défilèrent pour réclamer « la mort du tyran ». Mes yeux fatigués par la lumière des quinquets commençaient à se brouiller et soudain une angoisse folle m'envahit : et si j'allais bredouiller à la tribune ? Alors d'un crayon qui tremblait d'impatience j'écrivis sur la feuille le début de ma réponse : « Uniquement occupé de mon devoir, convaincu que tous ceux qui ont attenté ou attenteraient par la suite à la souveraineté du peuple méritent... » Je m'arrêtai à ce mot, agacé par Treilhard qui se penchait de mon côté, et je glissai la feuille dans ma poche après l'avoir pliée en deux d'un mouvement nerveux.

Ce fut une interminable nuit. A l'aube, Merlin tira de sa veste un flacon d'eau-de-vie et me le tendit : « Pour se donner du courage ! » dit-il sur un ton sérieux. Je bus une longue gorgée qui réchauffa mes entrailles sans apaiser mon esprit. Dans les galeries, des femmes dormaient, épaule contre épaule, et chevelures mêlées; d'autres riaient en écoutant les hommes ronfler et je ne détestais pas ce désordre qui me rappelait des soirées égrillardes, mais chaque fois que j'évoquais le passé, les yeux mi-clos, le mot « Mort » prononcé par un confrère à la tribune résonnait dans ma tête et chassait le moindre rêve. Enfin, vint le tour des députés de Paris. Tous votèrent la mort et l'un d'eux dont j'ai oublié le visage ajouta : « Je ne connais point l'humanité qui égorge les peuples et qui pardonne aux despotes. » Lorsque l'huissier cria : « Philippe Égalité ! » il me sembla qu'il appelait quelqu'un d'autre. Pourtant je me levai et gagnai la tribune à pas comptés. Le silence était tel dans la salle que j'entendis mon cœur battre et ce bruit m'empêchait de penser. Je retirai le billet de ma poche, le dépliai lentement et le son de ma voix me surprit : « Uniquement occupé de mon devoir, convaincu que tous ceux qui ont attenté ou attenteraient par la suite à la souveraineté du peuple méritent la mort, je vote pour la mort. » Cette longue phrase fut débitée d'une traite, sans émotion. J'avais seulement un peu froid.

Quelques heures plus tard, je m'enfermai dans mon bureau au Palais-Royal avec l'intention de me reposer. Au moment où j'allais m'étendre sur le canapé j'eus l'impression que quelqu'un me faisait signe. C'était mon image reflétée dans la glace en pied et je m'arrêtai au milieu de la pièce pour la considérer sans amour : « Cet homme-là, c'est moi, c'est Louis-Philippe-Joseph, duc d'Orléans, premier Prince du Sang », me dis-je, et cette pensée bizarre me fit rire mais aussitôt le rire devint un sanglot et je m'affalai sur une chaise, la tête dans mes mains, me demandant pourquoi j'étais aussi lâche et sous l'empire de quelle malédiction.

Mardi 27 août 1793. Je note la date afin de détacher le présent du passé, tous deux conjoints dans mon esprit. Habituée à reculer dans le temps, ma plume finirait par arrêter mon existence à la mort de Louis XVI et cette erreur serait d'autant plus regrettable qu'il s'est passé beaucoup de choses au fort Saint-Jean depuis quatre jours. Vendredi, Ferral nous a réveillés à l'aube pour annoncer à Beaujolais que les promenades ne seraient plus autorisées. Son attitude nous a paru bizarre. Il a répondu à nos protestations par monosyllabes et s'est retiré, tête baissée, renversant une chaise au passage. A peine Beaujolais venait-il de se recoucher qu'une forte canonnade ébranla l'air tiède. Mon fils sauta à bas de son lit et s'écria : « C'est le général Carteaux qui donne l'assaut [41] ! » puis il s'approcha de la grille et appela la sentinelle qui lui tourna le dos et s'éloigna dans le couloir. Nous attendîmes impatiemment midi pour interroger nos gardiens mais, ignorant nos questions, ils posèrent le dîner sur la table et nous quittèrent sans desserrer les dents. Ce mutisme surexcita notre imagination enflammée par les détonations qui nous donnaient une folle envie de nous évader et de courir vers les rues surchauffées. Il nous semblait que cette ville en guerre vivait de manière intense et son fracas nous attirait comme une forme exubérante de liberté. La canonnade cessa brusquement au milieu de l'après-midi. Alors, le silence nous atterra. On aurait dit que le monde extérieur se moquait de notre personne après nous avoir fait signe. Beaujolais qui trépignait devant la grille cinq minutes auparavant, demeurait immobile à présent, assis sur le lit, les mains inertes, le regard éteint. J'aurais voulu le distraire ou lui tenir des propos optimistes mais une grande lassitude brouillait ma pensée, pesait sur ma langue et m'empêchait d'articuler. Notre torpeur dura jusqu'au lendemain pour devenir inquiétude à la tombée de la nuit lorsque nous eûmes constaté qu'on oubliait de nous apporter le souper. Notre sentinelle avait disparu. Aucun bruit ne montait de l'escalier, ne filtrait entre les pierres et ce néant tordait nos estomacs vides. Le temps s'écoulait avec une lenteur exaspérante et déjà, persuadés que nos geôliers avaient dessein de nous abandonner, nous appréhendions de mourir de faim quand des coups sourds retentirent à l'étage inférieur. C'était Montpensier qui frappait contre la lourde porte de son cachot et nous reconnûmes sa voix. A mon tour, je criai : « Holà ! » tandis que Beaujolais martelait la grille avec un morceau de bois trouvé sous le lit. Montpensier essayait de nous parler mais les mots entiers ne pouvaient traverser les cloisons et sans comprendre exactement ce qu'il disait, je hurlai : « Ici aussi ! Nous n'avons plus de sentinelle ! Tout le monde est parti ! » puis, las de m'égosiller, je cognai sur les barreaux avec un caillou détaché de la muraille, et la résonance du métal trompa mon anxiété quelques instants. Il faisait nuit noire à présent et notre sentiment d'impuissance augmentait de minute en minute. Une heure passa, puis une autre, comme au fond d'un puits. Nous avions chacun regagné notre lit, incapables de trouver le sommeil et trop découragés pour échanger la moindre parole. Soudain, un craquement nous fit sursauter. Beaujolais se précipita contre la grille en criant et je l'imitai, relayé par Montpensier qui tambourinait de son côté. Une voix lointaine nous répondit, puis nous entendîmes un bruit de pas alors qu'une lueur montait de l'escalier et bientôt apparut une lanterne tenue à bout de bras par Ferral, tout essoufflé, suivi à distance par Pierrot qui nous apporta le souper. Je lui demandai poliment les raisons de ce retard exceptionnel, mais Ferral, excédé, se contenta de hausser les épaules et Pierrot, d'un regard appuyé, me conseilla de ne pas insister.

Le lendemain, dimanche, nous déjeunâmes sous la surveillance d'un caporal de la Garde Nationale qui manquait totalement d'assurance. En nous quittant pour aller voir Montpensier, il oublia de refermer la grille et j'en profitai pour faire quelques pas dans le couloir où régnait un désordre inhabituel. On remarquait en effet des uniformes jetés à terre ainsi que des baïonnettes et des fusils abandonnés aux quatre coins. Un éclat de voix parti de l'escalier me fit regagner en hâte notre cellule où je n'eus que le temps de me retourner pour arrêter dans mes bras Montpensier qui entrait en courant : « Ah, mon père, que c'est bon de vous revoir ! » souffla-t-il contre ma joue. Mais déjà le caporal hors d'haleine le tirait par la manche : « Non, citoyen, tu n'as pas le droit ! Ta place est en bas ! » Il tremblait de peur et joignait les menaces aux prières, affirmant qu'il était perdu si on nous trouvait ensemble tous les trois. Montpensier, pris de pitié, consentit à lui obéir et je le regardai partir alors que sa chaleur imprégnait encore ma chemise et m'inspirait une joie mêlée de tristesse.

Vers midi, un grand branle-bas nous apprit que le fort était envahi. En écoutant résonner les bottes sur les dalles, je pensai que ce bruit méthodique émanait de troupes régulières et j'en conclus à l'aveuglette que le général Carteaux avait gagné la bataille, ce qui nous fut confirmé dix minutes plus tard. Le capitaine qui commandait le détachement appartenait au régiment de Bourgogne. C'était un homme avenant, fort honnête et de bonnes manières. Il voulut nous connaître et se fit conduire à la tour par un officier de la Garde Nationale qui n'en menait pas large et regardait ses nouveaux maîtres avec des yeux de lièvre. Je demandai au capitaine quelles étaient ses directives à notre égard. Il me répondit sur un ton amène que son intention n'était pas de changer les consignes pour l'instant, mais que si nous avions à cœur d'adresser des réclamations au général Carteaux ou aux représentants du peuple il s'en chargerait avec plaisir. Il ajouta qu'il souhaitait personnellement adoucir notre sort mais que cette décision ne dépendait pas de lui et qu'il devait s'en remettre à la volonté de ses supérieurs : « Je ne suis qu'un soldat », précisa-t-il avec une fière modestie. Sa manière de prendre congé en claquant des talons me ravit. C'était la première fois depuis cinq mois qu'on me traitait avec respect et j'éprouvais un immense soulagement. Il me semblait redevenir un homme digne. Pourtant, il n'est pas dans ma nature d'être assoiffé d'honneur et de déférence. Ma conduite passée le prouve et je ne crains pas non plus de frayer avec la roture qui m'a souvent témoigné plus de compréhension et de sympathie que la noblesse de cour. Mais ce mépris débonnaire et cette condescendance de valet dont mes geôliers m'abreuvaient depuis le 7 avril avaient fini par m'avilir sans cesser pour autant de m'écœurer. Alors, aujourd'hui, par la grâce d'un officier du peuple, je retrouvais l'attitude d'un prince et la satisfaction de redresser la taille.

Il était une heure environ quand un sergent jovial et trapu ouvrit la grille pour laisser entrer notre dîner porté par un jeune soldat qui mesurait au moins six pieds de haut. Le sergent nous salua d'une voix de clairon et agita son trousseau de clés comme une crécelle, puis écarquilla ses yeux clairs, frotta d'une main son visage rougeaud, posa de l'autre le trousseau sur la table, fit mine de réfléchir et me dit en souriant : « Votre grand fils est tout seul en bas, avec son domestique. Il pourrait peut-être venir ici et dîner en votre compagnie ? » Il est facile d'imaginer avec quel entrain je le félicitai de cette idée : « Très bien, dit-il, je vais le chercher ! » Deux minutes plus tard, Montpensier et Gamache attablés en face de nous trinquaient avec le sergent qui tenait à rester debout et répondait à nos remerciements sur un ton bourru : « C'est bon ! Je suis content si vous l'êtes, mais ne vous en vantez pas, sinon c'est moi qu'on va fourrer au trou ! » puis, se tournant vers Montpensier : « Attention, vous ! Au moindre bruit de bottes, il faudra redescendre au plus vite. L'officier ne doit pas vous trouver ici. » Je louai son courage et sa générosité, sachant que l'armée républicaine ne badinait pas avec la discipline en dépit de l'apparente bonhomie qu'elle affichait dans les rapports hiérarchiques et qui était loin de me déplaire. Déjà Montpensier et le sergent faisaient amitié avant d'avoir lié connaissance, parlaient spontanément de Jemmapes, du moulin de Boussu [42], des bataillons autrichiens culbutés dans le bois de Flenu [43] : « On te connaît, citoyen ! disait le sergent, au feu, tu te conduis bien. Tout le monde le sait. » J'admirais cette familiarité des militaires où les hommes se regardent comme des frères sans être nécessairement égaux. Le sergent, en veine de confidence, nous dit qu'il se nommait Jean-Baptiste Louvet mais qu'au régiment de Bourgogne on l'appelait Pichet à cause de son goût immodéré pour le vin : « Loin de me vexer, j'en suis fier! dit-il en riant, un sobriquet, c'est un titre, n'est-ce pas ? » J'approuvai sans hésitation et lui demandai ce qu'étaient devenus nos administrateurs. Il me répondit qu'il n'en savait rien mais qu'à son avis ils seraient jugés et conduits en prison, à moins qu'ils n'y fussent déjà. « Il faut nous comprendre, citoyens! Les fédérés nous tirent dans le dos. Je ne suis pas méchant mais ces gens-là méritent châtiment. Qu'en pensez-vous ? » Il m'était difficile d'être d'un avis contraire, émoustillé comme je l'étais à l'idée que Ferral et Laugier connaîtraient le même sort que nous. Le dîner achevé, Pichet nous permit de rester ensemble tous les quatre une partie de l'après-midi, puis changeant brusquement d'humeur et sur un ton dont la rudesse nous surprit, il engagea Montpensier et Gamache à réintégrer leur cachot. Il se fâcha, le soir, quand je voulus savoir s'ils souperaient avec nous : « Non! Cela gâterait tout! Il ne faut pas être trop gourmand, citoyen! » grogna-t-il en donnant un coup de pied dans un tabouret. Il s'adossa au mur pour se tenir bien droit, une main dans la poche et j'en déduis qu'il était ivre.

En revanche, le lendemain, il ne fit aucune difficulté pour nous réunir tous les quatre, poussant même la discrétion jusqu'à se retirer après nous avoir enfermés. Il y avait si longtemps que nous attendions pareille faveur que le plaisir inespéré de parler sans témoins nous paralysa d'abord. Nous nous regardâmes quelques instants, lèvres entrebâillées, trop émus pour choisir un sujet de conversation. Puis, Beaujolais fit une allusion discrète à la bonté de Pichet et nos langues se délièrent avec élan. En chœur nous célébrâmes les mérites de nos gardiens et Montpensier déclara avec fougue : « Ce sont des militaires, de vrais soldats. L'exercice du danger les ennoblit. Ils ne sont pas assez veules pour humilier des prisonniers alors que les civils en uniforme, administrateurs à boutons d'or, s'en donnent à cœur joie. Je souhaite au régiment de Bourgogne d'exterminer cette engeance qui fomente la guerre civile à coups de langue. » Beaujolais applaudit l'orateur et jura qu'il était plus éloquent que tous les Montagnards réunis, puis il compara son talent à celui de Chartres et nous eûmes tous une pensée affectueuse pour ce dernier. Montpensier estimait qu'il devait être malheureux en Suisse, au moins pour deux raisons, d'abord parce qu'il avait horreur de l'émigration dont il condamnait le principe, ensuite parce qu'il se morfondait à l'idée de ne plus se battre pour la France [44]. Beaujolais était persuadé qu'Adèle se trouvait auprès de lui, mais cette certitude n'avait rien d'absolu car il me demanda mon avis. Je lui répondis que la chose était probable, sans insister davantage. Comme toujours, en pareil cas, j'éprouvais de la gêne. J'ai conscience en effet de n'avoir rien entrepris pour aider ma fille, ni pour la rendre heureuse, maladroit et distant avec elle alors que je l'aime de tout mon cœur, mais sa sensibilité extrême m'intimide et sa fragilité provoque la mienne. J'ai constamment peur de m'attendrir à son sujet et de paraître ridicule. A propos d'Adèle, Montpensier évoqua les goûters dansants que Mme de Genlis avait organisés en son honneur pour le carnaval de 1791 : « Tout le monde vous enviait, mon père, car vous leviez la jambe mieux que personne. » Il oubliait de préciser que nous dansions le *Ça ira* et la pensée qu'un homme de mon âge frétillait dans les jardins de Bellechasse en chantant : *Les aristocrates à la lanterne* ne m'était pas agréable. Alors, Gamache qui n'avait rien dit jusque-là se pencha sur son assiette et murmura : « Hier, c'était la fête de Saint-Louis. » Le silence qui suivit nous fit baisser les yeux comme à l'église et je serrai si fort ma fourchette entre les doigts qu'elle se brisa en deux.

Vendredi 30 août, Beaujolais et Gamache ont obtenu la permission de se promener dans le fort à leur convenance, sauf la nuit, bien entendu. Ils en profitent pour glaner toutes sortes de renseignements sur les événements du dehors et pour nous tenir informés, Montpensier et moi. Cette gazette nous console un peu d'être cloîtrés, condamnés à l'ombre, tous les deux, mais j'imagine que mon cadet qui ne se plaint jamais souffre d'être privé d'air frais depuis plus de cinq mois. Les libertés accordées à son frère ne peuvent qu'exaspérer son impatience, et je suis malheureux pour lui. La prison m'attache chaque jour davantage à mes enfants et me détache insensiblement de ma personne. Je ne voudrais pour rien au monde comparer mon sort à celui de Louis mais il est vrai que je suis hanté par son ultime abnégation et par la majesté de ses derniers instants, aidé cruellement par ma mémoire qui ne m'épargne aucun détail. Ainsi, par exemple, je me souviens des termes exacts utilisés par Marat dans son journal : « A en juger par son air et son maintien, on le croirait insensible au changement de sa fortune et aux dangers de sa position. Hé quoi ! La perte d'un trône brillant et de tous les plaisirs d'une cour voluptueuse n'est donc rien à ses yeux [45] ? » Marat raisonnait sur la volupté comme un célibataire qui marine dans sa baignoire. Apparemment, il n'avait aucune idée, non plus, du désintéressement chrétien et des consolations qu'apporte la foi. Ce n'est pas une raison pour faire de mon cousin un saint martyr. Quand je pense que cette brute d'Hébert, l'ignoble « Père Duchesne », s'est permis d'écrire : « Il avait dans ses regards et dans ses manières quelque chose de visiblement surnaturel à l'homme [46] », je me dis que les athées sont les plus naïfs et les plus entêtés des croyants. Louis XVI est mort avec courage, soit, mais je refuse la légende, les échos enjolivés, les dernières paroles corrigées ou inventées de toutes pièces et même la prière de l'abbé Edgeworth, son confesseur irlandais : « Fils de Saint-Louis, montez au ciel ! » Le 21 janvier le ciel était couvert. Il faisait humide et froid. Je m'étais réveillé avant le jour à cause des lumières qui jaunissaient les murs, la Commune de Paris ayant ordonné d'éclairer les maisons toute la nuit afin de rendre la surveillance plus facile. En ouvrant les fenêtres de ma chambre, je constatai avec soulagement que la ville paraissait dormir, étouffée par la brume, et cette atonie me rassurait. Le vieux Romain me fit remarquer que le temps « brouassait » et qu'il n'était pas indiqué de sortir, à moins de vouloir attraper un rhume de poitrine. Je lui dis qu'il n'avait pas à s'inquiéter car mon intention était de rester bien au chaud, ce qui ne m'empêcha nullement de descendre à l'écurie sous prétexte de dégourdir mes jambes et de voir les chevaux. Le cocher, surpris de me rencontrer à cette heure matinale sans avoir été prévenu par La Marche ou par Romain, me salua d'un air circonspect et me demanda s'il devait atteler le cabriolet. Sans réfléchir je lui répondis oui et le priai de me conduire place de la Révolution [47]; mais, cinq minutes plus tard, installé au fond de la voiture et saisi d'une répugnance instinctive, je faillis lui ordonner de rebrousser chemin. Pourtant, je ne desserrai pas les dents, retenu par une volonté sournoise dont je ne m'explique aujourd'hui ni l'origine, ni le sens. Car je ne souhaitais pas assister à ce spectacle et je pourrais jurer qu'aucune curiosité malsaine, aucune rancune ne m'y poussait. Le cabriolet s'arrêta au coin de la place de la Révolution et de la rue des Champs-Élysées. Au milieu d'une foule immense, quatre rangs d'hommes armés maintenaient un grand carré vide d'où se détachait la guillotine, à dix pas du piédestal qui portait naguère la statue de Louis XV. Il devait être neuf heures environ. J'avais le sentiment, assis sur la banquette et rencogné dans l'ombre, d'être là par hasard, de ne rien attendre et de perdre mon temps. Parfois, un cri jaillissait de la foule et retombait dans le silence comme une pierre dans un lac. Je répétais mentalement des phrases insignifiantes et bâillais par intermittence sans m'ennuyer pour autant ni éprouver de véritable impatience. Soudain, une rumeur naquit sur ma droite, s'enfla, déferla, submergea tout, fit trembler le cabriolet sous mes genoux. Précédée de quatre canons, entourée d'un flot de cavaliers et de fantassins qui défilaient en cadence, la voiture du maire pénétra sur la place. Le cortège s'immobilisa au pied de l'échafaud et la rumeur se tut pour reprendre de plus belle au moment où je devinai qu'on ouvrait la portière, car la distance, les uniformes, les sabres et les piques m'empêchaient de distinguer les détails. A présent, tout mouvement semblait arrêté. Des municipaux chamarrés faisaient écran devant la voiture comme pour cacher des actes graves et compliqués.

Puis j'aperçus une forme blanche qui montait l'escalier et de mémoire je reconnus mon cousin. Il tenait ses mains derrière le dos et je compris qu'elles étaient liées. Deux bourreaux le serraient de près, coiffés de tricornes volumineux, alors que Louis donnait l'impression d'avoir une petite tête avec ses cheveux coupés. Il s'avança jusqu'au bord de l'échafaud et voulut s'adresser à la foule mais un roulement de tambours couvrit sa voix. Au moment où les bourreaux qui avaient gardé leurs chapeaux le saisirent pour l'attacher à la planche, mes yeux se fermèrent obstinément et je ressentis une douleur à la poitrine. Alors, mes lèvres remuèrent toutes seules : *« Per Crucem et passionem tuam, libera nos Domine! »*

Nous venions d'achever notre déjeuner quand au moment de refermer la grille l'officier de garde chargé de surveiller la promenade de Beaujolais et de Gamache nous invita, Montpensier et moi, à les accompagner : « Venez, citoyens, dit-il. C'est une cruauté de vous laisser ici », et comme nous le regardions d'un air incrédule il ajouta avec fermeté : « Je le prends sur moi, venez ! On me punira peut-être mais tant pis ! » Il nous tourna le dos et nous le suivîmes sans hésitation mais sans empressement non plus, trop étonnés par sa générosité pour nous en réjouir. J'avais perdu l'habitude de monter un escalier et celui-ci fort abrupt s'enroulait indéfiniment et me donnait le vertige si bien que mon épaule droite heurtait la muraille à chaque pas, mais, inconscient ou distrait, je ne m'en inquiétais nullement. Sur les dernières marches mes jambes rencontrèrent un rayon de lumière qui les noya, puis le soleil me gratifia d'un coup de lance en pleine figure et je me serais affalé sur la terrasse si l'officier de garde ne m'avait prêté son bras. Honteux de ma faiblesse, je bredouillai quelques mots d'excuse en m'asseyant lourdement sur la margelle, à l'intérieur d'un créneau : « C'est toujours comme ça quand on sort de prison, dit l'officier.

La terre tourne sous le pied. » J'appris qu'il s'appelait Cottin, natif de Dijon, lieutenant au troisième bataillon de la Côte-d'Or. J'aurais voulu lui exprimer ma gratitude mais le bourdonnement de l'espace vidait mon esprit tandis qu'aveuglé par le grand jour je protégeais des deux poings mes yeux douloureux. Le lieutenant Cottin s'éloigna discrètement à l'autre bout de la terrasse et je demeurai assis sans bouger, insensible aux paroles de Beaujolais et de Montpensier qui me croyaient ravi et s'en félicitaient alors que je ne prenais aucun plaisir. Mais bientôt une sensation inconnue m'envahit : l'air que je respirais avait dans ma bouche un goût étrange et sur ma peau une douceur que je n'avais jamais ressentie. Alors, j'écartai les poings de mon visage et la lumière qui blessait mes yeux commença à leur faire du bien. La première image entrevue fut une mouette si blanche que je fermai les paupières pour les rouvrir aussitôt et découvrir le ciel dont l'étendue m'éblouit ; puis mon regard reconnut le dessin des collines, les maisons couleur de paille et de chair, les mâts des navires amarrés dans le port. Je me tournai vers la mer et l'odeur tiède des algues fit trembler mes lèvres tandis que mes mains se pressaient l'une contre l'autre. Il me semblait n'avoir jamais existé avec autant de force, follement épris de cette vie dont, la veille encore, je me croyais détaché.

« Vous devriez marcher un peu, mon père ! dit Montpensier. – Non, pas tout de suite ! » répondis-je les yeux mi-clos, la tête renversée vers le ciel qui m'attirait, m'aspirait comme un ballon et je retrouvais l'impression exacte de mon voyage dans l'atmosphère dix ans plus tôt. La mémoire n'a pas la notion du temps et le souvenir de cette aventure est aussi actuel que le présent. A la différence de l'aérostat conçu par

Montgolfier, la *Caroline* avait une forme cylindrique. Avec ses rames et son gouvernail elle mesurait cinquante-deux pieds de long sur trente-deux de diamètre. Dix mille personnes amenées par deux mille carrosses s'étaient rassemblées sur l'esplanade de Saint-Cloud pour assister à notre départ. Nous étions cinq dans la nacelle qui avait la forme d'un char : les frères Robert, le mécanicien Collin-Hullin, le marquis de Dampierre et moi-même. Il était huit heures du matin quand les cordes furent lâchées. L'aérostat s'éleva avec lenteur et se rapprocha mollement des arbres, puis fit un bond surprenant et monta comme une flèche lorsque nous vidâmes nos sacs de sable sur la foule. Bientôt, emportés dans une brume épaisse, nous perdîmes la terre de vue, tandis que notre vitesse ascensionnelle ne cessait d'augmenter. Alors, j'éprouvai une satisfaction si vive que j'éclatai de rire comme un enfant. Je me sentais totalement libre, incapable de retenir mes pensées qui ne pesaient rien et dont la hauteur m'enivrait. Moins euphoriques, mes compagnons trouvaient que nous allions trop vite, regrettaient d'avoir jeté autant de lest et s'inquiétaient du vent qui soufflait en rafales, heurtant de plein fouet le gouvernail. Ils s'alarmèrent quand le ballon fit trois tours sur lui-même et que, déséquilibrés dans la nacelle, nous nous agrippâmes au garde-corps pour éviter d'être précipités dans le vide. D'un commun accord nous décidâmes de sacrifier l'appareil de direction pour ôter toute prise au vent et Collin-Hullin impatiemment déchira le taffetas du gouvernail, mais l'aérostat continua son ascension et sortit du brouillard pour entrer dans une zone étincelante au-dessous de laquelle une mer de nuages absolument étanche semblait nous interdire toute descente. Là, le soleil surchauffant la vapeur contenue dans le ballon provoqua une dilatation fâcheuse de l'enveloppe et dans la tempête qui redoublait de violence nous entendîmes de sinistres craquements : « Je crois bien, Monseigneur, que nous sommes perdus », dit l'aîné des Robert sur un ton fébrile. Cette réflexion m'irrita. Je répliquai avec rage qu'il y avait certainement quelque chose à faire : « Oui, Monseigneur, intervint Collin-Hullin, il faut percer le ballon. – A quel endroit ? m'écriai-je en saisissant la hampe de l'un des étendards. – Peu importe ! Où bon vous semble ! » hurlèrent à l'unisson les deux Robert. Je crevai par deux fois l'enveloppe de taffetas qui se déchira sur une longueur de sept à huit pieds tandis que le gaz s'échappait en sifflant. Aussitôt, la *Caroline* amorça une chute verticale à grande vitesse. Afin de modérer son allure je m'empressai de jeter pardessus bord tout le lest qui nous restait et dix minutes plus tard, la nacelle atterrissait brutalement mais sans trop de mal dans le parc de Meudon, à proximité de l'étang de la Garenne : « Votre vaillance a fait merveille », reconnut Dampierre avec le sourire d'un expert qui pèse ses mots. Dans une lettre datée de la semaine dernière Agnès me fait part de sa mort survenue le 8 mai. Je savais que la République en guerre, satisfaite de sa conduite à la bataille de Nervinde [48], lui avait confié le commandement suprême de l'armée de Belgique après la désertion de Dumouriez. C'est en chargeant à la tête de ses troupes pour débloquer la place de Condé qu'il a reçu le coup fatal.

On peut se demander pour quelle raison nombre de gentilshommes tels que Dampierre ont choisi de se battre pour la Révolution. Je crois bien que les idées n'y sont pour rien. Lorsque l'ennemi a franchi nos frontières, nous avons vu se lever une armée improvisée dont la fougue et l'inexpérience ont décidé de notre concours. Chartres et Montpensier l'ont ralliée d'emblée, impatients de chasser les Prussiens de Verdun. Un territoire doit se nettoyer de ses intrus comme une maison de ses rats, mais la raison est ailleurs : nous étions gagnés par le délire de la Nation qui venait de découvrir le mot « patrie », courait passionnément à la guerre et entretenait sa haine de l'adversaire avec une ferveur religieuse. On ne parlait dans les clubs que de tuer ou de mourir et j'avais en secret – Dieu me pardonne ce sentiment contre nature – la fierté d'appartenir à un peuple barbare capable de déferler sur l'Europe et de coloniser le monde. Dans ma loge, à l'Opéra, j'assistais en compagnie de mes fils au spectacle de *La Marseillaise*. On voyait sur la scène la statue de la France coiffée du bonnet phrygien, entourée d'une foule de vieillards, de femmes et d'enfants qui entonnaient l'hymne sanguinaire et sacré. Au dernier couplet, les chanteurs tombaient à genoux. Alors, troublés jusqu'aux larmes, tous les spectateurs se dressaient d'un même élan pour applaudir avec frénésie.

Jeudi 19 septembre. Dans sa lettre que j'ai reçue hier, Agnès me précise que les Girondins arrêtés le 2 juin par décret seront bientôt jugés. Elle s'étonne de mon ignorance à ce propos, comme si la prison était un petit salon où l'on commente les dernières nouvelles en feuilletant les journaux. Au sujet de Vergniaud elle écrit : « Il a voté la mort du Roi, mais cela ne le sauvera pas. » L'allusion à ma personne est trop directe pour être perfide. Agnès, dans son innocence, a la cruauté des enfants incapables de dissimuler leurs appréhensions ou leurs ressentiments. Tout le monde estime que j'ai voté la mort de mon cousin pour sauver ma peau, alors que j'avais depuis longtemps condamné le monarque qui par sa faiblesse et son incompétence s'était condamné lui-même. C'est l'incapacité des maîtres qui révolte le peuple et exaspère son besoin de justice. Le citoyen ne tolère pas d'être gouverné par des hommes qui doutent. Louis XVI et ses ministres avaient en 1789 tous les moyens d'étouffer la Révolution dans l'œuf mais ils n'en avaient pas le cœur. D'une certaine manière, ils l'ont voulue. Vaincus par vocation, ils trahissaient leur propre cause, si bien qu'en m'engageant dans l'autre camp je n'ai jamais trahi que des traîtres.

Ces vérités ambiguës n'allègent pas ma conscience. Au fond, je ne pardonnais pas à Louis ce que j'évitais de me reprocher : la paresse et la lassitude que m'a toujours inspiré le souci de tenir mon rang. Je n'étais pas assez veule pour renier ma naissance, ni assez sot pour mépriser la fortune, mais les responsabilités attachées au titre de prince me pesaient. Il m'arrivait de penser que les bourgeois ambitieux ou les nobliaux qui voulaient prendre notre place n'avaient pas tort. J'étais ému à l'idée de leur abandonner sans calculs mes prérogatives. Oubliant momentanément le plaisir, je m'entichais de vertu par caprice et prônais l'égalité entre les hommes comme une sorte de gageure ou de jeu de société. Cette attitude me ferait sourire aujourd'hui si je n'étais en prison car on peut imaginer qu'elle m'y a conduit. Certes, obéir à la mode n'est pas un crime – encore qu'il soit funeste d'adopter des idées comme on choisit un costume –, mais lutter contre sa propre condition, sacrifier son propre état au lieu de l'amender et de tenter de le parfaire me paraît à la fois malhonnête et absurde, malhonnête car la sincérité n'a pas accès dans cette foucade ou ce trait d'humeur, absurde car on n'a pas le droit de donner à ceux qui nous envient l'impression que nous ambitionnons de déchoir et que, par voie de conséquence, nous méritons la prison.

Jeudi 26 septembre. Il était dix heures du matin et je me promenais sur la terrasse en compagnie du lieutenant Cottin, à dix pas de mes garçons qui jouaient au palet contre le mur. Je regardais la mer grise sous les nuages et laissais paresseusement flotter mon esprit quand un chant s'est élevé dans l'air tiède. La voix semblait jaillir de l'eau. Elle était si pure que j'ai tressailli comme lorsqu'on reçoit une goutte fraîche dans le dos entre la peau et la chemise. J'ai tout de suite pensé qu'il s'agissait d'une très jeune fille, une de ces adolescentes qui rougissent en détournant la tête quand les hommes de mon âge les observent avec insistance. Penché au-dessus de mon créneau, il m'était difficile de distinguer les paroles car le son partait de très bas mais je me souviens d'une phrase à laquelle la musique prêtait une nostalgie candide : « Mon ami est parti et je pleure sous l'olivier. » Quand la voix s'est tue j'ai éprouvé une sensation d'absence comparable au départ d'un être cher, et proche du sentiment de la jeunesse révolue. J'ai demandé à Cottin d'où venait le chant selon lui et s'il connaissait la personne. Il m'a répondu qu'il n'en savait rien mais que c'était probablement l'épouse d'un pêcheur : « L'homme est en mer. Elles languissent. C'est naturel », a-t-il précisé sur un ton de simplicité militaire.

Pourquoi la musique me fait-elle penser aux femmes ? Ce ne sont pas leurs caresses que je désire le plus mais leur présence indispensable à mon équilibre et l'harmonie que répand leur douceur autoritaire. L'univers de la prison ressemble à celui de la Révolution : univers sans femmes et sans mélodie, dont les lignes sont sèches, rigides comme des barreaux ou des piques, et moi j'ai grand appétit de lignes courbes.

Tous les lundis, dans son palais que l'on a saccagé et qui sert aujourd'hui de prison à Marie-Antoinette, mon oncle Conti donnait concert de voix et d'instruments en marquant sa préférence pour les cantatrices bien en chair. Quand l'une d'elles acceptait momentanément de s'enlaidir pour assurer un trille difficile ou tenir une note suraiguë, je me sentais éperdu de gratitude et les mouvements de sa gorge tendue sous le satin achevaient de me troubler. J'avais dix-sept ans quand, à Versailles, je pris sous ma protection un musicien de huit ans, célèbre à la cour de Vienne : Amédée Mozart. Ce petit bonhomme, serré dans son gilet comme une papillote, était capable, une soirée durant, d'improviser, les yeux bandés, des menuets et des sarabandes sur le clavier sans décevoir ni lasser son auditoire. Quand il est revenu à Paris, dix ans plus tard, je n'ai pas jugé nécessaire de le revoir. Sa présence germanique n'intriguait personne et sa musique n'était plus à la mode.

Lorsque Cottin m'a ramené en prison vers midi, j'ai pris mon air le plus innocent et mon ton le plus badin pour poser la question : « Croyez-vous, citoyen lieutenant, qu'on va me garder encore longtemps dans cette cage ? » « La politique n'est pas mon affaire ! » a-t-il répondu d'une voix bourrue. Il a donné un tour de clé rageur dans la serrure et m'a regardé bien en face à travers les barreaux : « Il me semble – a-t-il ajouté avec un demi-sourire – que si l'on avait dessein de vous condamner, ce serait déjà fait. D'ordinaire, ces décisions ne traînent pas. »

Le lieutenant Cottin a raison et pour la première fois peut-être depuis mon arrestation j'ai confiance en l'avenir immédiat. La mise à l'écart des Girondins me paraît une heureuse circonstance. Les Montagnards, délivrés de cette obsédante rivalité, n'auront plus l'obligation de se montrer injustes à mon égard. Ils finiront par reconnaître mon innocence et par me rendre ma liberté. Mais que ferai-je alors ? Où irai-je d'abord ? Chez Agnès ou chez Grace ? Non, il me semble que je ne supporterai jamais de me retrouver entre quatre murs, seraient-ils recouverts de brocart. Mon premier mouvement sera de marcher tout seul dans Paris, ne choisissant au hasard que des rues animées et souriant aux passants sans marquer le pas. Puis, je longerai la Seine pour gagner une auberge de plein air où vont les mariniers et je m'attablerai devant une énorme bouteille, entre deux filles dont le caquet sans malice sera ma première musique d'homme libre.

Mardi 15 octobre 1793. La nouvelle date de ce matin. Est-elle bonne ou mauvaise ? Nous le saurons dans quelques jours. En attendant, il serait vain d'interroger les astres, de se barder d'optimisme ou de s'abîmer dans le désespoir. Montpensier avait obtenu la permission de venir me trouver et de rester ici jusqu'à midi car on nous avait refusé l'autorisation d'accompagner Beaujolais dans sa promenade. Nous avons d'abord joué au piquet, puis, fatigué de battre les cartes, j'ai demandé à mon cadet ce qu'il pensait du procès des Girondins. Il m'a répondu sans hésiter que le tribunal révolutionnaire ne pouvait faire autrement que de les condamner à mort. J'aurais voulu en savoir davantage et connaître ses raisons mais Beaujolais est arrivé à ce moment-là. Il paraissait bouleversé, en dépit de l'air sérieux qu'il se donnait : « Mon père, il est question de vous dans les papiers publics », a-t-il déclaré, le souffle court. J'ai ressenti un pincement de cœur, mais le désarroi de mon enfant m'a donné le courage de faire bonne figure et j'ai souri : « La belle affaire! ai-je dit. Ce n'est pas nouveau. Mais je serai bien aise de lire ce papier si tu peux me le procurer. – C'est ma tante qui me l'a montré. Elle était très inquiète à votre sujet et m'a défendu de vous en parler, mais je sais que vous préférez être instruit de tout. – Certes ! Mais, dis-moi, est-ce à la Convention qu'on a cité mon nom ? – Oui, papa, on a décrété que vous seriez jugé à Paris. » Là encore, j'ai éprouvé une vive douleur sous le bras gauche, une sorte de coup de canif, mais j'étais distrait par l'expression anxieuse de mes enfants que je voulais rassurer à tout prix : « Eh bien, tant mieux ! ai-je dit. Tant mieux car la lumière se fera. De quoi peuvent-ils m'accuser ? Ils ne trouveront rien contre moi. » En voyant la confiance renaître dans le regard de Beaujolais et sur les lèvres de Montpensier, je finissais par croire à mon propre discours et, grisé par ce résultat, j'ajoutai avec aplomb : « Il fallait en finir de toute manière. C'est une bonne nouvelle et je m'en félicite. Embrassez-moi ! » Tous deux se serrèrent contre ma poitrine et, sous l'effet de l'émotion, je me sentis soulagé au point d'imaginer que désormais rien de fâcheux ne pouvait m'advenir.

J'en suis moins convaincu maintenant. Il est six heures du soir. Montpensier a retrouvé son cachot à l'étage inférieur et Beaujolais est allé rapporter à sa tante le papier public qu'elle m'avait prêté de mauvaise grâce et dont j'ai pris connaissance. Le décret d'accusation me concernant est joint à d'autres et n'est motivé sur rien. Je pourrai aisément me défendre en insistant sur le fait que ce sont les Girondins qui ont voulu et provoqué mon arrestation. On ne saurait condamner un patriote emprisonné par des citoyens que l'on va juger comme traîtres. Mais Louise-Bathilde voit dans la mesure qui me frappe la main de Robespierre : « Cet homme est le diable et les Bourbons lui font peur. Il a juré notre perte. » Ma sœur extravague comme d'habitude mais, en l'occurrence, son commentaire repose sur des intuitions dont il m'est difficile de ne pas tenir compte. Il est vrai que Robespierre ne m'aime pas. Je représente une idée qui le gêne et dont il veut se défaire, ne serait-ce que pour contrarier Danton et Camille Desmoulins qui m'ont parfois témoigné de l'indulgence. Mais rien ne sert de s'alarmer ou de se morfondre avant l'arrivée des commissaires qui doivent s'assurer de ma personne. On m'a dit qu'ils s'étaient mis en route mardi dernier, partis à l'aube de Paris. Sauf contretemps, ils seront ici dans quatre jours.

Dimanche 20 octobre. Ils étaient trois, en grande tenue, le chapeau vissé sur la perruque. Ils ont dit qu'ils étaient envoyés par le Comité de Salut Public pour venir me chercher et me conduire à Paris, mais qu'ils resteraient à Marseille jusqu'à mercredi afin de me laisser deux jours de plus en compagnie de mes enfants. Ils débitaient une phrase chacun, à tour de rôle, pour montrer clairement qu'ils étaient égaux en titres et s'exprimaient sur un ton de politesse excessive. Prévenant nos questions, ils se sont attachés à dissiper nos inquiétudes, affirmant que le tribunal attendait de moi des explications et ne me traiterait pas comme un véritable accusé : « Je serai tout de même traduit devant les juges, leur ai-je fait remarquer. – Sans doute, m'ont-ils répondu avec un sourire mielleux, mais il s'agit moins d'un jugement que d'un éclaircissement. » Ces paroles apaisantes ne m'ont guère rassuré. D'abord, leur onction manquait de naturel. Ensuite, j'ai appris en politique à me méfier des événements dont on nie l'importance. Si les commissaires avaient à cœur de minimiser mon procès, c'est que celui-ci serait plus sérieux et plus redoutable qu'on ne pensait. Je leur ai demandé si je pourrai emporter des bagages avec moi. Le plus petit des trois a dit : « Bien sûr ! » et le plus grand a précisé : « A condition qu'ils ne soient ni trop lourds, ni trop encombrants. » Le troisième qui avait les sourcils blonds a montré du doigt Gamache qui se tenait en retrait : « Vous pouvez également vous faire accompagner de votre domestique. » J'ai failli répliquer qu'il commettait une erreur et que Gamache était au service de Montpensier mais mon cadet m'a fait signe de ne pas intervenir. Après le départ des commissaires, il s'est empressé de dire : « C'est une bonne idée que cet homme a eue ! Gamache veillera sur vous de Marseille à Paris. » Il ne m'a pas donné le temps de protester, a déclaré avec force que j'avais besoin d'un allié pour le voyage et qu'il ne me laisserait jamais partir seul : « Nous serons soulagés, mon frère et moi, de vous savoir avec notre ami qui, de son côté, se réjouit de pouvoir vous aider. – C'est la vérité, Monseigneur ! » a dit Gamache, rouge de fierté.

Depuis hier, je pense à Marie-Antoinette qu'on a guillotinée mercredi à midi. Le tribunal révolutionnaire l'avait jugée et condamnée la veille. C'est Pichet qui nous a renseignés à l'heure du dîner : « Elle a été amenée dans une charrette comme une particulière, les cheveux coupés et les mains liées derrière le dos. » Il a toussé pour s'éclaircir la voix, puis a frotté son nez avec la main gauche afin de bien se souvenir des propos récoltés au corps de garde : « Il paraît qu'elle ne portait qu'une camisole blanche et que son bonnet était mis de travers. » Puis il a ri sans méchanceté, presque à contrecœur et a conclu : « Il y a des moments difficiles dans la vie. »

Je la revois dans les jardins du Trianon à l'époque où nous étions amis. Elle avait découvert ma timidité et s'amusait à me défier du regard pour détourner la tête ensuite et m'ignorer dès que je me piquais au jeu. Nous avions en commun le goût de nous divertir et le mépris de l'étiquette. Biron qui fut amoureux d'elle m'a conté sur un ton de raillerie féroce une anecdote que je jugeais grotesque jadis et qui, depuis hier, me trouble fort : un jour que, jouant à la fermière, elle se promenait à dos d'âne autour de son « hameau », il arriva que l'animal sans motif apparent décocha une ruade et la jeta dans le gazon. Alors, assise dans l'herbe, les jupes retroussées, battant des mains et riant aux éclats, elle s'écria : « Vite ! Allez chercher Mme de Noailles, qu'elle nous dise ce que veut l'étiquette quand une reine de France est tombée d'un âne ! » Il y a quatre jours seulement, elle était assise sur une planche, les mains attachées derrière le dos. Elle portait une camisole blanche et son bonnet était mis de travers. J'ai l'impression d'entendre le bruit de la charrette sur le pavé en même temps que la voix cauteleuse des commissaires qui m'ont parlé avec tant de compréhension ce matin.

Mardi 22 octobre 1793. Mon départ aura lieu demain à cinq heures du matin. Pour m'y préparer je n'ai pas dormi de la nuit mais j'appréhende ce moment. Comment m'arracher à ces enfants qui ont partagé ma misère et m'ont soutenu dans l'épreuve ? Comment dénouer leurs bras autour de mon corps, écarter de mon visage leurs joues trempées de larmes ? Un grand courage me sera nécessaire pour mentir encore et leur laisser croire que je ne cours aucun danger. J'aurais aimé leur parler sans détour et leur dire que les dés sont jetés, que ma vie se termine. C'est dans la logique de cette époque absurde.

Comme nos ancêtres païens les patriotes ont la religion de la mort et du sang [49]. Ils ne s'inquiètent guère de condamner un innocent, conscients de satisfaire les dieux révolutionnaires en leur offrant une victime expiatoire. S'ils m'ont choisi, rien ne pourra leur faire changer d'avis.

J'ai cessé d'avoir peur depuis que le doute me fuit. Une amertume lucide m'apporte la paix. Je ressemble à ces malades qui, au terme d'une lutte épuisante, réalisent soudain qu'ils vont mourir. Alors, d'une certaine manière, ils se reposent. De nos jours, des milliers de suspects cherchent à « gagner du temps », heureux de retarder d'une semaine ou d'une heure leur arrestation, insoucieux de vivre dans la fièvre et les transes perpétuelles. Moi, je me désintéresse du temps qui passe et ma timidité s'efface devant la mort.

Je n'ai jamais tremblé en face d'elle mais je me suis conduit comme un lièvre et comme une fille devant l'opinion, assez fou pour rêver d'imiter ces hommes qui heurtaient ma nature et dont l'éloquence haineuse m'impressionnait au point de m'asservir. Par veulerie j'ai accepté de perdre mon identité, choisissant en guise de nom celui de tout le monde et de personne : Égalité, symbole du néant.

Mais peut-être ai-je inconsciemment souhaité de m'anéantir ? Il me semble avoir détesté mon cousin comme un frère. N'avions-nous pas le même front, le même nez, la même stature, la même indécision de caractère, le même embarras de parole, la même inconstance dans la rancune et la volonté d'action ? Pourquoi me faut-il emprunter son sillage ? Pourquoi mon profil se confond-il avec le sien sur les marches de l'échafaud ? En votant sa mort, n'ai-je pas décidé de la mienne ? Non, ce serait un crime : « Nul ne vit pour soi-même et nul ne meurt pour soi-même », dirait saint Paul.

Tout à l'heure, j'ai demandé au lieutenant Cottin de me laisser monter sur la terrasse. Il m'a accompagné mais s'est tenu à distance, estimant que j'avais besoin d'être seul. Le vent qui venait des collines m'a apporté l'odeur de l'automne, ce parfum d'écorce humide et de feuilles mortes que je connais bien. Mais la plupart des arbres, ici, demeurent verts au milieu des buissons d'épines. J'aurais aimé revoir les chênes roux et les bouleaux couverts d'or de mes forêts de Villers-Cotterêts. Le dos tourné à la mer, je me suis approché de la margelle pour m'asseoir, face au nord. Mon pied a roulé sur un caillou minuscule et je me suis inexplicablement retrouvé à genoux. Le ciel était si blanc, si léger. Il m'a semblé que j'étais encore agenouillé sur le carreau de la chapelle royale à Versailles et le grand aumônier de France, M. de la Roche-Aymon, me donnait sa bénédiction. Alors j'ai poussé un soupir profond.

Cette page sera la dernière. Je vais dans un instant la réunir aux autres et emporter demain la liasse dans mes bagages. Un temps j'avais pensé confier ce manuscrit à Montpensier, mais après réflexion j'ai jugé qu'il convenait de ne pas m'en séparer, au risque d'être fouillé en cours de route. Gamache qui a l'esprit rusé et le caractère précautionneux m'aidera à dissimuler ces feuilles et veillera sur elles après ma mort. Si par malheur elles se perdent et que jamais personne ne les lise, je ne regretterai pas de les avoir écrites, imaginant qu'elles reposent sous le regard de Dieu à qui je les confie comme je m'abandonne au sort que je mérite.

Il arriva à Paris le vendredi 1er novembre 1793 et fut emprisonné à la Conciergerie. Le lendemain, l'accusateur public Fouquier-Tinville déclara : « D'Orléans mourra mercredi. » Il était donc condamné d'avance.

Mercredi 6 novembre à dix heures du matin, il fut traduit devant le Tribunal Révolutionnaire, mais il lui fallut attendre longtemps avant de passer en jugement. Il en profita pour vider une bouteille de vin blanc de Champagne avec le concierge : « Goûtez-moi ce vin, monsieur Lebeau, je vous jure que personne au monde n'en a bu de meilleur. » A deux heures, il fut introduit dans la salle d'audience. Après un interrogatoire sommaire, Fouquier-Tinville signa sa condamnation à mort. Sans apparente émotion l'accusé répondit : « Puisque vous étiez disposé à me faire périr, vous auriez dû au moins chercher des prétextes plausibles », puis il s'écria d'une voix forte : « Allons, marchons ! »

L'écrivain royaliste Beaulieu qui n'avait aucune sympathie pour lui reconnaît : « A sa démarche fière et assurée, à son air vraiment noble, on l'eût pris plutôt pour un général qui commande à ses soldats que pour un malheureux que l'on mène au supplice. »

A trois heures et demie, il se confessa auprès de l'abbé Lothringer : « J'ai mérité la mort pour l'expiation de mes péchés, j'ai contribué à la mort d'un innocent. »

A cinq heures, on lui lia les mains derrière le dos après avoir achevé sa toilette de condamné. Le soir tombait quand il monta sur l'échafaud. Pendant qu'on l'attachait à la planche fatale, les aides convoitant ses dépouilles se mirent à le débotter : « C'est inutile, leur dit-il, vous me débotterez plus facilement après. » On a prétendu qu'il souriait à ce moment-là.

NOTES
NOTICE HISTORIQUE DES PERSONNAGES CITÉS
BIBLIOGRAPHIE

NOTES

1. Le marquis d'Aulan n'était cependant pas un homme cruel : on trouva chez lui un testament par lequel il léguait vingt-quatre mille livres aux pauvres d'Avignon.

2. La prison de l'Abbaye se trouvait au fond d'une place exiguë appelée le Petit-Marché. Pour y parvenir en venant du Pont-Neuf, on empruntait la rue de Buci jusqu'au bâtiment de la « barrière des Sergents » isolé au milieu d'un vaste carrefour et l'on tournait ensuite à droite.

3. Au XVIIIe siècle et jusqu'à la moitié du XIXe on disait couramment « déjeuner » pour petit déjeuner, « dîner » pour déjeuner et « souper » pour dîner. Cela permettait de bien définir les trois repas en évitant l'adjectif « petit ».

4. Voir Biron (notice historique des personnages cités).

5. L'île du Château d'If est la plus petite de l'archipel qui ferme la rade de Marseille. Elle est presque entièrement occupée par un fort construit sur ordre de François Ier pour défendre la ville contre les Barbaresques. A partir de 1634, le fort devint prison d'État. Mirabeau y fut enfermé six mois (de septembre 1774 à mars 1775). Il mit à profit ce bref séjour pour faire la conquête du commandant-major, le chevalier d'Alègre, et pour séduire la cantinière.

6. Le piton calcaire qui domine Marseille était appelé de toute ancienneté la « Montagne de la Garde » parce qu'on y avait établi une vigie. François Ier trouvant la ville trop mal défendue décida d'y faire bâtir un fort dont la construction fut achevée en 1525.

7. L'abbaye de Saint-Victor fut édifiée au début du Ve siècle sur les hauteurs qui dominent la rive sud du Vieux-Port. Au Xe siècle, elle compta jusqu'à 5 000 moines bénédictins et posséda des prieurés dans tous les pays de langue d'oc. A la révolution les

bâtiments conventuels qui entouraient les trois côtés de l'église furent détruits (janvier 1794). Ils existaient encore quand le duc d'Orléans fut emprisonné au fort Notre-Dame.

8. Il s'agit de la rue Caisserie.

9. Il s'agit de la place Saint-Sauveur, aujourd'hui place de Lenche, et de l'église Saint-Thomas.

10. Voir Sillery (notice historique des personnages cités).

11. Il s'agit de l'église Saint-Laurent édifiée au XIIe siècle.

12. Construite entre 1447 et 1452, sur ordre du roi René, la tour Saint-Jean était, dès l'origine, telle que nous la voyons aujourd'hui. Ce nom de Saint-Jean lui fut donné à cause de la proximité de la commanderie de Saint-Jean-de-Jérusalem. Quand Louis XIV ordonna l'agrandissement de la ville en 1666, les Hospitaliers furent expropriés, tandis que l'on détruisait la commanderie, l'église, le cimetière et l'Hôtel du Commandeur. A la place de ces bâtiments, on bâtit des arcades, des tunnels, des chemins de ronde et des casernements. « Le promontoire fut ceinturé de toutes parts et devint le fort Saint-Jean dont la superficie est aussi vaste que celle du palais des papes d'Avignon. » (Cf. l'ouvrage de André Bouyala d'Arnaud : *Évocation du vieux Marseille*.)

13. Le « cordon bleu », expression familière pour désigner l'ordre du Saint-Esprit : « L'usage voulait à la cour de France que les Princes du Sang ne fussent admis dans l'ordre du Saint-Esprit et n'en reçussent le cordon qu'après leur première communion. Cette époque passée, le Roi fixait le jour qu'il jugeait à propos pour la cérémonie. Le candidat mettait un habit de toile moire ou d'une autre étoffe d'argent ; il avait des chausses trouées, des bas de soie blancs, des escarpins de velours de la même couleur, un manteau court de damas noir, brodé, un rabat de point ou de dentelles ; il portait sur la tête une toque de velours noir, garnie d'un cordon de diamants et ornée d'un bouquet de plumes blanches du milieu duquel s'élevait une aigrette noire. » (Montjoie : *L'Histoire de la conjuration de Louis-Philippe-Joseph d'Orléans surnommé Égalité*, 1796, t. I, p. 31.)

14. Ce fut le 4 juillet 1763 que Louis-Philippe-Joseph, promu l'année précédente chevalier de l'Ordre du Saint-Esprit, partit pour Villers-Cotterêts qui dépendait, dans son apanage, du bailliage de Crépy, capitale du duché de Valois.

15. Lit de justice : lit à dais où le Roi se plaçait lorsqu'il tenait une séance solennelle au Parlement ; par extension la séance elle-même (Dictionnaire *Robert*).

16. Les futurs Louis XVIII et Charles X, frères de Louis XVI.

17. Monsieur : Philippe de France, duc d'Orléans, frère de Louis XIV (1640-1701).

18. Mousseaux : petit hameau qui donnera son nom au parc Monceau.

19. Hôtel de Toulouse : aujourd'hui siège de la Banque de France.

20. Durant la fuite à Varennes, la famille royale s'était déguisée dans l'espoir de ne pas être reconnue : la Reine passait pour la gouvernante des enfants et s'appelait Mme Rochet, le Roi avec son chapeau de laquais, était l'intendant Durand, Madame Élisabeth était la femme de chambre et le dauphin était habillé en fille. Quant à Mme de Tourzel, la gouvernante des enfants de France, elle jouait le rôle de la grande dame et se nommait Mme de Korff.

21. *L'Ami du peuple* du 25 décembre 1792.

22. Le *logographe* était un journal d'une grande dimension où on sténographiait en entier, disait-on, les séances.

23. Ce manifeste d'une maladresse insigne spécifiait que tout garde national, tout habitant « qui oserait se défendre » contre les envahisseurs serait puni comme rebelle. Au cas où le Roi serait de nouveau outragé, Paris serait livré « à une exécution militaire » et « à une subversion totale ».

24. La prison de la Force, en bordure de la rue du Roi-de-Sicile dénommée à l'époque rue des Droits-de-l'Homme, se heurtait en impasse à la rue des Ballets laquelle s'ouvrait en 1792 sur la rue Saint-Antoine en face de la maison qui porte aujourd'hui le nº 113.

25. Relire Restif de la Bretonne : *Les Nuits révolutionnaires* (la douzième nuit, massacres du 2 au 5 septembre).

26. Il est intéressant de rappeler ici une réflexion de Chateaubriand d'une troublante actualité : « Jamais le meurtre ne sera à mes yeux un objet d'admiration et un argument de liberté ; *je ne connais rien de plus servile, de plus méprisable, de plus lâche et de plus borné qu'un terroriste* » (*Les Mémoires d'outre-tombe*).

27. *Le Moniteur*, nº 266 du samedi 22 septembre 1792.

28. L'Armoire de fer : tandis que la Convention délibérait sur un premier rapport concernant le procès éventuel du Roi, « on apprit le 20 novembre 1792, la découverte aux Tuileries d'une armoire secrète, l'armoire de fer, qui contenait des papiers importants, en particulier la correspondance du Roi avec Mirabeau

et avec Talon, distributeurs de fonds de la liste civile. En somme les débris de l'agence de corruption qu'avait montée Bertrand de Molleville. Ce coup de théâtre acheva la déroute des partisans de l'indulgence. » (Gaxotte, *La Révolution française*.)

29. « Discours sur la famille des Bourbons » du 16 décembre 1792, *Le Moniteur* du 18 décembre 1792, nº 353. Voir également *Mémoires* de Louis-Philippe, t. II, p. 305 et *Histoires de Louis-Philippe-Joseph duc d'Orléans* de Tournois, t. II, p. 303.

30. *Le Moniteur* du 18 décembre 1792, p. 765. Archives parlementaires, L.V. 89.

31. Pierre-René Choudieu, député du Maine-et-Loire, avait été naguère substitut au présidial de la ville d'Angers.

32. Séance des Jacobins du 17 décembre 1792. (Buchez et Roux, *Histoire parlementaire de la Révolution française*, XXI, 338. Voir également *Journal de la République française*, nº 80 du 21 décembre 1792.)

33. Cité par Tournois, t. II, p. 308 et par A. Aulard, *La Société des Jacobins*, t. IV, p. 595.

34. Séance de la Convention du 26 décembre 1792. (*Le Moniteur*, XIV, 841, Archives parlementaires, L.V. 634.)

35. Cité par Jaurès, *Histoire socialiste de la Révolution française*, t. V, p. 46, et Archives parlementaires, L.V. 617.

36. Discours du 28 décembre. (Archives parlementaires, VI, 16.)

37. Cité par Pierre Gaxotte dans *La Révolution française*.

38. Dicours du 27 décembre. (Archives parlementaires, L.V. 707.)

39. Barère, *Discours sur le jugement du procès de Louis Capet* du 4 janvier 1793. (*Le Moniteur*, XV, 53.)

40. *Le Moniteur*, XV, 184. Voir également Jaurès : *Histoire socialiste de la Révolution française*, t. V, p. 146.

41. En fait, c'était la section nº 11 qui, s'étant déclarée pour Carteaux, deux jours avant l'arrivée de celui-ci, se battit pendant quelques heures contre les autres sections fédérées avant d'aller se joindre à l'armée de la Convention qui fit son entrée à Marseille le 25 août 1793 (voir à ce propos le récit du duc de Montpensier).

42. Voir à ce propos le récit du roi Louis-Philippe dans ses *Mémoires* (t. II, p. 266) : « Mon frère, le duc de Montpensier, se trouvait encore auprès de moi comme adjudant général. Arrivés vers quatre heures du soir devant la colline sur laquelle est situé le

moulin de Boussu adossé au bois de Sars, nous y trouvâmes les Autrichiens retranchés derrière un épaulement et un fossé, avec de l'artillerie qui commença à tirer sur nous de fort loin. »

43. Relire le récit de la bataille de Jemmapes dans les *Mémoires* de Louis-Philippe (t. II, p. 273) : « Voyant que le régiment autrichien des dragons de Cobourg descendait au grand trot et paraissait se diriger sur notre artillerie, le général Dumouriez résolut de ne pas attendre le général d'Harville et donna l'ordre à toute l'armée d'attaquer immédiatement. Aussitôt, le *duc de Chartres qui commandait* le centre rompit sa division en colonne de bataillons et marcha sur le *bois de Flénu* qui couvrait le centre des Autrichiens. »

44. Compromis dans le complot de Dumouriez, le duc de Chartres dut se cacher en Suisse sous le nom de Chabaud-Latour.

45. Article paru dans le *Journal de la République française*, nº 73 du 14 décembre 1792 sous le titre : « Louis Capet à la barre de la Convention. Réflexions de *L'Ami du Peuple* sur l'ex-monarque. »

46. *Le Père Duchêne* du 21 janvier 1793. (Cité par Montjoie dans *La Conjuration de Louis-Philippe-Joseph d'Orléans*, t. III, p. 239.)

47. Jadis place Louis-XV, aujourd'hui place de la Concorde.

48. Le 18 mars 1793, Dumouriez attaqua l'armée de Cobourg et de Clerfayt aux abords de Nervinde (ou Neerwinden), mais dut battre en retraite sur Louvain après avoir perdu 4 000 hommes. Le général Dampierre protégea la retraite et fit preuve en l'occurrence d'une grande habileté de manœuvre et d'un courage certain.

49. Le journaliste Louis-Marie Prudhomme écrivait dans son hebdomadaire *Les Révolutions de Paris* : « La liberté ressemble à cette divinité des anciens qu'on ne pouvait se rendre propice et favorable qu'en lui offrant en sacrifice la tête d'un grand coupable. Les Druides promettaient la victoire à nos ancêtres, partant pour une seconde campagne, quand ils rapportaient de la première une tête couronnée sur l'autel de l'Hercule gaulois. »

De son côté Fayau, administrateur et député de Vendée, clamait à l'Assemblée : « Il faut que tout ce qui respire meure et renaisse au moment où la tête du tyran tombera. » (Archives parlementaires – LVII, 88.)

Cette croyance en la vertu génératrice de la mort est une *étrange inversion de la morale chrétienne*.

NOTICE HISTORIQUE DES PERSONNAGES CITÉS

ADÈLE (diminutif pour Adélaïde-Eugénie) (1777-1848) : Fille de Louis-Philippe-Joseph, duc d'Orléans, dit Philippe Égalité. Sœur du duc de Chartres, du duc de Montpensier et du comte de Beaujolais. Élevée par Mme de Genlis. En 1792, elle se réfugia auprès de son frère aîné Chartres, le futur Louis-Philippe Ier, qui commandait une division de l'armée du Nord. L'année suivante, celui-ci ayant été compromis dans la trahison de Dumouriez, elle émigra en Suisse et attendit la Restauration pour rentrer en France. Le roi Louis-Philippe Ier, son frère, n'hésitait pas à la consulter et tenait parfois compte de ses avis contre l'opinion de ses ministres. Elle avait seize ans en 1793 au moment où son père se trouvait emprisonné à Marseille.

AGNÈS : Prénom donné familièrement par le duc d'Orléans à sa maîtresse Mme de Buffon, née Françoise-Marguerite Bouvier de Cépoy. Elle avait vingt ans en 1785 quand le duc d'Orléans, âgé de trente-huit ans, la rencontra. Elle venait d'épouser le comte Louis de Buffon, colonel de cavalerie, fils de l'illustre naturaliste. Tombée dans la misère au lendemain de l'exécution de son amant (6 novembre 1793), elle se remaria avec un commissaire du ministère de la Guerre. Elle avait vingt-huit ans en 1793.

ARTOIS (comte d') (1757-1836) : Frère de Louis XVI et du comte de Provence (le futur Louis XVIII). Il épousa en 1773 la princesse Marie-Thérèse de Savoie dont il eut deux fils : le duc d'Angoulême et le duc de Berry. Trois jours après la prise de la Bastille, il émigra en Italie et rentra en France en 1814. Après la mort de son frère Louis XVIII (1824), il monta sur le trône sous le nom de Charles X. Il avait trente-six ans en 1793, dix ans de moins que son cousin Philippe Égalité.

Bailly (Jean-Sylvain) (1736-1793) : Homme de lettres et savant. Considéré comme l'astronome le plus célèbre de son temps. Membre de l'Académie des sciences et de l'Académie française (1783). Député du Tiers aux États Généraux, il fut choisi par ses collègues comme président de l'Assemblée, puis, au lendemain du 14 juillet, élu maire de Paris. Impopulaire après la fusillade du Champ-de-Mars (17 juillet 1791), il abandonna la politique, mais fut arrêté deux ans plus tard et guillotiné le 10 octobre 1793. Il avait alors cinquante-sept ans.

Barère de Vieuzac (Bertrand) (1755-1841) : Député à la Convention, membre du Comité de Salut Public où son éloquence ampoulée et la cruauté de ses motions lui valurent le surnom d'« Anacréon de la guillotine ». Il avait trente-huit ans en 1793.

Beaujolais (Louis-Charles-Léodgard, comte de) : Fils de Louis-Philippe-Joseph, duc d'Orléans, dit Philippe Égalité, frère du duc de Montpensier et de Adélaïde-Eugénie (Adèle). Né à Paris le 7 octobre 1779. Arrêté en avril 1793, il fut incarcéré à Marseille jusqu'au 5 novembre 1796. Accompagné de Montpensier, il partit pour les États-Unis retrouver son frère aîné, le futur Louis-Philippe Ier. Il séjourna ensuite en Angleterre mais, miné par sa longue détention, il mourut de la poitrine à Malte en 1807. Il avait vingt-huit ans.

Beaumarchais (Pierre-Augustin-Caron de) (1732-1799) : Connut l'apogée de sa renommée et de sa fortune après la représentation du *Mariage de Figaro*, le 27 avril 1784. La Révolution l'inquiéta. Suspecté, dénoncé, il vécut dans l'anxiété les dernières années de sa vie. Il avait soixante et un ans en 1793 et mourut six ans plus tard.

Berruyer (Jean-François) : Général français. Nommé lieutenant-général en 1792. Il assista à l'exécution de Louis XVI en qualité de « commandant des troupes chargées de veiller sur la guillotine » Il avait cinquante-neuf ans en 1793.

Billaud-Varenne (Jean-Nicolas) (1756 1819) : Député à la Convention, membre de la Commune et du Comité de Salut Public. Déporté à la Guyane après le 9 thermidor. Il avait trente-sept ans en 1793.

Biron (Armand-Louis de Gontaut, duc de) connu longtemps sous le titre de *duc de Lauzun* (1747-1793) : Ami fidèle du duc d'Orléans : ils étaient nés le même jour et ne se perdirent jamais de vue. Après une jeunesse libertine, Biron gagna l'Amérique où il combattit avec panache dans la guerre de l'Indépendance. Élu député de la noblesse aux États Généraux, il s'engagea à fond pour la Révolution, obtint le commandement en chef de l'armée du Rhin, puis celui de l'armée du Var. Il se trouvait à Nice, au quartier général, quand Montpensier vint le rejoindre en qualité de lieutenant-colonel (février 1793); mais le 8 avril 1793, Biron reçut l'ordre de l'arrêter et de le faire conduire sous bonne escorte à Paris dans les prisons de l'Abbaye (voir Montpensier). Ses relations amicales avec le duc d'Orléans attirèrent la suspicion du Comité de Salut Public. Il fut mandé à Paris, traduit devant le tribunal révolutionnaire et condamné à mort le 12 nivôse an II (1er janvier 1794). On raconte qu'une heure avant son exécution il se fit apporter des huîtres, offrit un verre de vin au bourreau et lui dit : « Prenez! Vous devez avoir besoin de courage au métier que vous faites. »

Bourbon (Louis-Henri-Joseph, duc de) (1756-1830) : Fils de Louis-Joseph de Bourbon, prince de Condé, général en chef de l'émigration. Époux de Louise-Bathilde d'Orléans, sœur de Philippe Égalité. Père du duc d'Enghien (fusillé en 1804 dans les fossés de Vincennes sur ordre de Napoléon). Il avait trente-sept ans en 1793.

Buffon (Georges-Louis-Marie Leclerc, comte de) : Fils unique de Georges-Louis Leclerc de Buffon, le célèbre naturaliste. Arrêté à Paris le 19 novembre 1793, il fut guillotiné peu après. Sa femme fut la maîtresse du duc d'Orléans (voir Agnès). Il avait vingt-neuf ans en 1793.

Buzot (François-Nicolas-Léonard) : Député de l'Eure à la Convention. Décrété d'arrestation en 1793 en même temps que vingt-neuf députés Girondins, il tenta de soulever la province contre la tyrannie de la Montagne; mais les bataillons fédérés furent battus à six lieues d'Évreux. Buzot se cacha à Bordeaux, puis à Saint-Émilion. Sur le point d'être arrêté, il se suicida. Il avait trente-trois ans en 1793.

Chartres (Louis-Philippe, duc de) (1773-1850) : Fils aîné de Louis-Philippe-Joseph, duc d'Orléans (Philippe Égalité). Frère du duc de Montpensier, du comte de Beaujolais et de Adélaïde-Eugénie (Adèle). Proclamé roi des Français le 7 août 1830. Il avait vingt ans en 1793.

Conti (Louis-François de Bourbon, prince de) (1717-1776) : Oncle du duc d'Orléans (Philippe Égalité). S'engagea aux côtés du Parlement contre la Cour et exerça à ce titre (fronde parlementaire) une influence sur la jeunesse de son neveu. Mourut à l'âge de cinquante-huit ans.

CONTI (Louis-François-Joseph de Bourbon, prince de) (1734-1814) : Fils du précédent. Cousin de Philippe Égalité. Emprisonné à Marseille en même temps que celui-ci, il fut libéré en 1795 puis exilé sur ordre du Directoire après le 18 fructidor.

COLLOT D'HERBOIS (Jean-Marie) (1750-1796) : Acteur et auteur dramatique. Député à la Convention. Aux Jacobins il glorifia les massacres de septembre, les qualifiant de « grand credo de notre liberté ». Il avait quarante-trois ans en 1793.

DAMPIERRE (Auguste-Henri-Marie Picot, marquis de) : Familier du Palais-Royal et adepte des idées révolutionnaires. Lieutenant-colonel, puis maréchal de camp. Blessé à mort à la bataille de Famars. Il avait trente-sept ans en 1793.

ELLIOTT (Grace-Dalrymple) : Née en Écosse mais élevée en France, épousa un médecin d'Edimbourg : John Elliott, devint la maîtresse du prince de Galles puis celle du duc d'Orléans. Vécut à Paris durant la Révolution. Elle avait vingt-huit ans en 1793 comme sa rivale Mme de Buffon (Agnès).

GAMACHE (Louis-François) (1750-1828) : Valet de chambre du duc de Montpensier, s'enferma avec lui en prison à Marseille pour le servir. Sur l'ordre de son jeune maître il accompagna le duc d'Orléans quand celui-ci fut transféré de Marseille à Paris (mercredi 23 octobre 1793, arrivée à Paris vendredi 1er novembre). Il n'eut pas l'occasion d'assister longtemps son nouveau maître qui fut guillotiné le 6 novembre. Auparavant le duc d'Orléans lui confia sa montre et son portefeuille. La montre lui fut confisquée sous un prétexte administratif. Il remit le portefeuille à la princesse Adélaïde (Adèle) en 1814. « A la Restauration, nous dit Georges Lenotre, il rentra au service de la famille d'Orléans : il était en 1827, concierge des jardins de Monceau lorsqu'il lui prit l'idée d'écrire : il avait été témoin d'un grand événement ; il n'avait aucune idée de la politique, on l'eût profondément étonné en lui insinuant que, sous Charles X, il valait mieux ne pas rappeler le souvenir de Philippe Égalité : il avait assisté aux derniers moments d'un bon maître qu'il aimait, et il considérait comme un devoir d'en consigner la relation. Celle-ci parut en 1827 sous le titre : *Récit de la translation de Louis-Philippe-Joseph, duc d'Orléans, des prisons de Marseille à la Conciergerie de Paris en 1793*. Il mourut le 7 octobre 1828, âgé de soixante-dix-huit ans à Monceau (à l'époque Mousseaux). Il avait quarante-trois ans en 1793.

GENLIS (Stéphanie-Félicité du Crest de Saint-Aubin, comtesse de) prénommée couramment Félicité (1746-1830) : Fille d'un pauvre gentilhomme, elle épousa à seize ans un brillant officier, le comte de Genlis, plus tard marquis de Sillery qui fut décapité en 1793 (voir Sillery). Elle avait un an de plus que le duc d'Orléans, vingt-six ans quand elle fit sa connaissance et trente-six quand elle devint « gouverneur » de ses fils.

GEORGE III (roi d'Angleterre) (1738-1820) : Implacable adversaire de la Révolution française. Il avait cinquante-deux ans quand le duc d'Orléans lui rendit visite à Londres.

JOSEPH II (1741-1790) : Empereur d'Allemagne, fils aîné de François Ier, empereur d'Allemagne, et de l'impératrice Marie-Thérèse, reine de Hongrie et de Bohême. Il était le frère de Marie-Antoinette et le beau-frère de Louis XVI. Il avait quarante-neuf ans au moment de la révolte des provinces belgiques et mourut dans l'année, laissant la couronne à son frère Léopold II.

LA FAYETTE (Yves-Gilbert Motier, marquis de) (1757-1834) : Il avait trente-deux ans en 1789.

LA LUZERNE (Anne César) (1741-1791) : Ambassadeur à Londres. Il avait quarante-neuf ans en 1790 quand le duc d'Orléans se trouvait « en mission » à Londres.

LAMBALLE (Marie-Thérèse-Louise de Savoie-Carignan, princesse de) (1749-1792) : A dix-sept ans, elle épousa le prince de Lamballe, fils du duc de Penthièvre dont la fille Marie-Adélaïde allait bientôt devenir la femme du duc de Chartres, le futur duc d'Orléans (Philippe Égalité). Elle avait quarante-quatre ans lors des massacres de septembre.

LAMBALLE (Louis-Alexandre-Joseph-Stanislas, prince de) (1748-1768) : Fils du duc de Penthièvre et frère de Marie Adélaïde, future duchesse d'Orléans. Épousa en 1766 Marie-Thérèse-Louise de Savoie-Carignan et mourut un an plus tard d'une « maladie honteuse ». Cette mort fit de Marie Adélaïde de Penthièvre la plus riche héritière du royaume et de l'Europe. Elle détermina le mariage de Louis-Philippe-Joseph d'Orléans et de Marie Adélaïde. Plus tard, les libellistes accusèrent le prétendant d'avoir fait « empoisonner par Vénus » le jeune prince (vingt ans). C'était une absurde calomnie.

LOUISE-BATHILDE (duchesse de Bourbon) (1750-1822) : Sœur cadette de Louis-Philippe-Joseph d'Orléans (Philippe Égalité).

Mère du duc d'Enghien fusillé en 1804 sur ordre de Napoléon (voir Bourbon). Elle avait quarante-trois ans en 1793.

MALESHERBES (Chrétien-Guillaume de Lamoignon de) (1721-1794) : Il avait quarante-huit ans et présidait la Cour des Aides lorsque Louis-Philippe-Joseph d'Orléans, âgé de vingt-deux ans, vint le trouver pour lui faire enregistrer un édit imposé en lit de justice. Il mourut sur la guillotine quatorze ans plus tard avec un stoïcisme étonnant.

MARAT (Jean-Paul) : Il avait cinquante ans en 1793.

MARIE ADÉLAÏDE (Louise-Marie Adélaïde de Bourbon-Penthièvre, duchesse d'Orléans) (1753-1821) : Fille unique du duc de Penthièvre, elle avait à peine seize ans quand elle épousa le duc de Chartres âgé de vingt-deux ans, le futur duc d'Orléans (Philippe Égalité). Mère du duc de Chartres (futur Louis-Philippe Ier, roi de France), du duc de Montpensier, du comte de Beaujolais et de la princesse Adélaïde (Adèle). Emprisonnée au Luxembourg en 1793, elle fut délivrée après le 9 thermidor. Elle avait quarante ans en 1793.

MERLIN DE DOUAI (Philippe-Antoine, comte) : Conseiller financier du duc d'Orléans et député à la Convention. Il avait trente-neuf ans en 1793.

MONTPENSIER (Antoine-Philippe d'Orléans, duc de) (1775-1807) : Fils de Louis-Philippe-Joseph, duc d'Orléans (Philippe Égalité), frère du duc de Chartres, du comte de Beaujolais et de la princesse Adélaïde (Adèle). Aide de camp de son frère Chartres, il prit part aux batailles de Valmy et de Jemmapes, puis rejoignit à Nice le quartier général de l'armée du Var dont le commandant en chef était le meilleur ami de son père, le duc de Biron. Mais le 8 avril 1793 celui-ci reçut l'ordre de s'assurer de sa personne et de le faire conduire à Paris dans la prison de l'Abbaye (voir Biron). Montpensier partit de Nice le surlendemain sous bonne escorte mais il fut arrêté à Aix où deux administrateurs intimèrent au cortège l'ordre de mener le prisonnier à Marseille. C'est ainsi que le mardi 23 avril à une heure et demie du matin, il fut enfermé, en compagnie de son valet de chambre Gamache, au fort de Notre-Dame de la Garde où devaient arriver quelques heures plus tard (à quatre heures du matin exactement) son père le duc d'Orléans, son frère le comte de Beaujolais, sa tante Louise-Bathilde et son cousin le prince de Conti. Il ne recouvra la liberté que le 5 novembre 1796, après quarante mois de détention. Accompagné de Beaujolais il partit pour les États-Unis retrouver son frère Chartres, séjourna en Amérique jusqu'en 1800, puis se fixa en Angleterre et mourut à Salthill à l'âge de trente-deux ans.

PENTHIÈVRE (Louis-Jean-Marie de Bourbon, duc de) (1725-1793) : Père de Louis-Alexandre, prince de Lamballe, et de Marie Adélaïde, duchesse d'Orléans. Réputé pour sa générosité et pour sa bonté. La mort de sa belle-fille, la princesse de Lamballe (Marie-Thérèse) fut pour lui une terrible épreuve (3 septembre 1792). Il ne put s'en remettre et s'éteignit six mois plus tard le 4 mars 1793 au château de Bizy où sa fille Marie Adélaïde, séparée du duc d'Orléans, était venue le rejoindre.

PÉTION DE VILLENEUVE (Jérôme) (1756-1794) : Député à la Convention. Accusé par Robespierre de complicité avec Dumouriez et avec le parti girondin, il fut décrété d'accusation, mais réussit à s'enfuir et se cacha à Saint-Émilion en compagnie de Buzot. Sur le point d'être découverts, ils se suicidèrent de concert. Pétion avait trente-sept ans en 1793.

PROVENCE (Xavier-Stanislas, comte de) (1755-1824) : Frère de Louis XVI et du comte d'Artois (le futur Charles X). Pendant la fuite à Varennes, il s'enfuit à Bruxelles, puis gagna Coblentz où il se mit à la tête des émigrés. Il fut proclamé roi de France en 1814 sous le nom de Louis XVIII et mourut en 1824. Son frère, le comte d'Artois, lui succéda. Il avait trente-huit ans en 1793.

RESTIF DE LA BRETONNE (Nicolas-Anne-Edme) (1734-1806) : Romancier français, né à Sacy près d'Auxerre. Une réflexion à son sujet de Roland Purnal paraît tout à fait significative : « Il passe ses nuits à parcourir les mauvais lieux afin d'y observer le vice, et, bien entendu, le pratique lui-même pour l'acquit de sa conscience. » Il mourut dans la misère à Paris le 3 février 1806. Il était fier de sa langue qu'il jugeait « enhardie à parler de tout » et les critiques l'ont parfois défini comme le « Voltaire des femmes de chambre ». Il avait cinquante-neuf ans en 1793.

ROBESPIERRE (Maximilien-François-Isidore de) : Il avait trente-cinq ans en 1793.

SAINT-JUST (Louis-Antoine-Léon de) : Il avait vingt-six ans en 1793.

SILLERY (Charles-Alexis Brulart, marquis de) (1737-1793) : D'abord connu sous le nom et le titre de *comte de Genlis*. Général français. Épousa à l'âge de vingt-cinq ans Félicité du Crest de Saint-Aubin qui n'en avait que seize (voir Genlis).

Nommé capitaine des gardes du duc de Chartres (le futur duc d'Orléans) alors que sa femme devenait la maîtresse de celui-ci, puis le « gouverneur » des fils du prince. Député à la Convention, il fut décrété d'arrestation en même temps que les Girondins, et guillotiné avec eux le 1er juin 1793. On raconte qu'avant de se laisser lier sur la planche, il s'avança vers la foule et la salua profondément. Il avait cinquante-six ans en 1793.

TREILHARD (Jean-Baptiste) : Conseiller juridique et financier du duc d'Orléans. Député à la Convention. Mort à Paris en 1810. Il avait cinquante et un ans en 1793.

BIBLIOGRAPHIE

BRITSCH (Amédée) : *La Jeunesse de Philippe Égalité,* Payot, 1926.

LENOTRE (Georges) : *Les Fils de Philippe Égalité pendant la terreur,* Perrin, 1907.

CASTELOT (André) : *Le Prince rouge,* Perrin, 1972.

LOUIS-PHILIPPE : *Mémoires,* Plon, 1973.

MONTJOIE (Félix) : *Histoire de la Conjuration de Louis-Philippe-Joseph d'Orléans surnommé Égalité,* Paris, 1796.

DARD (Émile) : *Le général Choderlos de Laclos,* Perrin, 1936.

CASTILLON DU PERRON (Marguerite) : *Louis-Philippe et la Révolution française,* Paris, 1963.

ZWEIG (Stefan) : *Marie-Antoinette,* Grasset, 1933.

BURKE (Edmund) : *Réflexions sur la Révolution de France,* Paris Laurent et Londres Edward, 1790.

CAUSSY (Fernand) : *Laclos,* Mercure, 1905.

TOURNOIS : *Histoire de Louis-Philippe-Joseph duc d'Orléans,* Charpentier libraire au Palais-Royal, 1842.

BROGLIE (Gabriel de) : *Madame de Genlis,* Perrin, 1985.

BOUYALA D'ARNAUD (André) : *Évocation du vieux Marseille,* Éditions de Minuit, 1961.

GIRAULT DE COURSAC (Pierrette) : *L'Éducation d'un roi,* Gallimard, 1972.

LENOTRE (Georges) : *Les Massacres de Septembre,* Perrin, 1907.

JAURÈS (Jean) : *Histoire socialiste de la Révolution française,* Éditions sociales, 1972.

GAXOTTE (Pierre) : *La Révolution française,* Flammarion, 1963.

RUAULT (Nicolas) : *Gazette d'un Parisien sous la Révolution,* Perrin, 1976.

MANCERON (Claude) : *Les Hommes de la Liberté (Les Vingt Ans du Roi*, 1972. *Le Vent d'Amérique*, 1974. *Le Bon Plaisir*, 1976. *La Révolution qui lève*, 1979), Laffont.

BARRUOL (Jean) : *La Contre-Révolution en Provence et dans le Comtat,* « Chez Mistral », MCMXXXIII.

LENOTRE (Georges) : *Le Drame de Varennes,* Perrin, 1926.

WALTER (Gérard) : *Histoire des Jacobins,* Aimery Somogy, 1946.

LENOTRE (Georges) : *Le Tribunal révoutionnaire,* Perrin, 1908.

RESTIF DE LA BRETONNE : *Les nuits révolutionnaires,* Livre de Poche, 1978, Préface de Jean Dutourd.

DUMONT (Jean) : *La Révolution française ou les prodiges du sacrilège,* Criterion, 1984.

MELLOR (Alec) : *Dictionnaire de la Franc-maçonnerie et des Francs-maçons,* Pierre Belfond, 1971.

LENOTRE (Georges) : *Vieilles maisons, vieux papiers,* Perrin, 1940.

YOUNG (Arthur) : *Voyages en France,* 10-18, 1970.

FUNCK-BRENTANO : *L'Affaire du collier,* Hachette, 1903.

GODECHOT (Jacques) : *La Pensée révolutionnaire en France et en Europe,* Armand Colin, 1964.

MALOUET (Pierre) : *Mémoires*, Didier, 1868.

BESSAND-MASSENET (Pierre) : *De Robespierre à Bonaparte,* Fayard, 1970.

AUBERT (Raymond) : *Journal d'un bourgeois de Paris sous la Révolution,* France-Empire, 1974.

GIRAULT DE COURSAC (Paul et Pierrette) : *Enquête sur le procès du roi Louis XVI,* La Table Ronde, 1982.

POISSON (Georges) : *Choderlos de Laclos ou l'obstination,* Grasset, 1985.

LEVER (Évelyne) : *Louis XVI,* Fayard, 1985.

BUCHEZ ET ROUX : *Histoire Parlementaire de la Révolution Française,* Paris, 1833.

RIVAROL : *Œuvres complètes,* Paris 1800, 5 vol.

GENLIS (Mme de) : *Mémoires*, Firmin-Didot, 1928.

ELLIOTT (Grace Dalrymple) : *Mémoires sur la Révolution Française,* Paris, 1861.

FOUCHÉ (Joseph) : *Mémoires,* Flammarion, 1945.

BARRAS : *Mémoires,* Hachette, 1895-1896.

BOUIS (Jean) : *Le site du Fort Saint-Jean.*

BESSAND-MASSENET (Pierre) : *Quand la France attendait Bonaparte,* Perrin, 1978.

WEBSTER (Nesta) : *Marie-Antoinette intime,* La Table Ronde, 1981.

LENOTRE (Georges) : *Paris révolutionnaire,* Perrin, 1906.

HILDESHEIMER (Françoise) : *Notre-Dame de la Garde.*

DU MÊME AUTEUR

Aux Éditions Gallimard

LA MORT DU PANTIN, 1961.

LE PHARISIEN, 1962.

LA PAROI, 1969 (Grand Prix du Roman de l'Académie (française).

L'HIVER D'UN GENTILHOMME, 1971 (Prix des Maisons de la Presse).

UNE PLACE FORTE, 1974 (Grand Prix littéraire de Provence, 1975).

Aux Éditions Albin Michel

LA GRENADE, 1984.

Aux Éditions Denoël

LE JOURNAL D'UN GEÔLIER, 1957.

Aux Éditions du Seuil

UN CRIME DE NOTRE TEMPS, 1976 (Prix des libraires).

PRIMA DONNA, 1978.

LE CŒUR DU VOYAGE, 1981.

HERVÉ BAZIN OU LE ROMANCIER DU MOUVEMENT, *Essai,* 1973.

Composé par la Société Nouvelle Firmin-Didot
à Mesnil-sur-l'Estrée
et achevé d'imprimer par
l'imprimerie Brodard et Taupin
à La Flèche (Sarthe),
le 2 septembre 1988.
Dépôt légal : septembre 1988.
Numéro d'imprimeur : 1032A-5.
ISBN 2-07-038063-7 / Imprimé en France.

44256